21世纪文学之星

丛书 2019年卷

中短篇小说集

赊佛

莫华杰⊙著

作家出版社

作者简介：

莫华杰，男，1984年出生于广西贺州钟山县，现居东莞，自由撰稿人。中国作协会员，鲁迅文学院第三十四届作家高研班学员，广东文学院第五届签约作家。作品散见于《花城》《山花》《天涯》《芙蓉》《作家》《芒种》等文学刊物。《花城》出发、《青年文学》推荐、《创作与评论》新锐，分别推出莫华杰作品专辑。

目录

总　序

袁　鹰

中国现代文学发轫于本世纪初叶，同我们多灾多难的民族共命运，在内忧外患，雷电风霜，刀兵血火中写下完全不同于过去的崭新篇章。现代文学继承了具有五千年文明的民族悠长丰厚的文学遗产，顺乎20世纪的历史潮流和时代需要，以全新的生命，全新的内涵和全新的文体（无论是小说、散文、诗歌、剧本以至评论）建立起全新的文学。将近一百年来，经由几代作家挥洒心血，胼手胝足，前赴后继，披荆斩棘，以艰难的实践辛勤浇灌、耕耘、开拓、奉献，文学的万里苍穹中繁星熠熠，云蒸霞蔚，名家辈出，佳作如潮，构成前所未有的世纪辉煌，并且跻身于世界文学之林。80年代以来，以改革开放为主要标志的历史新时期，推动文学又一次春潮汹涌，骏马奔腾。一大批中青年作家以自己色彩斑斓的新作，为20世纪的中国文学画廊最后增添了浓笔重彩的画卷。当此即将告别本世纪跨入新世纪之时，回首百年，不免五味杂陈，万感交集，却也从内心涌起一阵阵欣喜和自豪。我们的文学事业在历经风雨坎坷之后，终于进入呈露无限生机、无穷希望的天地，尽管它的前途未必全是铺满鲜花的康庄大道。

绿茵茵的新苗破土而出，带着满身朝露的新人崭露头角，自然是我们希冀而且高兴的景象。然而，我们也看到，由于种种未曾预料而且主要并非来自作者本身的因由，还有为数不少的年轻作者不一定都有顺利地脱颖而出的机缘。其中一个重要的原因，乃是为出书艰难所阻滞。出版渠道不顺，文化市场不善，使他们失去许多机遇。尽管他们发表过引人注目的作品，有的还获了奖，显示了自己的文学才能和创作潜力，却仍然无缘出第一本书。也许这是市场经济发展和体制转换期中不可避免的暂时缺陷，却也不能不对文学事业的健康发展产生一定程度的消极影响，因而也不能不使许多关怀文学的有志之士为之扼腕叹息，焦虑不安。固然，出第一本书时间的迟早，对一位青年作家的成长不会也不应该成为关键的或决定性的一步，大器晚成的现象也屡见不鲜，但是我们为什么不在力所能及的范围内尽力及早地跨过这一步呢？

于是，遂有这套“21世纪文学之星丛书”的设想和举措。

中华文学基金会有志于发展文学事业、为青年作者服务，已有多时。如今幸有热心人士赞助，得以圆了这个梦。瞻望21世纪，漫漫长途，上下求索，路还得一步一步地走。“21世纪文学之星丛书”，也许可以看作是文学上的“希望工程”。但它与教育方面的“希望工程”有所不同，它不是扶贫济困，也并非照顾“老少边穷”地区，而是着眼于为取得优异成绩的青年文学作者搭桥铺路，有助于他们顺利前行，在未来的岁月中写出更多的好作品，我们想起本世纪20年代和30年代期间，鲁迅先生先后编印《未名丛刊》和“奴隶丛书”，扶携一些青年小说家和翻译家登上文坛；巴金先生主持的《文学丛刊》，更是不间断地连续出了一百余本，其中相当一部分是当时青年作家的处女作，而他们在其后数十年中都成为文学大军中的中坚人物；茅盾、叶圣陶等先生，都曾为青年作者的出现和成长花费心血，不遗余力。前辈们关怀培育文坛新人为促进现代文学的繁荣所作出的业绩，是永远不能抹煞的。当年得到过他们雨露恩泽的后辈作家，直到鬓发苍苍，还深深铭记着难忘的隆情厚谊。六十年后，我们今天依然以他们为光辉的楷模，努力遵循他们的脚印往前走去。

开始为丛书定名的时候，我们再三斟酌过。我们明确地认识到这项文学事业的“希望工程”是属于未来世纪的。它也许还显稚嫩，却是前程无限。但是不是称之为“文学之星”，且是“21世纪文学之星”？不免有些踌躇。近些年来，明星太多太滥，影星、歌星、舞星、球星、棋星……无一不可称星。星光闪烁，五彩缤纷，变幻莫测，目不暇接。星空中自然不乏真星，任凭风翻云卷，光芒依旧；但也有为时不久，便黯然失色，一闪即逝，或许原本就不是星，硬是被捧起来、炒出来的。在人们心目中，明星渐渐跌价，以至成为嘲讽调侃的对象。我们这项严肃认真的事业是否还要挤进繁杂的星空去占一席之地？或者，这一批青年作家，他们真能成为名副其实的星吗？

当我们陆续读完一大批由各地作协及其他方面推荐的新人作品，反复阅读、酝酿、评议、争论，最后从中慎重遴选出丛书入选作品之后，忐忑的心终于为欣喜慰藉之情所取代，油然浮起轻快愉悦之感。“他们真能成为名副其实的星吗？”能的！我们可以肯定地、并不夸张地回答：这些作者，尽管有的目前还处在走向成熟的阶段，但他们完全可以接受文学之星的称号而无愧色。他们有的来自市井，有的来自乡村，有的来自边陲山野，有的来自城市底层。他们的笔下，荡漾着多姿多彩、云谲波诡的现实浪潮，涌动着新时期芸芸众生的喜怒哀伤，也流淌着作者自己的心灵悸动、幻梦、烦恼和憧憬。他们都不曾出过书，但是他们的生活底蕴、文学才华和写作功力，可以媲美当年“奴隶丛书”的年轻小说家和《文学丛刊》的不少青年作者，更未必在当今某些已经出书成名甚至出了不止一本两本的作者以下。

是的，他们是文学之星。这一批青年作家，同当代不少杰出的青年作家一样，都可能成为21世纪文学的启明星，升起在世纪之初。启明星，也就是金星，黎明之前在东方天空出现时，人们称它为启明星，黄昏时候在西方天空出现时，人们称它为长庚星。两者都是好名字。世人对遥远的天体赋予美好的传说，寄托绮思遐想，但对现实中的星，却是完全可以预期洞见的。本丛书将一年一套地出下去，十年二十年三十年五十年之后，一批又一批、一代又一代作家如长江潮涌，奔流不息。其中出现赶上并且超过前人的文学巨星，不也是必然的吗？

岁月悠悠，银河灿灿。仰望星空，心绪难平！

1994年初秋

序

父亲的形象与小说的那股劲儿
——莫华杰的小说谈片

张　陵

把莫华杰的小说放到一起，可以说，《赊佛》最抢眼。古老村庄最后一个佛佬的故事。当地乡村把在丧事上为死者念经超度的人叫做佛佬。虽然不是寺庙里的和尚，但佛佬却要求十分专业，并且是家族衣钵相传，不是一般人能干的。小说里的那个父亲，就是一个很专业的佛佬，他一直想把祖上传下来的《赊佛经》传给儿子，培养儿子成为家族的第九代传人。情况当然很不乐观，儿子在东莞打工，被花花世界所迷惑，人性也遭遇了迷失，怎么也不想回村子当佛佬，这也折射出一代人对信仰的缺失。父子之间在这个问题上有矛盾有冲突，很多时候，矛盾冲突还很尖锐。由此，我们很容易把这篇小说的主题定位在表现传统文化无力抗拒现代文化的冲击，而不断萎缩消亡的命运。

主题也许不算新颖，因为现在很多小说都在写这个内容，也都会触及这个主题。然而，莫华杰的这篇小说却让人读起来很有些惆怅。想想看，就是人物，特别是父亲传递出来的。父亲这个人物形象身上那股劲儿使这篇小说不同于一般的文化冲突主题的作品。人物的重要性有时会超越主题的局限，而激活整个小说。事实上，只有当小说的人物有足够的力量的时候，小说才是活的。理论上常说的“形象大于思想”大概就是这个意思。《赊佛》中的父亲身上有一种精气神，也就是有一股劲儿。他没有在乡村中等待文化末日的到来，而是主动来到城市，要将《赊佛经》当面传授给儿子，不至于失传。然而没想到，在来的途中，父亲将祖传的佛像和铜铃给弄丢了。这也是作品内在的张力，隐喻丢失的并不只是祖传的佛像和铜铃，而是传统的文化和信仰。没有了佛像，就无法传授儿子《赊佛经》。为了让古老的经文世代相传，父亲买来一樽新的佛像，但是新买的佛像没有灵性，必须要开光才能使用。为了给佛像开光，父亲连续熬夜，结果不幸猝死异乡。正是他身上的那股傻气，那股韧劲，使父亲的形象立了起来，也使小说有了可贵的力道，有了更深层的意味。

实际上，莫华杰其他小说中的父亲形象身上都有这种想不开认死理之处。《南瓜》的故事看上去有些荒诞。小说中的弟弟不知道从哪里学来一套酿制南瓜酒的偏方，用尖刀把刚长成形的青南瓜切开一个小孔，将酒糟塞入南瓜里，加入一些水，再把小孔堵上。南瓜长大，天然的南瓜酒也就酿成了。弟弟偷偷酿南瓜酒，将自家和邻居家的南瓜都糟蹋了，引起邻居们的公愤，有人在南瓜里面下毒，弟弟喝南瓜酒时，不幸中毒身亡。而小说中的父亲死死锁定三个邻居，并顽固地认定他们就是害死小儿子的凶手。由此把整个村子搞得鸡犬不宁，自己的生活也搞得一团糟，这个家庭的命运从此摆脱不了死亡的阴影。而《替生》中父亲的劲儿却是一股潜流，文中依旧以第一人称叙述，母亲过世的时候才告诉“我”，“我”是一个过继上门的孩子，真正的父母是乡下人。出于人性的自私，“我”不想与乡下的父母有任何联系，然而因为结婚，为了酒席上的面子，“我”必须要请亲生父母出面。于是，由此引发出一系列的故事。“我”的生父，一生贫穷，性格内向，一直沉默无语，他的想法都由生母讲出来，其实就是希望“我”能帮助服刑的“哥哥”回到社会。“我”一直小心翼翼地回避着亲生父母，怕被他们的贫穷缠上，将来难以摆脱。小说结尾，当生母把几万元血汗钱交到“我”的新婚妻子手里时，体现出乡下父母淳朴的亲情，我们才实实在在地感觉到沉默的父亲身上那种力量。

当然，相比之下，《赊佛》里父亲的形象是比较完整的。他代表着乡村传统文化与现代生活之间的悲剧性关系，更带着坚定执着的神圣品质。这种品质，是现代都市生活所缺失甚至无知的，因而有了一种庄严哲学般的“净化”感。作品也自觉在传递着普通人的父亲身上的劲儿，传递着神圣感，奠定了这部小说集的基调。

仔细读下去，能注意到其他小说虽然不写父亲的故事，没有父亲的形象，但父亲身上那股劲儿似乎还没有消失，一直潜在于小说的结构里。《远山》写一个深山里的青年蓝托九在外打工，忍受城里人歧视欺负，变得非常木讷呆滞，什么事情也做不好，连唱歌也是五音不全。可一回到山里，就活了过来。话也多了，歌也唱得好听动人了。外面世界很精彩，但山里的孩子更爱自己的世界。这种怀旧乡愁，给小说注入了难得的诗意，道德的神圣感油然而生。《碑伤》则是发现乡村生活和文化的残忍性。那个为了让母亲的名字上功德碑的孩子的死让人深深同情，同时也让人看到了乡村旧文化的腐朽与落后。母子二人的命运真实揭露了当前农村文化的另一面，带出作品的现实批判性。这篇小说构思精当，托出了深刻的主题。人物形象也非常突出。那个叫阿狗的孩子不断送野枇杷给作为石匠的“我”，最后人从树上摔下来死去。他身上的那种惊人的执着劲儿似乎是从“父亲”形象那里传过来的一样，来源于“父亲”的力量灌注。与《碑伤》同样优秀的是《冬至》。回到乡下养老的“我”，为了招待东莞的爱吃狗肉的朋友，提前养了一只土狗，准备到冬至那天宰杀。不料，养着养着，主人与狗有了很深的感情。这只土狗并不知道自己的命运，一直保持着对主人的无限忠诚。直到有一天，主人为了恪守承诺，请人把狗杀了。而东莞的朋友突然来电话，说今年冬至不过来了。整个故事残忍无情而动人心魄。那只土狗身上也有这股人的劲儿和神圣意味。我们不会把它当作一只土狗，而是看着悲剧的精灵。写狗与人之间关系的故事，并不鲜见。也许，《冬至》不是写得最好的，但那种批判和反思与经典文学一脉相承。

有必要专门说一说《香火》。这篇作品在这部集子里从内容到思想，从人物关系到形象塑造都显得非常特别，与其他篇什的走向完全不同。可以说，是讲述发生在乡村的复仇与阴谋故事。一个当年被人看不起的穷青年狗生，卷走了全村人的电费南下广东，二十年后再回来已经是个富翁。而这座小山村还是那么贫穷，人们还过着苦日子。这个如今的富人狗生表面同情穷人，要为村子做好事，其实骨子里却在发泄自己的仇恨。他用各种手段暗算乡亲，甚至设计让有点智障的憨仔替自己守孝，还为自己养儿子、续香火。乡亲们被作弄后，不仅没有恨他，还非常感激他。这个人物身上也有一股劲儿，但已经不是什么正能量，而是一股邪劲儿，反映出当前中国文化的危机、精神的扭曲和道德的沦丧，有着深刻的警示作用。狗生这个人物虽然还可以更加展开，写得更透一些，但我们会注意到，这个人物身上的某些复杂的品性是其他乡土题材作品的人物所没有的，应该是作家的新发现。

这是莫华杰第一个小说集。这些作品展示了他小说创作上的才能、优势和特点，当然也可以谈很多不足。不过，从这些作品人物身上传递的那股力道可以看出，莫华杰对小说故事有自己的心得，对人物个性品质有自己的追求。这种意识的日益坚定，正在一步一步推动着他成为一个好的小说家。

南 瓜

一

事隔多年，从我心底跑出来的悲伤去面对那场早已过去的灾难时，仿佛进行了一场证据不足的控告，控告它给我家带来了支离破碎的命运。但到了最后，我却成了故事中的被告，岁月丢给我一大堆嘈杂的记忆，叫我给自己辩白。但要辩白什么，我并不知道，因为时间已经失去了所谓的真相，我只能还原自己的记忆。

记忆中一九九三年的夏天，是一个阳光明媚的季节。老天似乎把所有的颜色都涂在了这个季节上，连狗尾草的叶尖上停留的露水，在晨曦的透视下都能显示出这个季节的点点生机，更不用说那些挥着翅膀的云朵和落满阳光的树木了，风吹过来的时候，它们能唱出动听的歌声。然而，我的记忆却过滤了这些明媚的色彩，一场突如其来的灾难染黑了我生命的底片。许多年之后，阳光重新返照我的生活，但它晒出来的往事画面，依然是黑色的基调。

我想起那个漆黑的夜晚，我沉默地站在后院。空气中传来了南瓜腐烂的味道。这味道很腥臭，被夜色沉淀得越来越浓烈，熏得我的鼻子酸酸的，我忍不住打了个喷嚏。喷嚏打得我全身发抖，我捂着疼痛的胸口，感觉到自己的心跳短暂地停止了。然而，真正停止心跳的是我的弟弟，他被南瓜害死了。

父亲拿着铁锹，躲在后院的南瓜架下掘墓穴。泥土在黑暗中被铁锹狠狠地甩出去，发出沙沙的响声，像是大地颤抖的声音。父亲掘的不是坟，而是将岁月挖开了一条隙缝，有些东西正在缓缓地坠落，缓缓地消失。多年之后，父亲的身影消失在漫长的回忆之路，那个黑夜开始变得下落不明。

弟弟是被南瓜酒毒死的。弟弟不知道从哪里学了一套酿南瓜酒的偏方：用尖刀把刚长成形的青南瓜切开一个小孔，将酒糟塞入南瓜里，加入一些水，再把小孔堵上。南瓜长大，天然的南瓜酒也就酿成了。弟弟拿着一根竹管，顺着小孔插入南瓜的内部，吮吸着南瓜酒浆，像蜂鸟吮吸花蜜一样。在那个阳光充足的盛夏，弟弟喝得红光满面。

弟弟很坏，将南瓜酒吸干之后，还会掏出小鸡鸡插入南瓜的小孔，往里面撒一泡尿，再将小孔堵上。南瓜酒里面有残留的酒糟，会将尿水的气味发酵得十分浓烈，渗透到南瓜肉里，当别人把南瓜摘回家切开要做菜时，就会闻到一股臭气熏天的尿骚味。

弟弟将家里的南瓜和邻居家的南瓜都糟蹋了。村里人喜欢将南瓜种在院子里面，邻居之间的院子都挨得近，下手容易。弟弟对南瓜的破坏，激怒了我的父亲和邻居们。弟弟做得极是隐蔽，像一只狡猾的黄鼠狼。平日里，弟弟总是装出一副听话老实的样子，连父亲也被瞒住了。再说了，谁会想到是弟弟做的手脚呢，他才十五岁。人们都以为酿酒这种事情，是大人才能做的。

整个村子就只有我家和邻居儿家的南瓜被糟蹋，大人们聚在一起，愤怒地咒骂凶手，并商量着如何捉拿凶手。有人说在南瓜架下放老鼠夹，把凶手的脚夹伤；有人说往南瓜里面下泻药，让凶手把肠子都拉出来；有人说干脆直接往南瓜里下农药，把凶手毒死算了。当时讨论过多，也不记得是谁说的下农药，大伙只道是开玩笑，没想到真有人往南瓜里下了农药，将弟弟毒得双眼翻白，一命呜呼。

弟弟是在早晨中毒的。清晨时分，女人烧水做饭煮猪食，男人打扫猪圈和牛栏，放鸡赶鸭，都忙碌得很。弟弟趁着这当子，跑去偷喝南瓜酒。也不知道他跑到谁家的南瓜架吸了南瓜酒，回来后肚子就疼得厉害。不一会儿，口吐白沫说不出话来。他空腹吃进了农药，毒性蔓延快，再加上南瓜酒里有发酵的残糟，弟弟很快就昏迷。父亲把弟弟送到医院时，他已经断气了。

弟弟的死迅速击溃了母亲，母亲接到噩耗那一瞬间，从一个打扮体面的女人，转眼就变成了披头散发的疯婆子，她嗷嗷大哭地匍匐倒地，在地上打滚，双手像鸡爪一样刨着土地，仿佛要刨出一个坑来，把残酷的现实给掩埋了。

父亲将弟弟的尸体背回家，已经是下午了。父亲像一头老牛，驮着弟弟的尸体进入村子，每路过一户人家，就捶胸顿足地嚎叫一阵。天上的飞鸟，树上的鸣蝉，地里的虫儿，就连潜在池塘的青蛙，都被父亲悲愤的嚎哭声给吓住了，它们闭上了嘴巴，偷偷地隐藏起来，整个村子死寂如坟，染上了一层不祥的气息。

父亲把声音嚎哑了，把眼泪哭干之后，才将弟弟背回来，放在后院的南瓜架下，悲愤地跑到派出所去报案，说有人故意下毒害死了他的儿子。派出所安排两位民警来调查。

午后的阳光透过南瓜架的缝隙，漏在弟弟青紫色的脸上，他的脸上捂起了一块一块的斑点，像是生锈了。他的内脏被农药腐蚀，渐渐溃烂，尸臭从他的嘴里散发出来，吸引了无数苍蝇。苍蝇们聚在弟弟裂开的嘴唇上，贪婪地吃着他嘴里残留下来的脏物以及白色的唾沫。很多苍蝇吃了之后飞不起来，倒在弟弟的身边嗡嗡地挣扎着，仿佛是弟弟的灵魂在尸体前久久萦绕，悲泣，不忍离去。

这起“南瓜中毒事件”关系到四户人家，我家和三户邻居的南瓜都被弟弟酿过酒，也不知道弟弟早上吸了谁家的南瓜中毒的。弟弟是受害者，我家被排除在外，民警对其余的三户邻居进行了审讯。三户邻居都矢口否认在南瓜里下毒，他们甚至情绪激动地发誓，说根本不可能做这样的事情，他们虽然痛恨糟蹋南瓜的坏蛋，但不至于做出这种伤天害理的事情。

民警没办法，将邻居们的南瓜全部摘下来，用刀在南瓜上刻上了名字，拉了满满的两拖拉机到刑侦化验室，将南瓜一个一个地剖开检测。结果是，南瓜里面有酒精的成分，但没有农药的成分。

从检测结果看，弟弟并非死于南瓜之毒。父亲不服，他愤怒地号啕大叫：我儿子一定是被南瓜酒毒死的，肯定是邻居们知道出事了，把下了农药的南瓜摘下来，毁灭了证据，所以你们化验不到结果。我儿子就是他们害死的，你们要为我做主啊！

民警冷静地说，你有什么证据证明别人毁灭证据？你说的都只是个人的猜测，口说无凭，我们无法立案处理。再说了，我们已经把南瓜化验过了，南瓜里并没有毒，你的说法不成立，说不定，你儿子是吃别的东西中毒的。

父亲确实没有证据证明弟弟死于南瓜之毒，派出所无法立案，弟弟的死因最终被列入“意外食物中毒”，后果由家属自行承担。

二

弟弟中毒身亡，母亲精神崩溃沦为疯子，这两件具有摧毁性的灾难事件毫无预兆并同时叠加到我家里，我家就像一艘小船在海中漂流，遇到了巨大风暴，转眼就要被残酷的现实所吞噬了。我感觉到连时间都开始摇晃起来，整个世界都在动荡不安。

灾难就像一副沉重的担子，压弯了父亲的腰。父亲走路连影子都是佝偻的。弟弟死去之后，父亲的身体再也没有站直过，仿佛弟弟的尸体一直压在父亲的背上。

乡下风俗规定，未成年人死亡是不能举行葬礼的。天气热，尸体不能过夜，必须当晚处理掉。父亲用水杉木钉了一口粗陋的白色棺材，将弟弟的尸体放到棺材内。在那个伸手不见五指的黑夜，父亲将弟弟的尸体掩埋在后院，坟墓竟然选在了南瓜架的下面。

死于南瓜毒的弟弟，最终也安眠于南瓜架下，不管是上了天堂还是下了地狱，弟弟都会忘不掉南瓜给他带来的伤害。那些南瓜藤张牙舞爪地攀爬在弟弟的坟墓上面，在清晨的淡雾中，在黄昏的霞光里，在夜晚的月色下，看起来像是恶魔编出来的图案，稍微有点风吹草动，就显得极是狰狞，极是诡异。我想，要是在弟弟的坟墓上种一株南瓜，南瓜藤顺着坟墓攀爬到南瓜架上，坟墓与瓜架相连，那场景看起来肯定更是诡异。说不定，南瓜是吸着弟弟的骨肉而长成的，有着亲人气息，抱在怀里也能感觉到弟弟的体温。

我虽然怀念死去的弟弟，但对父亲做出的决定感到不满。人死了就死了吧，怎么能将尸体埋在后院呢！要是埋到荒岗野岭多好，过一段时间，夏天的雨露和干瘪的阳光会滋生出一堆杂草，疯狂地掩盖住坟头，就像时间掩盖真相一样，所有的一切都会被岁月渐渐抚平，弟弟死去的伤痛最终也会随风而去。但父亲执意要将弟弟埋在后院，这意味着我们透过窗户，每天都能看到那座突兀的坟，它像时间的疤痕一样梗在我们眼前，想绕都绕不过去。

为什么要埋在院子里呢？我对父亲的质疑，就像父亲对南瓜的质疑一样，这样的质疑会让一个人的内心产生绝望与愤怒。我想，应该把弟弟的尸体埋到一个没有人知道的地方，越远越好，就像他从来没有来过这个世界上一样。

父亲将弟弟埋葬之后，仿佛也将自己埋葬了。从此，父亲变成了另外一个人，他不再干任何农活，每天去找三个邻居家的麻烦。他说邻居害死了我的弟弟，他要讨回一个公道。对于一个农民来说，丢下了家庭和农活，比丢掉性命还要可怕。

我们村子是解放后组建的，都是些百家姓氏，人们之间没有什么亲缘，但平日相处得好，邻居之间都以兄弟相称，就像一个家族的人。平日里，父亲和邻居大人们会坐在一起抽烟吹牛，要是谁家杀猪了，都会互相邀请一起去吃肉喝酒。我从小跟邻居们的孩子玩得很好，像兄妹一样亲密。然而不幸的事情发生了，弟弟中毒身亡，父亲做出了悲愤的决裂，一下子将几家邻居多年积累下来的感情给毁灭了。

弟弟的中毒事件牵扯到的邻居，有左边的谭叔叔、右边的余三伯，以及后面的秦大伯。这三家邻居也在互相猜疑，到底是谁家在南瓜里下了毒，连累了他们。三家的关系也因此被搞得僵硬起来，一时间互不来往。空气被弟弟死亡的阴影压缩起来，邻居之间的眼神中，弥漫着不友好的味道。

父亲每天拎着一瓶甲胺磷，佝偻着身子，像个讨债鬼一样，徘徊在三个邻居的门口，他愤怒的声音仍能让空气动荡起来，你们最好自己坦白是谁在南瓜里下了毒药，害死了阿仔，否则我肯定不会放过你们的。我不能让阿仔白白死去，我一定要查到凶手是谁，如果你们不承认，我要报复你们，我要把你们全部毒死！

阿仔就是我弟弟了，我叫阿落。“落仔”在我们家乡是一个俚词，就是生仔的意思，代表着家庭“人丁兴旺”。父亲希望家庭兴旺，却没想到沦落至如此下场。

邻居们看到父亲手中的甲胺磷，都吓坏了。若是父亲将这瓶药水偷偷地洒在他们的青菜地里，他们把菜摘回来吃，肯定会引起食物中毒，说不定也会像弟弟那样，口吐白沫一命呜呼。邻居们都劝导着父亲要看开点，对于阿仔的死，他们也感到心痛，但是人死不能复生，该放下的就放下吧。邻居们还发誓，说不是他们下的毒药，说不定阿仔是自己吃了别的什么东西中毒的呢！

父亲不依不饶，就像一个逼供犯人的警察，那瓶甲胺磷给了他巨大的底气。阿仔肯定是喝南瓜酒中毒死的，你们别想骗我了，凶手肯定就在你们当中，我一定要揪出来，我不会让阿仔白白死去的，如果你们都不说，如果你们互相包庇，我总有一天会把你们都毒死的。我一定要为阿仔报仇！

父亲说得坚决如铁，并且扬起了他手中的农药。甲胺磷握在他的手中，真理就握在他的手中，他说的一切都不容置疑。他的气势显得十分壮烈，就像一个要豁出性命的战士，一时间没有人敢惹他。邻居们除了说好话安慰他，没人敢说一句反抗的话去激怒他。有个成语叫“穷寇莫追”，我父亲的表现和一个穷寇一样，谁敢顶他，他就要跟谁同归于尽。再说了，弟弟刚死，父亲的心还在流血，邻居也不忍心在他的伤口上撒盐。

就这样，父亲每天都拿着一瓶甲胺磷在邻居们的家里转来转去，说着同样的话，就像一个阴魂不散的野鬼，让邻居们产生了阴影。邻居们甚至怀疑弟弟的冤魂上了父亲的身，要来报复他们。于是，有人在门口插上了桃枝，并贴上护身符，还有的挂上八卦镜。但是一点用都没有，父亲总会在他们吃饭的时候破门而入，扬言要把甲胺磷倒到他们的饭菜中，毒死他们。

父亲的表现让邻居们精神恍惚，他们真的怕父亲在他们的菜地里偷偷地洒农药。甚至，他们怀疑父亲已经做出这样的事情。在那段时间，邻居们做饭的时候，总是把青菜放在水里泡很久，把青菜的原有味道都泡淡了，才敢捞出来炒着吃。吃饭时，他们还将青菜喂给鸡狗吃，看到鸡狗吃了没事了，他们才敢放心地吃。

这样长期下去也不是办法，邻居们去村长那里求帮忙。村长也知道这件事情的严重性，要是村里搞出几条人命，村长的乌纱帽也保不住了。

村长好心劝告父亲。父亲竟然威胁村长，说要是你敢插手，我连你也一起毒死。村长大怒，跑去派出所告状。民警开车进村，将父亲抓走，并缴获了父亲那瓶形影不离的甲胺磷，就像缴获凶器一样。

三

我比弟弟大三岁。弟弟死的时候，我已经十八岁。

我没有像父亲那样失去理智，我曾经找过父亲谈话，说人死了不能复生，不要纠缠在弟弟的死因上面了，要以家庭为主，赶快把家庭重新振兴起来。但父亲一点也不听我的，他用那句“我不会让阿仔白死的”来搪塞我。这让我很想不明白，父亲为什么一直怀揣这个想法。我怀疑父亲是不是受了打击，精神出现问题了。不过，我也没有太多的时间去理会父亲，因为我要照顾发疯的母亲，还要做很多农活和家务来维系破裂的家庭，不让它破碎。

盛夏是一个美好的季节，花生落叶，玉米脱衣，压弯腰的水稻随着风儿摇晃，等着人们去收割。收割完粮食，还要插晚稻，种番薯，种反季节的花生。现在，家里就我一个人手了，别说地里的庄稼了，就是照顾疯癫的母亲我都忙不过来。

幸好有亲戚们相助。小姨帮我带母亲到县城的医院治病，医生说母亲受了严重打击，猝然引发精神分裂症，需要住院治疗。母亲住了十多天院，打了针吃了药，病情稳定了不少，不像刚疯癫时又是打滚又是刨土的。不过她没有恢复以前那个贤惠的模样，要么突然拍手傻笑，要么就傻呆呆地站着，一言不发，沉默得像个木偶。

母亲出院时，医生开了一些药，让我按时给母亲服用，定期带她到医院检查，应该没有什么大碍。医生说，我母亲的病情也不是很严重，只要慢慢调理，会好起来的，但千万不能再让她受任何的打击了。

舅舅和姑父们都知道我家发生的事情，他们自行约定了时间，跑来帮我收割庄稼。我家的事情在方圆十里内成了争议最多的新闻，甚至还流传了几个故事版本，尤其是我父亲拿着甲胺磷威胁邻居的事情，更是轰动一时，被人们夸大其词了，说得跟民间流传的《封神榜》一样传奇，仿佛我父亲手中拿的不是甲胺磷，而是李天王手中的托塔。不过，我没有闲情去关注这些谣言，家里忙得鸡飞狗跳，顾都顾不过来，哪有心思去管别人怎么说呢！

忙了几天，粮食收割回来了，亲戚们回去忙自家的田地，余下的事情，例如插晚稻和种番薯之类的，就要我自己动手了。母亲从医院回来，精神稳定了，能在家里自己照顾自己，我可以放心地去田地里干活。

父亲被派出所关押了半个月，获释那天，我没有去接他。我甚至有个邪恶的念头，应该把父亲关久一点，让他清醒过来了再释放。为了防止父亲故技重演，我事先将家里的农药都收藏起来，锁到柜子里，并交代村里的农业连锁店，让他们不要卖任何农药给父亲，以免惹出事端。

父亲从派出所出来，像个叫花子一样，蓬头垢面，黑白混杂的头发盖到了脖子，胡须长得像墙边的杂草，把脸颊和下巴都掩住了，仿佛老了十几岁。父亲回来洗了个澡，换了衣服，却不收拾头发和胡须，任凭长发和胡须蓬乱地堆满他的脑袋，像个野人一样。他走在村里，很多不懂事的小孩都吓得哭起来，好像看到了怪物。

很快，父亲的手中又拿了一瓶甲胺磷，像炸药一样紧紧地握在他手中，依旧在邻居的门外徘徊。我不知道他是从哪里搞来的甲胺磷，我看到锁在柜子里的农药一瓶不少，也去问了村里的农业连锁店，他们也不曾卖过农药给我父亲。难道这瓶农药是父亲从别人家里偷的？还是有人想看把戏，故意给父亲的？

父亲这次学乖了，没有像以前那样嚣张地说要毒死邻居，他知道那样做是犯法的，会留下坐牢的证据。他只是拿着甲胺磷，在邻居们的家门口不停地徘徊，像旧时候的地主巡逻自己的院子。有时，他会突然闯入邻居的家里，将手中的甲胺磷放到地上，然后打个哈欠，仿佛寻找睡觉的地方。更多时候，他就一直坐在邻居的门槛上，长期缄默，任凭邻居怎么赶他都不走，也不吭气，一副死皮赖脸的样子。长头发和胡须盖住了父亲的脸，人们看不到他的表情，只是看到他的眼中，闪烁出一缕寒光。

父亲打的是暗战，他拎着甲胺磷的身影，一度成了邻居们的梦魇。很长的一段时间，邻居们不停地诅咒我父亲。但是他们不敢当面诅咒，只是在私下里暗骂，泄恨而已。

三家邻居中，余三伯家里父亲不敢乱去，因为余三伯家里养了一条大黄狗。以前，父亲没长发和胡须，这狗和父亲稔熟，还舔父亲的手。现在父亲身上有一股陌生的气息，黄狗一看到他就会狂吠起来，要扑上去咬他。后来，这条大黄狗莫名其妙地死了。村里人都说，肯定是我父亲毒死的。但是没有证据，就算猜到了，也不能拿我父亲怎么样。

余三伯眼睁睁地看着父亲拿着甲胺磷徘徊在他的屋前，他只能忍气吞声。他不敢和父亲这样的烂人斗气，在村里人的眼中，父亲已经是亡命狂徒，就像神经病，谁敢跟他叫板？邻居们为了保住家宅平安，只能一味地退让。

邻居们一天到晚都把大门紧闭，以此拒绝我父亲登门。邻居们的孩子也不敢跑出去玩，害怕遭到我父亲的暗杀。尽管如此，父亲还是能见缝插针。他会守在邻居家的大门前，一直等他们家从地里干活回来，然后跟着进门，一言不发地蹲在邻居的天井或厨房门口，像一尊恶煞。

有一天，父亲蹲在秦大伯的天井前，秦大伯真怕父亲往井里下毒，就拿了个板凳给父亲坐，又递烟给父亲抽，还问父亲吃饭没有，说要是没吃，就在他家里吃。秦大伯还说，家里有一只母鸡长得太肥了，一直没有下蛋，干脆剁了下酒。

秦大伯完全是一种讨好的口气说话。父亲却只顾抽着烟，一言不发，甚至连眼皮都没有动一下。秦大伯无奈，就转变了语气说，我求你以后别来我家了，阿仔的死真的与我无关。我们也相处这么多年了，你也知道我的为人。我是个老实本分的人，怎么会做那样的事情呢。如果你真想查出阿仔的死因，我可以配合你。我敢说，毒死阿仔的不是我，而是他们。

秦大伯指的他们，自然是谭叔叔和余三伯了。父亲冷冷地看着秦大伯，嘴里吐出的烟雾在父亲的胡须和长发上停留了一会儿才散开，使他的面相看起来若隐若现，显得极是诡异。父亲依旧不说话，他的眼里透出来的，是不屑的神色。秦大伯忍不住了，他撕下了脸说，那你到底想怎么样，你说吧。要是你想要钱，我可以给你钱！要是你想要我的命，你只管说，我把命给你，你别这样折腾人。我坦白地告诉你，阿仔的死与我无关，我什么都不欠你的，你别当我是冤大头，我可不是傻瓜！

父亲终于开口说话了，他沉重地吐出一口烟，将烟头丢在地上，用脚踩着。他说，我不会让阿仔白死的。说完，他站起身，拎着手中的甲胺磷，佝偻着身影走了。他走到门口的时候，还有意无意地将手中那瓶甲胺磷撞在门边的铁框上，发出叮的一声脆响。这一声脆响，像钉子一样楔入了秦大伯的心里，秦大伯忍不住打了个哆嗦。

秦大伯冲着父亲的背影大叫道，以后你再敢到我家里来，我就和你拼命了！说完这话，秦大伯觉得总算出了一口恶气，他以为自己这番话可以抵一阵子。没想到，第二天秦大伯家里喂养的两只公鸡被人毒死了。父亲依旧拎着一瓶药水，在他的屋前门后晃荡着。紧接着，谭叔叔家里养的三只下蛋的水鸭，也被毒药害死了。

看来，父亲真的着魔了，他真的是要疯了。毒狗毒鸡再毒鸭，说不定下次就要毒到猪和牛了，说不定要毒到人了。邻居们开始陷入恐惧之中，他们认为父亲开始实施报复手段，先从家禽开始下毒，发出了警告的信号，下一步很有可能会往人身上下手。邻居家都有小孩呢，要是父亲哪天丧尽天良，将毒药使到孩子们的身上，那还得了！

忐忑不安的邻居们百般无奈地又去找村长。村长找父亲说事，苦口婆心的，但父亲无动于衷，像个哑巴一样麻木地站着，缄默得让人无计可施。

村长真拿他没有办法了，在没有证据的情况下，村长一时间治不了父亲的罪。于是，村长找到了我，让我想办法管住我的父亲，如果他真的搞出人命了，到时候会连累我们全家的。

四

母亲的病情相当稳定，但是却没有康复的进展，她依然傻呆呆的，不言不语，只是偶尔会傻笑。不过，她可以做一些力所能及的小事了，例如掰玉米，摘花生，但是复杂一点的事情她就做不了。以前母亲做的饭菜喷香，现在她连洗碗都不利索了，更不用说烧火做饭。不过她不用我操心，至少可以安静地待在家里，不像我父亲一样，一天到晚神经兮兮地在外面晃荡。

我曾经狠狠地骂过父亲，希望他能振作起来，但父亲就像一团烂泥，扶不上墙了，怎么说都没有用。也许，弟弟的死就像一个旋涡，把父亲卷进去，搅得他全身发软，失去了方向。父亲活着的目的，大概就是去折腾邻居们。我不知道这对他来说，有着什么样的意义。

我担心父亲会把事情越搞越大，心里一直想着怎么摆平他。我很想做个牢房，或者拿个手铐之类的把父亲囚禁起来，不要让他闯祸了。但是父亲对我不讲任何感情，他的眼里寒光四射，一眼能看出我的意图，他扬着手中的甲胺磷，说要是我敢对他怎么样，他连我一起毒死。父亲变成一个六亲不认的冷血动物了，这让我很愤怒，也很无奈，但却夹缠着不少嫉妒。我嫉妒弟弟，他死后能让父亲跟着死去，这种父爱刺痛我的心。我想，如果我中毒身亡，父亲会不会也像这样垮掉？

父亲的事从村里流传出去，又开始被人们编撰成民间故事了。有人甚至编了一个令人毛骨悚然的版本，说父亲的灵魂已经死了，他现在身上的灵魂是我弟弟的。弟弟是被毒死的，他的灵魂有毒，所以不用下药，就能害死邻居家的鸡鸭狗。正所谓“阴间四十九，阳间恨难休”，等到七七四十九天之后，弟弟就要正式复仇了，不杀死仇人决不罢休。

屈指一算，弟弟已经死了一个多月，离四十九天不是很远。这个传闻一传出来，村里就蒙上了一层灰色。不知道为什么，人们都相信这个传闻。大概，这和父亲的形象也有点关系，他蓬乱的长发和满脸的胡须看起来确实不像人，像一个野鬼，一个孤魂野鬼，他和人世间，和我的家庭，似乎没有任何的关系了。

五

立秋过后，秋风徐徐吹来。

下午，我在地里锄草，将老牯牛绑在树林里，让它自行吃草。没想到牛挣断了绳子，跑得不见踪影。我奔波了一个下午，终于在邻村找到了牛。为了找牛，我把双腿都快走断了，又渴又累，又做不成事。我气愤不已，把牛绑在一棵柳树上，折了几根粗的柳枝，狠狠地抽了牛一顿，把厚厚的牛皮都抽起了一条条的疙瘩。牛被我抽得围着柳树转圈，疼得它口吐白沫，眼睛流下了泪水。

这是一头可怜的老牛，在我家干了六七年的活，现在家里缺少人手，没有人去放养它，我只能将它拴在树林里，让它嚼着干枯的草根，让它受蚊子和苍蝇的侵扰。它肯定是想吃新鲜的草，所以才挣脱了绳索，独自跑去觅食了。我心里好像也有一条鞭子在抽打着。我丢下了抽断的柳枝，抱住老牛的脖子，和它一起流泪。

我迈着沉重的脚步，把遍体鳞伤的老牛牵回家时，已经是夜幕降临。

父亲又去折腾邻居了，家对他来说，只是一个寄居的地方。

母亲坐在黑暗中掰玉米，玉米粒从她的手中掉到箩筐里，发出沙沙的响声，好像是时间在黑暗中悄悄溜走的声音。这种声音让我感到惶惑和害怕，我不知道时间要溜到哪儿去。曾几何时，我天天祈祷着时间赶快过去，让家里赶快走出这个困境，但是此刻，我突然听到时间溜走的声音，它是那么地无情，我却莫名地害怕起来。

我打开电灯，看到母亲双眼无神地坐在箩筐前，她的双手因为掰了一天的玉米而红肿起来，像要流血。我的心好像被母亲掰掉了一块皮，正在缓缓地流血。我冲上前，一把夺过母亲手中的玉米，狠狠地从门口丢出去。玉米摔在地上，发出啪的一声，时间从此摔断。母亲惊愕地看着我，脸色茫然。我曲扭着脸，像魔鬼一样站在她的面前。母亲吓得蜷缩在箩筐后面，像一个犯错的孩子。

我心中充满了仇恨，跑到了鸡窝里，抓一只母鸡出来，挥起菜刀，一刀将它的头剁下来，然后开始做晚餐。父亲一般都是半夜才回来吃饭的，我和母亲每天吃完饭之后，都会将饭菜放在灶头上，给他留着，供养他没有灵魂的身躯。但这个晚上，我发誓决不给他留一粒米饭。我要把吃剩的饭菜，全部锁到柜子里，哪怕是烂掉，我也不给他吃！

饭菜做好了，我和母亲坐在厅里，安静地吃着晚餐。昏暗的灯光下，有几只飞蛾寻光扑来，将灯泡撞得摇晃起来。母亲一边扒着饭，一边抬头看着掠动灯光的飞蛾，怔怔地发呆。有一只飞蛾被灯泡的热度烫伤了，摔倒在地，拍着翅膀垂死挣扎。我一脚踩过去，将它踩得粉身碎骨。母亲脸上掠过一丝惊恐，不敢再抬头看灯光，只顾着埋头吃饭。

这时，一个人急匆匆地跑来，是秦大伯家的女儿双凤。双凤火烧眉毛地说：“阿落，你才吃饭啊！你爹和我爸吵起来了，吵得很凶，说不定要出事了，你快去看看！”

我搁下饭碗，和双凤一起跑出去。

秦大伯的家门口围了好多人看热闹，他们都兴致勃勃地看着父亲和秦大伯吵架。晚上的时候，父亲携带着甲胺磷，一言不发地坐在了秦大伯的门槛上。秦大伯一家人正在吃饭，秦大伯的小儿子看到我父亲那鬼样子，吓得哭闹起来，吃饭吃不安宁。秦大伯忍不住了，就叫谭叔叔和余三伯他们一起过来对抗我父亲。三家邻居因为父亲的折腾，关系僵硬了一段时间，后来他们都想通了，决定齐心协力，压制我父亲。

导火线终于点燃了，一发不可收拾。父亲平时的所作所为，早就和邻居们积了怨，邻居们一怒之下，全都豁出去了，纷纷攻击我的父亲。秦大伯一时气愤，脑子打了个激灵，更是指着我父亲大骂道，他娘的，你凭什么说是我们害死了阿仔，说不定是你自己在南瓜里下了毒，毒死了阿仔。你不敢面对现实，企图掩盖你的罪行，所以就故意嫁祸给我们。你以为这样做就可以逃脱罪孽了吗，你的心也太狠了吧！

这句话抛出来后，造成了巨大的杀伤力。邻居们突然醒悟过来，是啊，说不定事情真是这样呢——要把一个大男人彻头彻脑地变成一个恶魔，那需要多大的力量呢？阿仔的死虽然沉重，但也不至于让父亲一蹶不振啊！说不定真是父亲自己害死了阿仔，心里承受不了这样的痛苦，所以将自己变成一个恶魔。他这么做，也许不是惩罚别人，而是惩罚他自己。

尽管这只是一些猜测，但邻居们再也忍不住了，积了多时的怨，含了多时的冤，在这一刻都爆发了，他们忍不住拍着大腿叫屈着，凭什么说阿仔是我们毒死的，说不定是你自己毒死的！你才是真正的杀人凶手！

父亲像被雷劈一样，整个身子都摇晃起来，他撕心裂肺地吼叫，你们胡说，明明是你们害死了阿仔，却不敢承认，现在还要合伙欺负我，故意反过来害我，你们会遭天打雷劈的。你们想洗脱罪孽，我可不吃你们这套，我要毒死你们，我要为阿仔报仇!

父亲一边说，一边扬着手中的甲胺磷。

父亲的动作吓得众人一时不敢乱说了，都纷纷倒退。要是父亲把盖子打开，将甲胺磷泼出来，那是不得了的。甲胺磷是剧毒啊！洒在眼里会瞎，洒在嘴里就没命了，就算洒在身上，毒性透过毛孔，人也会中毒的。

我和双凤跑过去的时候，父亲正拿甲胺磷做着要拧开盖子的动作，那动作就像战士拿着炸弹准备拉保险，准备壮烈地与敌人同归于尽。我再也忍不住了，怒不可遏地冲过去，跳起来，狠狠地一脚踹在父亲的胸口。

父亲轰然倒下，摔了个四脚朝天。我趁机一把夺下他手中那瓶甲胺磷，扔到了一边去。甲胺磷摔到地上碰到了石头，碎开了，里面流出来的液体一点气味都没有。我才知道，父亲手中的甲胺磷是水货，可能是从田间捡了个甲胺磷的空瓶，往里面装了井水，用来吓人的。

父亲被我踢倒之后，全身摔得散架了，他一边吃力地爬起来一边骂道，你他娘的，竟然敢打老子，不怕雷劈啊!

我一脚又将他踹倒在地，不停地用脚踢他，一边踢一边骂，被雷劈死总比被你折腾死好。你活着反正也是累赘，还不如去死吧！他娘的，上辈子我欠你的吗？我们家都这么惨了，你还想怎么样!

怒火在心中焚烧，我用尽了力气去踢父亲。父亲抱着脑袋在地上打滚，嗷嗷大叫，无力反抗。秦大伯他们看到我打得狠，怕闹出人命，都过来硬拉着我，让我息怒。

父亲蜷缩在地上，抱着胸口，忽地嗷嗷叫痛，忽地又呜呜抽噎着，像个受了委屈的疯子。他的额头和脸部都被擦伤了，衣服也被磨坏了，露出了肉，看样子他伤得不轻。我心中的火气息了一点，凶狠地指着他说，从今天开始，谁都不许再提起阿仔。阿仔不管是谁毒死的，他已经死了，一点意义都没有了，要是你再提起他，我非杀了你不可！反正现在都家破人亡了，要死大家一起死吧！

说完这话，我扭头走了。

我像疯子一样跑回家，从家里拿了尖镐，跑到后院去刨弟弟的坟墓。

弟弟的坟墓上已经长出了杂草，嫩嫩的，有几只萤火虫停在上面。

这又是一个黑夜，没有星星，没有月亮，萤火虫的微光格外惹眼，像冥火一样忽闪忽现。我一镐挖过去，坟墓的泥土松软，塌盖下来，将萤火虫活埋住了。我的眼前顿时感到一片漆黑。

我在黑暗中一镐一镐地掘下去，仿佛要把地狱挖开，将弟弟的冤魂找出来。很快，弟弟的木棺被我刨出来了。接着，我用尖镐挖断南瓜架的四根支柱。不一会儿，南瓜架轰然倒下。架子上面还有几个枯死的南瓜，自从弟弟中毒之后，南瓜在我们家里已经成了禁食品，这些南瓜有些是被弟弟酿过酒的，里面已经全部腐烂掉，架子倒塌的时候，南瓜全部都摔碎了，散发出一股腐烂的臭味。我想，这股臭味和尸体的腐烂味应该是一样的，都带着怨气。

我到后院的柴房里搬了木柴，做成了一个柴堆。我吃力地将木棺推到木堆上面，再从家里拿了一瓶煤油出来，泼在上面。

我点亮了火柴，木棺和柴火开始燃烧起来，发出了哔哔剥剥的响声，仿佛是弟弟在棺材里发出的痛苦呻吟。黑夜一瞬间被火光照亮了，狼烟和火星沸腾起来，奔向天空。但愿那是弟弟的灵魂在升天。

我默默地看着这堆火，它火光鲜艳，涂在人的身上，像血一样的颜色。我不由得流下了眼泪。我不知道为什么会流泪，其实我并不悲伤，也不难过，那一刻我的心情是极度地平静，平静得让我想哭。

我感觉背后有动静，转头，看到母亲站在我的身后，她和我一样，静静地看着火堆，眼中盈满了泪水。我忍不住地叫了一声“妈”，母亲点头“嗯”地回应了一声，那声音听起来有些缥缈，但却有着温度，有着感情。原本看起来傻傻的母亲，在这火光照耀下，她的脸色随着火光的闪烁不停地跳跃着，像刚活过来一样，显得格外真实。

六

母亲的病很快就好了。仿佛她从来没有生过病，只是做了一场噩梦而已。

从噩梦中醒来的母亲和以前不一样了，她依然会干农活做家务，但是却变成了一个沉默寡言的人，甚至有时候一天也不会说一句话，也不会笑一笑。以前母亲是很健谈的，笑起来也很好看。不过，有时不说话也是件好事，沉默更能显示出人类的真实。

父亲被我打伤之后，也变成了一个沉默的人，像个哑巴，再也没有跟我说过一句话，也没有找过任何人的麻烦。他有两根肋骨被我踢断了，走起路来弯着腰，捂着小腹，还需要拄着一根木棍。本来，父亲的背就有点驼，他这样走路，就像一只断了翅膀的鸵鸟。我并不内疚，我想，但愿我这一顿暴打，能把父亲打清醒过来。

没过几天，父亲离家出走了。

那天，我一早就去镇上赶集卖玉米，没有亲眼看到父亲出走。母亲治病时，家里借了不少债，我要卖玉米还债，一步一步地建立新的家庭。听母亲说，父亲起来很晚，很客气地叫她做了一顿早餐。母亲意识到有事情发生，但她不知道会发生什么事情，只是眼皮不停地跳动。母亲煎了荷包蛋，炒了一盘蒜苗小鱼干，还给父亲倒上了酒。父亲吃完早餐后，使劲地抹了抹脸，也不知道是抹汗水还是泪水，因为他的头发和胡须把整个脸都掩盖住了，就算流泪，也没有人看得到。

父亲吃饱之后，拄着木棍，蹒跚地走出了家门。他走的时候什么都没有带，也没有留下任何话，像是出去散步。母亲站在门口，怔怔地看着父亲，父亲却一直没有回头。那天的秋风突然上涨起来，好像藏在岁月的风，在这一刻全部都跑出来了。秋风吹起来一阵又一阵的灰土，扑在父亲的身上，父亲身上很快就落满了尘埃。温暖的阳光涂在父亲佝偻的身躯上，他的背影在地上蠕动着，留下来一串无形的痕迹。

从此，我再也没有见过父亲。

发表于《山花》杂志 2012 年 1 期

赊 佛

一

昨夜喝得昏头涨脑的，忘了是什么时间，那会儿我正陪几个客人在KTV包房喝酒唱歌，我的裤兜里一个劲儿地震荡。我还以为是喝多了，双腿发抖，一首歌唱到一半，那种反应越来越强烈，那些个客人妹子都很刺激地瞅着我，一脸的暧昧。我从裤兜里掏出来一看，又是那老鬼，他总是在某个节骨眼上给我打电话。我晃了晃手机，顺手在一个笑得最坏的妹子脸上捏了一下，跑进包房洗手间，一屁股把门顶上了。但我还是听到从门缝里挤进来的歌声、妹子们发嗲撒娇的笑骂声，还有摇骰子发出来的当当声。我听不清父亲在讲什么，他好像一直在重复一句话。我的脑袋像一个灌满水的皮球，各种声音在里边晃荡。我不想听那老不死的唠叨，支吾了两句就把电话挂了，然后对着马桶气冲冲地撒了一泡尿。

第二天醒来，我头痛欲裂，脑袋瓜仿佛

被人用锤子敲开一样，喉咙里疼得像塞着一块烧红的火炭。我捂着脑袋坐在床牙子上，天旋地转，坐都坐不稳。我到冰箱里拿了一瓶纯牛奶，憋着一口气喝完了，靠在冰箱边上闭目养神。忽然听到手机响，却是早上起床的闹铃。这时，我想起了父亲昨晚打来的电话。我这人记性不好，经常忘记喝酒前后的一些事，比如昨晚是怎么回来的，昨晚洗桑拿时有没有睡妹子，甚至连昨晚花了多少钱都不记得了。但我却清楚地记得昨晚父亲给我打过电话，并记住了父亲对我说的一句话，他在电话里反复问我什么时候辞职回家。想起父亲的电话我又开始头疼了，刷牙时喉咙里发出一阵干呕声——该死的咽炎又犯了。

换上一身干净的衬衫西裤，我叼着一根芙蓉王去上班。打开电脑，我把邮件上未处理的事务都转给了助理娜娜，然后写了张外出的单子给经理签名，又跑回公寓睡大觉。

一直到了傍晚我的精神才好起来。我这人是个夜猫子，不管白天如何地困倦，一到晚上就像吃了春药一样。下楼吃过晚饭，我看到“海王星辰药店”贴出会员日 8.8 折的广告，于是走进去买了一盒草珊瑚含片和一盒阿莫西林，用来对付慢性咽炎。我拿着药去柜台上埋单，顺便在柜台的架子上拿了一盒避孕套，又顺便发了个信息给阿樱，问她晚上要不要上日语课。阿樱的老公是从英国留学回来的金融界人才，在一家金融公司当副总，也是这家公司的股东之一。阿樱以前在这家公司当文员，被她老公看中了。后来老公让阿樱去学日语，打算教她炒日本外汇。我和阿樱是在日语培训学校认识的。我有一家日本客户订单量很大，赶鸭子上架逼我进了培训班，没学到几句鬼子话，但这学费也没白交，要不怎么会绊上阿樱。

我这边信息刚标出去，阿樱嗖地就标过来一条短信，我要。我洗完澡就收拾房间，为了安全省事，我俩从不去酒店开房，一般都是她来我的公寓。阿樱的老公每天都很忙，据说炒外汇的水平相当高，每天深更半夜才回家，白天更是很少在家。阿樱给老公取了个绰号，叫钱疯子，除了赚钱，啥都不行。阿樱告诉我，那疯子还真是疯了，一天回来还掂回来一块砖头，冲进卧室里乱砸一气，砸玻璃，砸镜子……

吓我一跳，我还以为是要砸她呢！我劝阿樱，这种有暴力倾向的男人早点离婚算了，不如跟我。阿樱却露出一个高冷的微笑，你有钱吗？

我想起第一次和阿樱开房的情景。那天傍晚，我和她约定在日语培训班碰面，但我俩并没有去上课。我开着车子带她去咖啡厅的包间，咖啡喝到一半，我将阿樱搂入怀中，像吮吸一个熟透了的樱桃。我们嘴里刚喝过咖啡，残留的苦咖啡在唇齿舌间搅拌起来，细细地摩擦着，发出了更迷离的香味。阿樱被我又亲又捏，全身软绵绵的，像被抽去了骨头。我顺势将她压倒在沙发上。桌子和沙发挨得近，我将阿樱放倒时，胳膊肘不小心碰到了桌面，只听得叮的一声响，一个咖啡杯被我的胳膊肘碰倒下来，砸在地板上，发出尖锐刺耳的破碎声。难道那钱疯子有心灵感应？可怜的阿樱，被这声音吓了一跳，她推开我，喘着粗气坐起来，慌慌张张地整理衣服。她胸前的衣服被我揉乱，露出雪白的乳沟。我低头察看，只见满地的碎片。阿樱捂着胸口舒了一口气，说吓死我了。而后她又说，第一次做这种事情就摔碎一个杯子，看起来兆头不好呢。我笑道，这是好兆头，睡睡（碎碎）平安嘛。她被我逗乐了，握着拳头打了我一下说，这咖啡杯挺好看的，摔了可惜。

打破了人家的东西，钱自然是要赔的。一张老人头递过去，我说不用找了，给我再来一只一模一样的杯子。服务员打包了一个咖啡杯给我，用原装的纸盒子装着。盒子上面印着一大堆洋文，看起来像是进口的。我把包装好的咖啡杯递给阿樱，你说这咖啡杯挺好看，送你一个当作见面礼吧。阿樱接过杯子说，你还真会借花献佛。我坏笑着说，送杯子表示一辈子，意义重大哦。阿樱说，那我这辈子就用它来喝水啦！

阿樱其实是个很容易满足的人，在一起这么长时间了，我唯一送的礼物也就那个咖啡杯。

收拾好房间，阿樱还没来，我穿着裤衩站在阳台上抽烟。已经是五月下旬了，南方天气开始闷热，公寓两边的紫荆花已经开败，我闻到了落花散发出来的浓烈而怪异的味道，像残酒的味道在暮色中弥漫。

一根烟刚抽完，门锁响了。我转身走回房间，看到阿樱正拎着一袋苹果进来。她刚把水果放下，我就把她抱了起来，丢到床上去。像饿狼看到小绵羊一样，我扑了过去。阿樱用拳头捶打我说，你总是这么猴急，没得情调。我一边解衣服的扣子一边说，情调都是急出来的。这当口，手机突然响了，一看，又是那老不死的。我的身子猛地一缩，整个人一下就软了下来，连解衣服扣子的力气好像都没有了。

阿樱见我盯着手机屏幕发呆，双手勾着我的脖子，声音娇柔地说，别理它，快过来呀！这娘儿们，不急了她又跟你撒娇了。我将手机调为静音模式，扔在了一边，又把她搂住了，但怀里搂着一个女人，脑子里老是想着父亲……

阿樱走时，我还想把她留住，再试试。可阿樱甩了甩头发，就头也不回地走了，只给我留下了一个忧伤的背影。我怔怔地看着她拎来的一袋红苹果，那是我最爱吃的红色虞美人，这小娘儿们最懂我的口味。

二

阿樱走后，我看到手机有三个未接电话，都是父亲打过来的。我知道这老鬼找我有什么事，还是那句话，问我什么时候辞职回家。我有点烦他，也有点怕他。不知道父亲最近受了什么打击，没事就打电话过来，让我回家继承衣钵，发扬祖传事业。

父亲是一个佛佬。这是地方俚语，佛佬就是师公佬的意思，主要在丧礼上念经超度亡者，有时也会在庙会上念经请神。这是我家祖传下来的手艺，父亲已经是第八代传人。父亲打算传授给我，他说不能让《赊佛经》失传了。我不知道《赊佛经》是啥意思，父亲说，赊就是借的意思。人的生命都是向佛主借的，死后要把命归还给佛主。一个人生前犯的罪孽，佛主都记在了生死簿上，死后要念经超度，赎清生前一切罪恶与孽债，待下辈子重新投胎做人时，才能找佛主再赊借一世因果。

以前，在农村当佛佬是很吃香的，但现在不行，这是一个过时的职业，只能混口饭吃。对着死人念一晚上的经，人的嗓子都叫哑了，累个半死才得几百红包。父亲在地方上很有名气，方圆十里若是有老人过世，都会请他出场。一个老人过世，若是因贫穷没钱治理丧事，宁愿不穿寿衣，不割棺木，也要省下钱请佛佬来念一场经。没有经过念经就下葬的人，不管生前有多么受人尊重，死后都会被人唾弃。

两年前，父亲得了阑尾炎，刚做完手术，几个披麻戴孝的人跑到医院来。院长以为有人来医闹，急忙叫保安出来拦人，又打电话请警察出动。后来搞清楚，这些个披麻戴孝的人是专程找我父亲的。缘由是邻村有个老人过世，要找我父亲去念经。父亲体内的麻醉药刚退去，伤口正疼痛，半躺在病床上轻声呻吟，像念经一样哼哼唧唧。那些个孝子跑进来，看到父亲躺在床上，一个个拱手作揖。一个哭红眼睛的汉子说，徐先生，我家老人仙去，有劳您去念几句。父亲有气无力地说，不行了，我刚做完手术，没劲儿，只怕念不成经，你找别的佛佬吧！红眼汉子说，方圆十里，除了您老有资格，再也找不出别的佛佬了，只能请您出山啊。若是找得到，我也不必跑到医院来找您了，如今那些个小佛佬念经像唱歌，走步子还扭着屁股，一点也不诚心啊！

父亲知道这人说的都是实话，他记得有个小佛佬念经念到半夜时打瞌睡，掏出一个录音机，将事先录好的《赊佛经》放到灵堂正中播放，说效果也是一样的，然后跑到灵堂后面睡大觉，结果录音机里的《赊佛经》放到一半时，突然唱起了“对你爱爱爱不完”的流行歌，满屋子的人脸都刷白了，气得那家人几乎要动刀子了。

如今，像我父亲这老一辈的佛佬，在乡下也很难找了。按习俗，佛佬年过六十就要传位给下一代。父亲今年刚过六十，但我一直不肯回家继承衣钵，父亲只得靠自己扛着。我们地方上的佛佬一般是家族世袭，不会外传，只有迫不得已才外传。如果不是世袭的佛佬，拜入别人门下学习，属于半路出家，哪怕经文念得再好，也没有多少人请你去念。一代影，二代形，三代仙，这是佛佬家族的一个境界。初学佛佬，第一代只能算是个影子，跟师父出来打打酱油，不能占主角；传到第二代时，便有了模样，可以出师了；世袭三代后，沾上了仙气，才算是真正的半仙，念出来的经不是经，而是天文佛语。那些祖传三代的佛佬，不管经念得顺不顺溜，人们都会首选。毕竟祖上积累了仙气，传到你的身上就不一样了，只要开口哼唧，哪怕闭着眼睛，人们都会相信你念的经文能抵达佛殿，泛起灵光。

像我家祖传八代，相当于仙四代，在我们那地方上极受人尊敬，因此父亲也就巴望我回家继承衣钵，成为第九代传人。没有传人还真是不行啊，就说那次我父亲住院，赖不活人家三跪九叩，最后还是被那红眼汉子和几个堂兄弟用一把藤椅做成的轿子抬着，走了十多里地，抬进了那家的灵堂。又从我家里抬去了一只法箱。那法箱是一个红漆木箱，里面装着父亲上场的道具。父亲打开法箱，穿上佛袍，戴上伽帽，换上僧鞋，将自己打扮成一个僧人的形象。接着，他将一尊佛像放在灵柩上。这是一尊结跏趺坐的佛像，高约一尺，纯铜铸造。这尊佛像不知道老祖宗是从哪个古庙淘来的，在家里祖传了好多代。我一直怀疑这是件古董，曾暗暗打过佛像的主意，想把它拿去卖掉。我已经用手机偷拍了几张照片，准备找专家鉴定。当然，我只是暗中打主意，不敢乱来，因为佛像对父亲来说，意味着灵魂。除了佛像，父亲还有一个铜铃，也是祖传古董。念经时，佛佬要一手执铜铃一手抓牛角，铜铃是配合念经的节奏摇晃，牛角是念完一段经之后吹响。响过牛角，佛佬就下场休息，喝些茶水润喉。在休息时间，会有一帮民间乐队在灵堂前用唢呐、横笛、铜锣奏起地方上的送仙哀乐。这乐队都是业余拼凑的，有的是来自舞狮团的鼓手，有些是唱戏团的乐手，有些则是自学的。哀乐只是用于衬托灵堂氛围，倒没有太多讲究。

一切就绪，父亲左手执铜铃上场念经。父亲并没有拿牛角，因为他可以用手埙吹出牛角号。这是一个佛佬的最高镜界。手埙，就是双手捧成拳头状，中间留空，在两拇指间留一小孔做吹孔，气流穿过双手形成鸣腔，再调整两手的开合度吹奏出音乐。父亲的手埙很厉害，不仅能吹出像牛角一样的呜呜声，还能吹出一段念经的悲调。每次父亲念完一段经，就用手埙吹一段悲鸣，再升调成牛角腔。地方上老人过世，若是父亲的道场，来拜祭的人们都会增多一倍，很多人就是冲着看父亲的手埙来的，像看戏一样。地方上的人都说父亲手捧天籁，佛语通仙，对父亲极是膜拜。因为刚做过手术，父亲那天没有底气吹手埙，他连走路的力气都没有。按规定，佛佬要一边念经一边走仙步围着灵柩打场。父亲说，今天不敬，走不了仙步，先跪着念一段，再坐下来念。

红眼汉子当然没意见，他能请动我父亲来念经，已是万分荣幸，只要我父亲肯动嘴，哪怕躺着念也行。

父亲先是跪着念了一段经，然后就坐在凳子上念。念经念到半夜时，中场吃宵夜时间，全场休息。父亲体力透支，再也忍不住，疼得喘不过气来。红眼汉子吓坏了，怕父亲坚持不住，忙叫人开面包车到医院请医生过来打止痛针。医生得知父亲刚做完手术，就干起了这个熬夜伤神的事情，又看到父亲脸色像张白纸一样，一点血气都没有，和躺在棺木中的死人没有两样。医生又惊又怒，说你不要命了，小心把你自己的命也搭上去。不由分说，医生要将我父亲拉回医院养伤。红眼汉子可不依，他从厨房拿把菜刀出来，拦在了医生的面前，说谁敢带走徐先生，我就跟他拼命！医生被这阵势吓坏了，不得已，只得在灵堂前搭了个架子，给父亲注射药水。就这样，父亲一边打吊瓶一边念经，终于给老人善终。从这次念经开始，父亲的身体越来越不好了，他可能感觉到了什么，才这么急着催我回家学经。

我是家里的独子，读小学刚识得几个字，便跟着父亲念诵《赊佛经》。那时什么也不懂，我也曾问过父亲，为什么死人要念《赊佛经》。父亲说，每个人都不想死，因为不想死，就会产生阴魂，想留在人世间继续生活。尤其是那些因灾难突然死去的人，阳寿并没有过完，死得很不甘心，更容易阴魂不散。《赊佛经》可以消去一个人的怨气与孽障，指引亡灵重新投胎做人，不坠地狱之乡。若是一个人死后不念《赊佛经》，没有佛主的指引，得不到超度，便会成为孤魂野鬼，扰乱人间太平。父亲又说，佛佬是佛主的化身，专门到凡间超度众生，要“口念心行，心即是经；未学经文，先修本善”，若一个人心存不善，学了《赊佛经》也枉然。父亲从小便让我牢记三戒：不偷盗、不邪淫、不妄语。若是犯了此三戒，心有邪恶，就没有资格成为一名佛佬。

父亲从小管我特别严，教我心里不能怀有任何邪念。在十三岁之前，我几乎没有做过什么坏事。和我差不多大的小孩经常去农庄里偷西瓜偷甘蔗，我从来不敢做这种事情，连撒谎都不敢。我小时候背《赊佛经》挺顺溜的，村里的人时常夸我将来会是一名好佛佬。念《赊佛经》并不像背书诵经那样朗读，它是有音律调子的，有点像地方上的山歌，有高潮低潮和平音，听起来挺悲情的，就像一部人生的总结曲。由于经文的内容太多，我时常念错或者忘词。父亲告诉我，如果念经遇到这种情况，就假装咳嗽一下，把忘掉的词给混过去，接着就念下一段。父亲说，佛主会原谅咳嗽的人。可现在，我早就把《赊佛经》忘得一干二净，除了咳嗽，我都不知道怎么开头了。

走到阳台上连吸了两根烟，我才给父亲回了电话。

果然，他又在问我什么时候辞职回家。我说，我已经破了三戒，没有资格当佛佬了。父亲说，我先教你学经，以后你念经忏悔，佛祖会原谅你的。我想告诉父亲，我吃喝嫖赌哪样都干，还偷别人的老婆。但我说不出口，不是不好意思说，是怕他受不了给活活气死了。他做了一辈子佛佬，又怎么会想到他那个宝贝的独生儿子会变成这样子。真话不能说，就只能找借口搪塞，过一两年再说吧，怎么的也得先等我找个老婆后再回家吧。

我知道他也想早点抱上个大孙子，没想到父亲发火了，你什么时候才能娶到老婆？几年前你就说找老婆找老婆，找到如今连个影子都没见着。我看你现在性子越来越野了，还学会骗人了，我把你生下来，就是让你来骗我的？

我委屈地说，我哪有骗你，你以为我想打光棍啊，缘分没到我有什么办法？

好，那你多久时间才能找到老婆？你不能等我死了才找到吧？

听见父亲都打着哭腔了，我想他的老泪都流出来了，这让我心里一软，口气也软了，我说，两年吧，两年里找不到老婆，我也要把女朋友带回去给你看。

三

自从那天和客户喝酒之后，我的咽喉炎越来越厉害，变成了咳嗽，吃药也不见效。我的助理娜娜听到我不停地咳嗽，就走过来关心地问我怎么了。我憋红着脸做了个深呼吸，然后对她说，我在念经。娜娜听了，咯咯地笑了起来，说我这人天生幽默。她拿起我的杯子，帮我去倒开水。我知道她又要给我泡菊花茶了，这是她每天早上为我做的第一件事情。我也不知道她为什么总是喜欢给我泡菊花茶，其实我的抽屉里面还有很多好茶叶。

娜娜说，看你咳成那样，要去医院看一下啊，小心咳出肺炎。再说了，你要经常见客户，老咳嗽也上不了台面。

我于是去了医院打了点滴。到中午了，便打电话给阿樱，约她出来吃午饭。阿樱说她吃过了，正在做美容。我咽了咽口水，问她做完美容有没有活动。她说没有。我说，那我等你过来。她说，好。

我在一家快餐店吃了点东西，便去洗澡。刚把头发吹干，阿樱就来了，这小娘儿们还真没有哄我，一看就是刚做完美容，脸上的皮肤光润细嫩，像刚磨成的嫩豆腐。我将她按倒在床上，张开嘴巴，舔着她雪白细嫩的脸蛋，像一个小孩贪婪地舔着奶油蛋糕。阿樱一边推开我一边嗔怪道，看你猴急的，把我刚抹的面霜都吃进去了，这可是几千块钱一瓶的。我才不理她，去扯她的衣服。可就在这时，喉咙里突然一阵发痒，我捂着胸口拼命地咳嗽起来。

阿樱看到我咳得全身颤抖，赶紧坐起来帮我拍背，我咳一下她拍一下。这时我突然想到了那早已被我遗忘音律的《赊佛经》，这咳嗽声，这节奏，竟然有点像念经时发出来的声音。这么一想，我背后突然有一股阴森森的感觉，转头看向阿樱，阿樱正半裸着肩膀朝我媚笑。

该死的咳嗽整整折腾了我十多天，一直到六月上旬，随着天气变闷热，咳嗽才终于停歇。南方的初夏，是梅雨盛开的季节。这个季节的雨变化无常，有时候天空好好的，但只是转眼间，漫天乌云卷来，噼里啪啦就下起雨来。下得没头没脑，让人觉得莫名其妙，裸露的大街被五颜六色的雨伞挤得东倒西歪。

咳嗽治好后，我又恢复了花天酒地的生活。到了周末，朋友约我去打牌，打到半夜，又去酒吧里疯浪，跟那些不认识的女孩调情。也不知道搞到了几点钟，回到公寓后昏昏沉沉入睡。还在睡梦中，突然被一阵急骤的雨声和响亮的雷声吵醒。我拉开床头的窗帘，伸了个懒腰，坐在床边一边吸烟一边往窗外看去。窗外雨水纷纷扬扬，打在路两边的紫荆树上，溅起了白色的雨雾。那种苍白的颜色跳跃在绿色的树冠上，是一个季节湿润的轮廓，让人觉得有一股天然的感伤。

我看了看手表，才早上八点多钟。我寻思下雨天没事做，又逢周末，窝在家里太无聊了，便发个信息给阿樱。我和阿樱都喜欢在雨天约会，阿樱可以尽情地在房间里呻吟，那销魂声飘出窗外，很快就被雨水给覆盖，不用担心被邻居们听到。

阿樱很快就标过来一条短信。这小娘儿们，从来没有让我失望过。

阿樱来的时候，我刚刷完牙。由于刚起床，隔夜的欲望还在身下沉淀着，我迫不及待地将阿樱放倒在床上。这时，那该死的手机响了，简直是哪壶不开提哪壶，一看，又是那老不死的打来的。

自从上次我说在两年里找到老婆了就回家念经，这段时间父亲没再给我打电话，让我安静了半个多月。我这哪是想找什么老婆，就是想找两年的安静啊，可那老鬼又迫不及待了，比我还猴急。我冲手机吼了一声，你还有完没完啊，不是说好了等两年吗？我听见父亲喉咙里咕哝了一声，用带着乞求的声音说，森仔，我在广州火车站，你过来接我吧。这话让我一下蒙了，你说什么？在广州？你怎么在广州？父亲说，你不回家学经，我就来广东教你吧，你白天上班，晚上我就给你传经，咱们家祖宗八代传下来的啊，不能到了你手上就给丢了。我听了哭笑不得，这老鬼还真是想出了一个绝招，事先没透一点风声，就直接杀上门来了，还真是杀了我一个措手不及。一想到他日夜守在我身边，那还能干啥事？我脑袋一下就大了。但父亲从未出过远门，又不能不去接他。

挂了电话，我看到阿樱半裸地侧卧在床上，右手支着头，那是一个非常诱人的姿势。天王老子来了，也不差这会儿工夫了，我猛地扑过去，听到阿樱尖叫起来。

一转眼，半个多小时就过去了，阿樱心满意足地在我脸上啃了一口，扭着风情万种的屁股走了。我把凌乱的床重新铺好，外面的雨也停了，太阳不知羞耻地跑出来，在湿漉漉的大地洒出万道金光。我拎上钱包和车钥匙就往外跑，像做贼一样。

我开着车子从东莞直奔广州。刚上高速，却堵车了。高速上有几辆车子因为雨后路滑严重追尾，堵了半个多小时，才渐渐疏通。一个多小时的车程，我开了两个多小时。进入广州后我才发现路面干燥，那场暴雨并没有殃及广州，只在东莞咆哮了一阵。这鬼天气喜怒无常，真是烦人，跟我那老头子一样，不按常理出牌。

好不容易找到了个停车位，我一边往火车站广场走一边打父亲的手机。父亲的手机响了好几下还没有接通，这让我心里着急，担心他的手机被人偷了。这时我听见父亲打着哈欠，好像刚睡醒，喂，森仔，我在这儿呢，你看见我没？我就在这大操场的右边的一棵树下呢，你在哪儿呢？我还没挂电话，就看见父亲了，蓬头垢面的，像个老流浪汉，嘴角还挂着两溜哈欠水。我两眼一酸，又冲他吼了一声，火车站这么乱，你怎么敢随便打瞌睡呢？父亲又打了一个长长的哈欠说，在火车上站了一宿了，来这里的人怎么那样多，全世界的人都往这里挤啊，差点没有把我挤成肉饼。我正想着给父亲提溜上行李赶紧走，却发现他两手空空的，这让我有些奇怪，我知道，有些东西他是走到哪里都放不下的。父亲看我用奇怪的眼神看着他，他也奇怪地看着我，我们已经好长时间没见过面，就像一个怪物看着另一个怪物。他突然像被蛇咬了似的发出一声惊叫，我的箱子呢？我的箱子呢，怎么不见了？

父亲竟然把他的法箱给丢了！他急得眼泪都掉下来了，又一把抓紧了我的手，好像我就是他再也不能丢掉的一样东西，又好像一个快要淹死的人抓住一根救命的稻草。他抓得那样紧，连指甲都陷到我的肉里，这可怎么办啊，我的佛主和铜铃还有道袍都在里面呢！看到父亲焦急无助的样子，我说，还有什么办法，报警！

警察很快就来了，问我们把什么给丢了，我说丢了一只箱子，那里面装着一箱子文物古董。警察用怀疑的眼神看着我，其实我也没有撒谎，那箱子里装着的早已是老古董了。在车站派出所录完口供，我把手机里面以前拍的照片提供给了警察，警察让我等着消息。我知道那是一个极其渺茫的消息，一个东西丢掉了，要把它重新找回来有多难，估计没啥指望了。我之所以选择报警，也就是让父亲多少还抱着一点指望吧。

四

回到东莞公寓，父亲就像丢了魂似的，歪坐在沙发上，连一张老脸都歪了，像中风了一样。这让我更加担心了，他不会一下病倒吧，这里可不是他生病的地方，医院宰人是不眨眼的。我正想着怎么安慰他，他哀叹了一声，这是命吧，我本来想带佛主到东莞来教你念经的，没想到半路弄丢了，看来你真的不是当佛佬的命。我安慰他说，那就再去买一尊佛像吧，东莞有很多地方有卖佛像的，我马上就去给你买。父亲说，你以为啥都可以买啊，那是保佑了我们家八辈子的佛主啊！再说新买的佛像没有灵气，得要开光才行啊！

好在，过了几天，父亲的情绪又慢慢好转了。他是个佛佬，自然比我更懂得得与失只不过是人的一念，虽然丢了佛像令他惋惜，但在念头上，父亲已然放下，但他还是放不下教我学念经的念头。

一天晚上回来，没看见父亲，我心里竟然空荡荡的。他一天到晚在这公寓里守着我，我也慢慢习惯了父亲的存在，说实话，父亲做的饭菜，比公司食堂的好吃多了。我赶紧打电话问父亲在哪里，他说在紫竹林喝茶呢，要晚点回家。我知道紫竹林，离我住的公寓大约有五六里地，那里有座将军山，山脚下有一片紫竹林。在那里喝喝茶还真不错，可我人生地不熟的父亲又怎么会在那里呢？

我去找父亲时，看到他正和一个中年人在院子亭子里喝茶。那中年人年纪与父亲差不多，面目慈祥，额头很宽，耳垂很饱满，给人第一感觉就是这人天生与佛有缘。父亲见到我来，对我说，森仔，这位是安定堂的梁先生。一听安定堂，我就知道梁先生是位风水先生，一般只有风水先生才会将自己堂号挂出来。梁先生对我挺客气，我也不好立马叫上父亲走，便坐下来喝茶。一边慢慢打发着无聊的时光，一边听我父亲和梁先生谈佛论道，听得我倒有些新奇。这样的慢生活，还真是别有一番滋味。

回家路上，父亲告诉我，梁先生是本地人，曾去过韶关南华寺进修，也算是佛门中人。我问父亲怎么与他相识的，父亲淡淡地说，有缘之人，就有缘相识，这个还用问吗。我也懒得再问，心想这样也好，父亲在他不该来的地方能找到一个趣味相投的人，也是他的缘分吧。接下来的几天，父亲没事就去紫竹林喝茶，有时候就留在紫竹林吃斋饭。这让我和阿樱也有了幽会的机会。却也出了一点小事，一次大概是太投入了，我竟把阿樱雪白的脖子咬出了一道印痕，阿樱在镜子里照来照去，她就怕我在她身上留下的记号被她老公发现了。幸好，她把头发披下来，就把那小小的犯罪痕迹给遮掩住了。

过了几天，父亲对我说，梁先生要去广州进香，顺便去光孝寺拜神，邀请我一同前往，反正也没事做，我答应了。我问父亲要不要开车送他和梁先生去。父亲说不用，梁先生有车。第二天一早，父亲便和梁先生去广州进香，顺便还要去光孝寺拜神，估计要待个四五天。有梁先生照顾，我也放心。

父亲不在身边，我的日子一下又回到了从前。一条短信标过去，阿樱立马就过来了。不过，阿樱神情不如往日，她说钱疯子有点反常，近来没事就盯着她左看右看，好像变成了她的镜子。我问是不是上次留下的记号让钱疯子起疑心了。阿樱寻思了一会儿说，应该不会吧。我问，他还有没有别的反常？阿樱说，好像也没觉得呀，就是觉得他怪怪的。我扑哧一笑，说，你是做贼心虚吧？阿樱伸手打了一下我的脑袋，随即又被我手到擒来，旋即便在床上翻滚。

父亲和梁先生在广州玩了整整一个星期。回来时，父亲买了一尊佛像和一个铜铃。那佛像也不贵，用陶瓷做的，才几百块钱。父亲告诉我，他准备在紫竹林给佛像开光。我最怕父亲再找个佛像开光，教我念《赊佛经》。我说，你一个人怎么开光，要念三天三夜的经呢！父亲说，那我就念六夜的经，白天睡觉，晚上念经。六个晚上，也相当于三天三夜。我吃惊地问，你熬得住吗？父亲说，有什么熬不住的，我本来就是熬夜给人念经的。再说了，我白天睡觉，晚上念经，相当于上夜班而已。我还是不放心，说紫竹林允许你这个外地人在里面开光吗？父亲说，本地人都是白天来朝拜，紫竹林晚上关门，我晚上念经，不打扰他们。梁先生很欢迎我在紫竹林为佛像开光，他说这么多年来，紫竹林从未给佛像开过光，若在紫竹林开一回光，也是紫竹林的荣幸。要知道，佛像开光请神，寺庙是要招彩头的。

听到父亲这么讲，我无理由反驳。但我怕父亲受不了，他身体本来就不好，若连续熬六个晚上的夜，只怕吃不消。我依旧反对。但父亲坚持要在紫竹林给佛像开光，他说只要把佛像开了光，便能教我念《赊佛经》，只要教我学会念经，他就可以向祖宗交代了。我无奈，只得依了父亲。

父亲收拾了几件换洗的衣服，他要在紫竹林住上一段时间。给佛像开光是不能吃荤腥的，先斋戒沐浴三天，然后再念六个晚上的经，相当于他要在紫竹林住上九天。梁先生也是佛门中人，历来吃斋，在紫竹林开光，能满足父亲的条件。

父亲做这件事情一点也不拖沓，说做就做。大约他和梁先生去广州时，已经商量好，一回来便实行计划。我送父亲去紫竹林，封了一千块钱红包给梁先生，让他帮忙照顾父亲。梁先生说什么也不肯收，他说与我父亲相识有缘，能在此地为佛主开光，也是紫竹林的荣幸。我说，这红包相当于捐给紫竹林当香火钱。梁先生说，紫竹林的伙食和香火都由本地人支持，从不短缺，不用操心。我无奈，只得收回红包，留了张卡片给梁先生，说父亲若有什么事情，可以打我电话。梁先生说，没问题，你放心吧，我会照顾好你父亲的。

父亲去紫竹林为佛像开光，我立马又发信息给阿樱，但这一次竟遭到了阿樱的拒绝。我才知道，钱疯子突然不去公司上班了，每天待在家里上班，只是偶尔去公司处理一些事务。可怜阿樱，现在每天都要在家里伺候钱疯子，只有出来买啥东西或做美容时，才能和我有点短暂联系的机会。阿樱说，以后你不要给我发短信，等我的短信吧。

五

父亲为佛像开光时，我去看过他一次。有一天和朋友从酒吧回来，已是半夜，我路过紫竹林，想到父亲在紫竹林为佛像开光，遂进去看看。结果被父亲赶出来了，他说我满身酒气和烟味，俗人一个，会破坏他开光的道场。给佛像开光时，一般进入道场的人，都是要斋戒沐浴的。

我被父亲赶出来，借着酒气，心里很不爽。接下来的日子，我依旧每天都打牌喝酒，浑身上下不干不净，怕去了被父亲赶出来，再也没有去紫竹林找过父亲。

没有阿樱的日子，过得相当乏味，每天晚上下班，就和朋友在一起打牌，或者去酒吧鬼混消遣时间。寂寞得紧了，我叫朋友帮忙物色女孩子，有合适的介绍给我，到时带给父亲看看，也算孝心一片。有朋友还真拉了几个女孩给我相亲。不过我一个也没有看上。不知道是不是和阿樱时间久了，对她产生了感情。或者阿樱在我心中占了位置，我一直想找一个像她这样的女孩子。可是，像阿樱这种女孩子太少了。朋友们都开玩笑说我挑剔，这辈子说不定要打光棍。

抽烟喝酒，熬夜放纵，我的慢性咽炎又犯了。这让我更加想起有个女人的好处，阿樱每次来都会给拎一袋水果，她不光是懂得我的口味，对喉咙也有好处。现在我除了每天打牌喝酒，就是吃药，而最有效的药就是抗生素。一次疼得太厉害了，我才去看医生。医生说，你的慢性咽炎总是反复发作，就是因为吃太多抗生素，破坏了天生的免疫系统。他妈的，不就是个咽喉炎，还说得这么哲理。医生劝我戒烟戒酒，别熬夜，过上正常人的生活。可我这种人能熬过一个人的漫漫长夜吗？没有阿樱的日子，我熬夜打牌打得更凶了。还真是情场失意，牌场得意，这几天我打牌手气特别好，当然，赢到的钱大多都拿出来和朋友去喝酒消遣。

一天傍晚，我正想着晚上约几个朋友打牌，手机里嗖地标出一条短信，我心里一喜，阿樱终于找到机会了。可一看，却是气象台发布的台风暴雨预警。

还真他妈的准，还没等太阳落下，天突然一下就黑了。我看了一眼那黑沉沉地压下来的天空，仿佛要塌下来一样。我哪儿也不敢去，直接开车回公寓。

一个人坐着无聊，只能抽烟。我又想起阿樱了，下雨的日子，可是我们约会的日子。刚抽完一根烟，我正准备再接着抽一根的时候，手机响了。我掏出手机，来电显示是一个陌生的电话号码。接通电话，传来一个陌生的声音，他说是送快递的，有一份快递寄给我，要我签收一下，问我是不是住在汇福公寓 304 房。我有些奇怪，要是客户或朋友寄快递，都是寄到我的公司里，而且一般都是上班时间签收，现在都下班了，外面又是狂风暴雨，怎么会有快递寄到我的公寓里呢？我问，是哪里寄来的快递？那陌生声音说，同城快递，是一位叫沈春樱的女士叫我送过来的，说是很紧急。我听了这话，心里有些激动，沈春樱就是阿樱，她在这暴风雨时刻寄快递给我，有什么事呢？我对送快递的说，你送过来吧，我是住在汇福公寓的304房。

挂了电话，不一会儿我听到敲门声。我想，这快递还挺快的，我得给他们五星好评。打开门，看到三个穿着黑色雨衣的人站在门口，我还没有来得及反应，其中两个彪形大汉架住了我，还有一人拿把刀子架在了我的脖子上，并且用低沉的声音警告我不要出声，否则会杀了我。我顿时蒙了，心里隐约猜到事情不妙。

我被两个彪形大汉用绳子反绑到木椅上，用胶布缠住了嘴巴。这情形像极了电影中那些黑帮杀人的镜头。我绝望地幻想出自己最后的下场，在这个暴风雨夜晚被人谋杀，然后带到野外抛尸。人家会以为我是在暴风雨中不幸遇难的。想到这里，我有一股想尿尿的感觉，像喝了很多酒一样，双腿还不停地发抖。

两个彪形大汉将我绑住，就退到一边去。后面一个穿着黑色雨衣的男人把房门反锁，朝我走过来，他的身材比较矮小，雨衣套在他身上，像一个套着黑袍子的巫师。雨衣宽大的帽子盖在他头上，罩住了他的脸，看上去很诡异。他的雨衣上有很多水滴，水滴顺着水流下来，落在地板上，像一颗颗碎裂的珍珠。他走到我面前，将雨衣的帽子摘下来，我看到他的长相，要不是因为嘴巴被胶带缠住，我肯定要叫出声来。这人是阿樱的老公钱疯子，我在阿樱的钱夹里看过她和她老公的结婚照，知道阿樱老公的长相。

钱疯子脸黑着，就像天空布满了乌云，他眼中透出的寒光，就像乌云中的若隐若现的闪电。这个浑身上下带着杀气的人，让我不寒而栗。我知道偷别人老婆的下场。我曾经也想过，要是我有一天结婚，老婆被人偷了，我会如何对付那个偷我老婆的人。我想，最少要狠狠地给他点颜色看看，让他知道偷人是要付出代价的。现在，我知道我该付出代价了。

我嘴巴上缠上胶布，想狡辩或者求饶都没有机会了。钱疯子从口袋掏出一个咖啡杯，不用看，我知道是我送给阿樱的那个杯子。钱疯子看了看我，又看了看手中的咖啡杯，他向后退了几步，举起了咖啡杯狠狠地朝我砸来。我被绑在椅子上，无法躲避，眼睁睁地看着那咖啡杯朝我飞来。咖啡杯不倚不偏，刚好击中了我的额头。我顿时感到脑袋像裂开，疼得想嗷嗷大叫，但嘴巴被胶带缠住，那痛苦的嗷叫声被自己咽了下去。接着，我感到脑袋发出一阵嗡嗡的响声，我怀疑是咽下去的嗷叫声反弹到脑门里了。

我晃了晃疼得发晕的脑袋，眼前看到了一片红色的碎片，顷刻间感到什么都碎了。

六

我做了个噩梦，梦到自己摔入万丈深渊，身上的血管被摔裂，像山泉一样喷出来，怎么捂都捂不住。正着急之间，我惊醒过来，发现自己躺在医院的病床上，病房墙上挂着的时钟显示，已是凌晨两点多钟。外面的暴风雨已经停止，窗外一片漆黑。我感到全身像散架，动一下疼一下，像毛孔裂开一样。

是邻居帮我报的警。钱疯子走的时候，故意把房门打开，我的邻居回来时，从敞开的房门看到我躺在地上，一动不动，满身是血，急忙叫公寓的保安上来。保安一边报警一边打了120救护车，把我送到了医院。

我浑身上下都是伤，像暴雨席卷过的大地，一片狼藉。还好没有特别严重的内伤，但外伤特别多，从头到脚，要么是出血，要么是积瘀。这些伤都不致命，只要好好休养一段时间便能恢复。钱疯子也不是笨蛋，他肯定不会把我打得重伤或者残疾，因为要负法律责任。他只是想狠狠教训我一下，出一口恶气，让我知道勾搭阿樱的下场。

医生见我醒来，问我感觉如何，我说只是全身疼。医生问我头晕不。我说不晕。医生说，那就好，应该没有什么大碍。

过了一会儿，派出所值夜班的民警过来找我录口供，问我是怎么回事。我自知理亏，心想这事就算了，自己也不想惹麻烦。再说人家钱疯子也是个有钱有势的人，我没有证据，就算报案也未必对我有利。我说我也不知道是怎么回事，有人说送快递过来，我刚开门就被人打晕了，接下来我也不知道发生了什么事情。警察问我的职业，是否最近跟人结仇。我说我是做业务的，经常为业务上的事情抢订单，可能是有人因此报复我。但是业务行情这么乱，我也不知道是谁干的。警察见我这么说，知道我可能不想立案调查，遂不再多问。估计他们也是想多一事不如少一事，立了案子破不了，他们也不好交差。

警察从档案袋里掏出一个手机和钱包，问这些东西是不是我的。我看了一下，说是我的。不过，手机已经被摔烂，屏幕碎得像一个大花脸。警察说，在你昏迷的时候，我们想联系你的家人来医院照顾你，但是你的手机坏掉了，开不了机，不能联系到你的任何亲人朋友。我们从你的钱包里发现了你的身份证、驾驶证和社保卡，去调查了你的档案，你除了闯过几次红灯外，没有其他不良记录。我问警察，我什么时候闯的红灯。警察说，这个你自己去交警队查一下。

我打开钱包检查银行卡、身份证等东西，里面东西一样没少。数了数钞票，也没有少一分钱。警察说，你有社保卡，医院先给你住院治疗，你明天早上去补交费用。

警察走后，我拿起那台屏幕破碎的手机，按了半天开机键，果然开不了机。我将手机丢在枕头底下，用手摸了摸自己的全身上下，每摸到一处都觉得疼痛，好像有刺扎在那里，但那刺是拔不出来的。我想，这下惨了，怎么跟父亲交代。还有两三天父亲就完成佛像开光，到时候他看到我这个样子，我怎么解释？

正发愁间，有个护士拿了两瓶吊水过来，给我换药。护士戴着口罩，看不清她的长相，只看到她的眼睛很大，水灵灵的，有点像阿樱的眼睛。我想起了阿樱，如果阿樱知道我被钱疯子打伤，她会不会不顾一切来医院看我。明天要不要发个信息给她，告诉她我在医院。我想，还是算了吧，要是被钱疯子知道，我迟早会被他打死的。

护士给我换了吊瓶之后，说，这种药水是止痛的，打了容易口渴犯困。我说这样最好，我现在全身发疼，想睡觉也睡不着。护士说，有什么不舒服的，你就按一下床头红色的按钮，我们每隔二十分钟也会过来巡查。说完，护士走出了病房。

打了一会儿，大概是药效发作，我觉得眼皮特别沉，很快就昏昏入睡。

一觉睡到第二天早上，醒来时太阳已经出山，阳光透过玻璃照入病房，病房的墙壁刷得很白，和阳光交错在一起，像落满了雪，让我有点不适应。大概是昨晚打吊针的缘故，我脑袋有点迷糊。过了一会儿，才想起昨晚被钱疯子打伤住院的事情。一想起昨晚发生的事情，真像做梦一样。我在床上伸了伸懒腰，虽然觉得浑身疼痛，但比昨晚要好多了。我手上的吊针不知什么时候被拔掉的，只留下了一个打针止血的创可贴。我觉得膀胱发胀，爬起来就往洗手间跑去。虽然浑身上下都是伤痛，但并没有伤到筋骨，下床走路没有什么大碍。我上洗手间撒了泡尿，觉得命根子隐隐作痛，像被火烫过一样。想起昨晚命根子被钱疯子踢中，心里不由得担心起来，不知道以后会不会影响功能。

从洗手间出来，我一边洗手一边照照镜子。镜子中的我额头上缠着一圈纱布，看上去像打仗时被炮弹炸伤的伤员。我的脸上有几道伤痕，两边脸颊肿了起来。我想起猪头这个称呼，此时的我和猪头应该没有什么区别。要是出门碰到熟人，人家也未必认得出是我。看到这副样子，我自己都觉得好笑。心里并不恨钱疯子，他没有把我打死打残，我挺感谢他的。

从洗手间回到病房，我按了床头上的红色按钮，不一会儿有护士过来。我问护士现在是什么情况，我可不可以出院了。护士看了我挂在床头上的病历，说昨晚值班医生给你开的药水已经打完了，我重新帮你找医生过来诊断一下伤情。不一会儿，来了一位戴眼镜的老医生，问了我一些身体上的情况，说没有什么大碍，好好休养一段时间就行。我问医生大约什么时候可以出院。医生说，你最好住两三天院观察一下伤情，看有没有别的突发症状，昨晚给你照了 CT 和 X 光检查项目，虽然没有发现严重的内伤，但以防万一，还是住院观察两三天比较好。

我去医院大厅交了昨晚赊欠的医药费和住院押金，觉得肚子饿，便走出医院去吃早餐。大概是走路运动，加快身上的血液循环，伤口开始疼起来。昨晚被打伤的地方经过一个晚上的沉淀，现在开始浮肿，又痒又疼，像有蚂蝗叮在上面。

我不敢走得太快，怕自己走着走着，就会突然散架。

七

想起手机被钱疯子摔坏，我在医院附近的手机店里买了部新手机，回到医院的病房，将枕头底下的破手机里的卡取出来，换到新手机上。我第一个电话就是打给公司经理，说家里出了事情，需要请假半个月。经理问我出啥事了，这是他的职责，必须要问清楚的。我不能说我偷人家的老婆差点给打死了，我随口就撒了个谎，我父亲病了，病得很重。

我突然觉得很对不住我父亲，只有撒谎时才想起了他。打完电话，我看到手机里面有几条来电未接信息，是父亲打过来的，显示时间是凌晨两点多钟。这个时候父亲怎么会想到给我打电话，难道他有心灵感应，感觉到他儿子差点给人打死了？我一边想着怎么撒谎骗过父亲，一边回拨父亲的手机。一阵忙音过后，父亲的手机接通了，但接电话的不是父亲，而是梁先生。梁先生气急败坏地说，你昨晚手机怎么打不通，你父亲昨晚出事了！我忙问，出了什么事？梁先生说，你父亲昨晚不知道为什么突然昏迷，倒在地上。我连夜把他送到医院抢救，但抢救无效，医生说，因劳累过度猝然引发心肌梗死致死。

这个消息犹如晴天霹雳，把我打蒙了。怎么可能！我感觉天崩地裂，再一次摔入一个万劫不复的深渊。可能是受的打击太大，脑袋供血不足，我感觉眼前发黑。我想，我应该还在做梦吧。我拍了拍脑袋，拍到额头上的伤口，一股刺心的疼痛让我明白过来，我并不是在做梦，而是站在赤裸裸的现实里面。

梁先生说，我现在在人民医院的太平间门口，你快过来。

挂断电话，我忘记了自己身上的伤痛，疯一样冲出病房，往楼下跑去。我一边跑一边捂嘴巴哭，却又不停地安慰自己，这不可能的，这绝对不可能的，父亲怎么会死呢？肯定是骗我的，肯定是骗我的！咸咸的眼泪打在我脸上的伤口处，好像有刀子割在我脸上一样。但我心中的疼痛早已将身上任何一个伤口覆盖。

跑到医院楼下，我直奔大门口，钻到一辆出租车里。出租车司机见我头裹绷带，浮肿的脸上挂满了泪水，很是诧异。他问我，你要去哪里？我说，去人民医院，快点，越快越好！司机更是惊讶地看着我，好像看到一个神经病。他甚至怀疑我是从神经病房跑出来的。他说，这里就是人民医院啊！我听了才恍然想起，我也是在人民医院住院呢！悲痛之下，我竟然连自己在哪里都分不清了。

我从出租车里钻出来，又往医院里面跑。跑到大厅，我问服务台的护士，太平间怎么走。护士告诉我方向，我扭头直奔而去，差点把一个路人给撞倒了。

我在太平间门口的长椅上看到梁先生。梁先生坐在椅子上垂着头，双手握成拳头状，支撑着自己的脑袋，一副忏悔的样子。不知道是没休息好还是悲伤过度，他看上去老了很多。他苍老的表情，有点像我的父亲。

我跑过去拽住梁先生的手，哭问他是怎么回事。梁先生吓了一大跳，愣了一会儿才认出是我。他问，你怎么变成这副模样了？我没有理他，问他我父亲怎么回事，是不是骗我的，他怎么可能会死呢！梁先生叫我冷静点，说经医生分析，你父亲属于猝死。你父亲身体状况本来就不好，他每天晚上熬夜给佛像念经开光，白天老是睡不着觉，经常是睡一会儿就醒来，作息时间严重被打乱。他就这样硬撑着，结果劳累过度，猝死于庙里的佛主面前。但我还是不相信，我觉得梁先生在骗我，父亲身体再差，也不可能猝死的，他以前都是晚上给人念经的呢！怎么会顶不过呢？

梁先生告诉我，昨晚暴风雨来得凶猛，把紫竹林的香火全部吹灭了，他隐隐感觉有些不好的兆头，心里放心不下我父亲，就陪我父亲念经念到半夜才去睡觉。刚睡下不久，梦中突然听到有东西摔下来，发出碎裂的声音，把他惊醒了。他起床看到父亲倒在大殿上，那尊开光的佛像从桌子上摔下来。佛像是陶瓷做的，摔得成了几片，像一个摔破的罐子。父亲倒下的时候，撞到了桌子，佛像因此摔落下来。梁先生吓坏了，把父亲抱到车上去，送到医院抢救。但抢救无效，父亲最终离开了人世间。

这噩耗比我挨打了还更难过，挨打只是皮外之伤，这个噩耗就是直接往我心里捅刀子，一刀一刀地刺着。我捂着浮肿的脸，跪在走廊上痛哭着，眼泪顺着我的手指缝流出来，两个手掌都湿漉漉的，我觉得从我眼中流下来的不是泪，而是血，带着一股腥味，刺眼又刺鼻。

梁先生把我扶起来，说带我去见父亲最后一面。

我在太平间见到了父亲，他脸上的肌肉成抽缩形状，眼睛还是睁开的，看上去死不瞑目。我想不通，父亲这辈子没有做过任何坏事，专门给死人念经安魂，做的是功德之事，怎么会落到如此下场！竟然客死异乡，死不瞑目。佛主啊，你也太残忍了吧！老天啊，你也太无情了吧！

我跪在父亲的遗体前，哭得抬不起头。我想，是我害了父亲。如果我早回家跟他学念《赊佛经》，也不会发生这样的变故。该死的人是我而不是父亲。我甚至怀疑父亲是替我死去的。我犯了很多错，父亲替我向佛主赎罪了。昨晚钱疯子打我的时候，可能我已经被打死，是父亲他替我去死的。我从昏迷中醒来时，是凌晨两点多钟，父亲是凌晨两点多钟累倒的。这是巧合吗？不，肯定不是，我坚决不相信世界上有如此凑巧的事情！肯定是父亲替我去赎罪，用他的命换回了我的命！我对不起父亲，是我害死了他！我趴在父亲冰冷的身上，哭得肝肺都碎了。太平间的冷气吸到我的肺里，让我整个人都是冷冷的，像没有了活气一样。

过了许久，梁先生扶我起来，让我节哀顺变。我用沾满泪水的双手去抚摸父亲的双眼，想让他闭上双眼。不知道是不是因为冷冻，父亲的眼皮僵硬，怎么也闭不上。我看到他黑色的眼瞳扩大，仿佛还想要看清这个世界。可是，他眼前的世界变得一片苍白。我把自己的头伸到父亲的眼前。我多么希望父亲看到我这个样子，气得跳起来，将我大骂一顿，我甚至希望他骂我不孝，狠狠地扇我几个耳光，把我打个半死。可是，父亲睁着眼睛，麻木地看着我变形的脸，无动于衷。

我紧紧地抓着父亲的手，说，爸啊，你快起来吧，我要跟你学念经！不能让《赊佛经》失传了。你醒来吧，无论你要我做什么，我都答应你！父亲睁大双眼，依旧无动于衷。我望着死不瞑目的父亲，越想越伤心，哭声怎么也止不住，泪水把我脸上的伤口泡成了紫色，像一片阴影在我脸上扩散。

恍惚中，我看到父亲眼中突然溢出了泪水。不知道是冷气融化产生了水滴，还是我流下的泪水打在他眼中。我看到父亲的眼瞳因为泪水的渗透，突然转动了一下，仿佛要醒过来一样。我用手拭去父亲眼眶的泪水，刚把他眼眶的泪水抹掉，父亲的双眼便合上了。

八

我想把父亲的遗体运回去，给母亲看最后一面。但国家规定，尸体要送到死亡地点的殡仪馆处理，将尸体火化以后家属才能带走。我无奈，只得打电话叫母亲过来见父亲最后一面。母亲听说父亲过世，好半天没有讲话，仿佛突然间变成了哑巴。接着，我听到电话那头传来哭声。我很担心母亲扛不住，会精神崩溃。但母亲比我想象中要坚强。过了半晌，母亲说，我没有出过远门，不敢一个人去东莞。她声音虽然哽咽，但语气还是很清醒。我叫母亲和村里的叔叔伯父们一起过来。母亲不肯，她不想麻烦别人。母亲让我将父亲火化后带回去安葬。她说，我会在梦里和你父亲见面的，你父亲是给佛像开光死去的，他和佛主一起去了天堂，以后会经常托梦给我们。

梁先生将父亲开光的佛像收起来，用胶水粘好，端端正正地放在紫竹林的众多佛像中间。那佛像的脸部摔得裂开一条缝，虽然粘好，但看上去非常狰狞，像一个破相的神仙。梁先生说，这是他有生以来，见过的最有灵气的佛主。

我带着父亲的骨灰回到家乡。母亲看到我浑身是伤，像从战场回来的士兵一样，脸上疤痕一块一块的，像岁月的胎记。我已经把额头的纱布拆了，额头的伤口烙在那里，像苦行僧跪拜大地时留下来的佛印。母亲怀疑父亲不是给佛像开光死去的，肯定是出了什么事情。我撒谎说我是出差时出车祸受伤的，与父亲的死没有关系，父亲真的是因为给佛像开光而死去的。母亲抚摸着我头上的伤疤，问我疼不疼。一边问一边流下泪水。我知道母亲流下的眼泪并不是心疼我，其实她是为父亲而流的，她只是假装用在我身上，不想让人看出她的伤心。母亲是个好强的人，从小到大，我从来没有见她在我面前流过眼泪。这是第一次，也许也是最后一次。

父亲的丧事办得很隆重。人们都不敢相信父亲死了，尤其是一些身体状况不好的老人，准备死了后让我父亲给他们念经。那些新一代的佛佬，老人都不相信他们能念出好经，这样会耽误他们下辈子投胎的时间。没想到父亲走在他们的前面，这让老人们感到深深的绝望。人们听说父亲是给佛像开光死去的，都说父亲不是死去，而是和佛主升天了。父亲做了一辈子的功德事业，死后是要列入神位的。

父亲也要请佛佬过来念经送魂。有一个年轻的佛佬敬重父亲，他说要送前辈一程，免费为父亲念一个晚上的经，沾点父亲的仙气。不知道他是不是想借机打响自己的名头。父亲在地方上享有盛誉，他的丧事不用我怎么操心，人们自发来帮忙。那些奏哀乐的民间乐师，还有看坟的风水大师和凿碑的师傅都跑来帮忙。方圆十里内的人们也都纷纷带着香火鞭炮到我家里来祭拜父亲的亡魂。我在外面打工很多年，除了亲戚，家乡的人有很多都不认识了。因为不认识，我不用一一去拜谢，只管跪在灵堂前，对着父亲忏悔。人们看到我满脸伤疤地跪在灵堂前，也没有人来过问我是怎么受伤的，倒是有老人过来问我，有没有学会《赊佛经》。我满脸泪水地摇了摇头。老人们都很失望，说可惜了，你们家积累了几代人的仙气，就这么给散掉了。

安葬那天，送葬的队伍像一条长龙，来送殡的人们都自带了冥纸和鞭炮，有顺序地从头放到尾，鞭炮声响不绝耳，和哭声响成一片。人们撒开的冥纸四处飞扬，仿佛树上落下来的叶子被风吹得满天飞舞。一群一群的飞鸟天空掠过，还有些鸟儿叼着冥纸飞跑了。我听老人们说过，鸟儿叼冥纸，是因为死者有未了的心事，只好让飞鸟带走了，带到天堂去交给佛主保管，等下辈子投胎时再完成。我知道父亲最大的心愿就是要教我学会念《赊佛经》。如果我知道是这个结局，不管如何，我一定会跟父亲好好学念经。但是时光不能重来。想到自己如此不孝，我忍不住痛哭起来。由于哭得太伤心太用力，我嗓子发痒，引起了咳嗽。我捂着嘴巴，怎么也止不住咳。我想起父亲说的话，父亲说，念经时如果忘记了经文，就用咳嗽代替，然后跳过去接着念下一段。父亲说，佛主会原谅咳嗽的人。我咳嗽得越来越厉害了，直到把自己咳得浑身颤抖……

埋葬了父亲，也埋葬了这村里的最后一个佛佬，送葬的人都依依不舍地散去。我又给父亲坟上培了几锹土。我正拍打着坟土时，电话响了。我兀自一惊，又条件反射般地想起了父亲。但我心里十分清楚，他永远也不会给我打电话了，他的手机也连他一起被我埋葬了。从电话里传来的是一个警察的声音，一听那口气我就知道是警察，请问是徐永森先生吗？你六月份报案，在广州火车站丢失了一尊佛像，前几天我们抓获了一个盗窃团伙，在缴获的赃物中有一尊佛像，和你提供的照片相似，请你过来辨认一下，是不是你弄丢的。

发表于《花城》杂志 2016 年 6 期

替　生

一

直到弥留之际母亲才告诉我，我不是她亲生的。我也曾见过人家打量我的异样的眼神和背后的窃窃私语，也不是没有怀疑过我和母亲的血缘关系，但与母亲相依为命这么多年，除了她我不相信这世上还有比她更疼我的女人。母亲说我小时候还追问过她，但我一点记忆也没有了，从我懂事起我就一直小小心心地守护着什么，生怕一不小心就把什么给捅破了。现在，一张纸终于捅破了，仿佛突然间有人把我撕成了两半一样，一半丢在现实里，一半丢到噩梦中。不可能，你骗我，这不是真的，哈哈哈……在我的喊叫声和大笑声中，母亲静静地闭上眼睛，世界一片安详。

如果一切都是真的，我的生命还将有另一种开端，我也只能认命。

母亲出生在农村，在乡下念完初中后考上师范，毕业后分配在县城一小，如果不是发生了与我无关又有关的那件事，一个小学老师的一生也许就像一张纸一样单纯而简单。母亲的婚姻也很简单，师范毕业时也就十八九岁吧，没多久便经人介绍，嫁给县水利局的一个小职员，生了个儿子。儿子长到三四岁时，丈夫就病逝了。那年暑假，她带着儿子回乡下娘家散心，一件命中该发生的事情发生了，她儿子和村里一帮小孩上山摘野枇杷，一个叫刘万金的孩子为了争一串枇杷和儿子在树上打闹起来，儿子被刘万金失手推下树摔死了。刘万金当时只有七岁，杀人偿命还不到年龄。家里又穷，他下面还有两个妹妹和一个三四岁的老弟。刘万金被他的父亲刘树发揍得鼻青脸肿，拉到母亲面前下跪认罪：你要我赔，我也赔不起，一命抵一命，我把万金赔给你，以后让他给你养老送终。母亲看了一眼刘万金，他像一只受伤的小狗蜷缩在她脚下，额头和脸上肿得像被马蜂蜇了一样，嘴角也流着血，眼里透出深深的恐惧。母亲想到了摔死的儿子，脸上和额头也都摔肿了，心里不由一阵刺痛。她扭过头抹着泪说，他都长这么大了，我也养不熟，何况他害死我的儿子，我不想看到他。

结果是，刘树发把三四岁的小儿子刘万田赔给了我母亲。

母亲说，我就是那个刘万田，后来改名为李万田。母亲把我带回县城，辞掉了教师的工作，改嫁到另外一个镇上。那个男人在镇上开了一间衣店，喜欢喝酒打女人。母亲受不了，没到一年就离婚了。幸好在男人那里学到做衣服的手艺，母亲便躲到县城的老街，开了一间衣店，与我相依为命。母亲说，以前我不告诉你，是怕你去找你的亲生父母。现在我要走了，不想把这个秘密埋在地下。以后你去乡下看看你的父母吧，万一遇到什么事，也能有个依靠……

处理完后事，我整理母亲的遗物。母亲生前俭朴，没有什么东西，除了衣服，只有一些发夹、耳环、梳子之类的。除了这些琐碎的遗物，母亲还留下了很多书，堆满了床头柜。虽然母亲不再当老师，但她一直有读书的习惯。晚上母亲从不去串门，一般都是在家里看书，甚至发呆，或者辅导我写作业。在街坊邻居的眼中，母亲是个神秘的女人，生活平静，言淡语寡，不喜与人来往。

从小到大，母亲对我要求苛刻，自我懂事开始，母亲就给我布置生活任务，每天要洗衣扫地、刷碗做饭。假如我做错了事情，打破了碗或烧煳了饭，母亲就劈头盖脸地训我，骂我是个祸害精。印象最深的是七八岁的时候，我和邻居小伙伴们去爬树，被母亲知道，回到家里，母亲二话不说便将我按在缝纫机台上，用量衣服的木尺把我屁股打得红肿起来，三天都坐不了硬凳子。从那之后，我对爬树产生了阴影。

我一直觉得母亲对我没有投入太多感情，她不像其他小孩的母亲，喜欢抱着儿子，慈祥地抚摸着儿子的脑袋，或者亲亲儿子的小脸。我放学按时回家，老实地趴在桌上写作业，她仿佛没看到一样，但我超过时间不回来，肯定就要被她训一顿；我考试得了全班第一，拿了三好学生，她从来不夸我，但只要我成绩下降，她就会训我。因为母亲的严厉，我从来不敢在她面前撒娇。虽然我和母亲相依为命，但那种相依之情我从小就没有感受过，好像一切都是因为命，为了命，我才来做了她儿子。

在我的记忆中，也有一些难忘的事，每到寒暑假，母亲就会带我旅游，去附近的城市逛一逛，在小旅馆里住上几天，去动物园、游乐园玩玩。回来之后，如有街坊邻居问起，母亲便说去走亲戚了。后来我考上重点高中，母亲为了奖励我，还特意带我去了几百公里外的桂林旅游。但那次旅游并不愉快，我把钱包弄丢了。那天我们准备去象鼻山玩，头天晚上我们夜游漓江，大约是母亲被江风吹着凉了，第二天感冒发热，精神状态不是很好。我替母亲背着她的挎包，并到药店去买感冒药。我记得买药的时候，钱包还在挎包里，到了景区大门买票时，我才发现钱包不见了，不知道是掉了还是被人偷走了。我和母亲的证件以及旅游的钱都在钱包里面，一旦丢失，我们不仅不能旅游，连回家的车费都没有。母亲急坏了，骂我从小是个害人精，还问我是不是想把她害死。这也太不像一个母亲说的话了，我当时就起了疑心，我是她亲生的吗？

回家之后，母亲大病一场，变得更加沉默寡言了。从那之后，母亲再也没有带我去旅游。后来我考上了重点大学，在学校拿了奖学金，省了些钱下来，要带母亲去旅游，但母亲拒绝了。她说我读大学开销大，她衣店生意越来越差，担心供不起我读书。这也是实情。大学毕业，我没像其他同学那样往大城市里飞，为了照顾母亲，我回到了县城，在一家装修公司当室内设计师。为了让母亲享享清福，我一直努力打拼。就在我准备买房子时，母亲突然病倒了。没想到这么快就走了。

母亲过世后那几天，我一直失眠，每天晚上对着黑暗发呆。仿佛母亲就站在我的床前，只是我看不见她。她为何要把一生守口如瓶的秘密告诉我呢，我情愿她把这个秘密带到另外一个世界去。

二

母亲撒手一走，我就成了一个孤儿了，一个长大了的孤儿，更感觉举目无亲。好在，我在装修公司里混得还不算太差，当上了一家分公司的设计总监。这时候便有热心人给我张罗对象了。没过多久，我就谈了个女朋友，叫阿金，在银行工作。这倒不是别人介绍的，是我自己找上的，也是缘分吧。我之前买房分期付款，去银行办理手续就是她接待我的。后来我买车也申请分期付款，去银行办理手续又是她。这样一来二去就相熟了。我约她吃过几次饭，提车的时候也带她去兜了几回风。交往几个月后，趁着五一放假，阿金决定带我去见她的父母，把关系确定下来。

阿金的父母都在县城机关单位上班，父亲是政府机构里面的办公室主任。阿金跟我讲，由于官场混得久，她的父亲举手投足之间都带着官场的气息，希望我见到他时，要显出一种晚辈的虔诚。例如说，他讲话时要看着他，显出一副洗耳恭听的样子；不能打断他的话，不能中途插话，更不能当场反驳，不管说得对与否，都先要应诺，再慢慢委婉地说出自己的想法。还有一些细节，例如他抽烟时，要马上掏出火机给他点烟，另外还有喝茶续水，饮酒斟杯等。这让我想起了机关单位下属向领导汇报工作的场景，或者陪领导吃饭的情景。阿金说，就是这样子的。我说，那我以后在你们家里生活，岂不像太监？阿金打了我一下，嘟着嘴巴说，哪里会！结婚以后成了一家人，我爸就不会摆架子。在生人面前，我爸还是要拿出他那一套装装样子。其实我爸人很好的，只是在官场混久了，习惯性装腔作势。

按照阿金的要求，我买了烟酒和超市大礼包，像是求人办事一样。阿金在她父母面前，早就多次提到我，她父亲每次都要问一大堆话，阿金像汇报工作一样，一一细说，就连我脸上有几个黑斑都备案了。虽未见面，但她的父母对我早已了如指掌。

见家长的事情出乎我的意料，一切都很顺，像领导开了后门。我原以为阿金的父母会打打官腔，说这件事情再观察一下云云。没想到吃完饭，事情就定下来，阿金的父母已经接受我，并谈到几时结婚。事情这么顺的原因也许和我是孤儿的身份也有关系。阿金是家里的独生女，父母不舍得外嫁，一直想招个女婿上门。我的身高相貌学历收入都符合他们的要求，最重要的是我无牵无挂，要是娶了阿金，不用他们点明，我理所当然地就成为他们的上门女婿。

我和阿金决定在国庆结婚。起初，我们并不打算将婚礼搞得太隆重。毕竟阿金的父母都在机关单位任职，太高调了怕别人讲。但是阿金的父母就这么一个女儿，他们说必须要办得隆重。阿金的父亲语气朗朗，像在会场发言一样，他说我工作这么多年，从未做过亏心事，也不怕别人讲，女儿一生只结婚一次，不搞隆重点，对不起她。说罢，未来的老丈人还拍着我的肩膀，语重心长地说，万田啊，我要让你知道，你娶了我的女儿是一件很幸福的事情！我也要让你明白，你要是敢辜负我的女儿，将会受到万人指骂的下场，在县城永远抬不起头！

既然老丈人都这么讲了，我不能反对。于是，按照老丈人的要求，提前预订县城最好的酒楼。老丈人一边拿着他拟出来的名单一边得意地说，我在县城也算有头有脸的人，女儿结婚，朋友们都争着过来捧场，我想低调也低调不起来。我一看他那名单，竟然有五十几桌。这么多啊，感觉很吓人。老丈人看我一脸惊讶，又得意地笑了笑，他好像就是要这效果。停了，他又要了我的名单看，像审核文件一样，一行一行地看上去。突然，他抬起头来问我，你就这么两桌人？我说，是啊！这都是和我关系很好的同事和同学，关系一般的朋友我就不请了，免得以后他们结婚也请我，来来回回要花钱。老丈人问，你家亲戚呢？怎么一个也没有？我怔了怔说，我妈就是我唯一的亲人，她死了。

老丈人把我的邀请名单往桌上一拍，说，我女儿嫁给你，这是你们一生最大的事，你家里竟然连个亲戚都不来，让别人看到了，我这张脸往哪里搁？

听老丈人这么一说，我也觉得有些不妥，但我确实是没有什么亲戚。我对老丈人说，我爸在我出生不久后就过世了，我妈后来和乡下的娘家也没有来往，我真的不知道我还有什么亲戚。

老丈人听我这么一说，又拍了一下桌子，不行，这可不行，就是再远的亲戚，你也得给我找几个来，我不能连个亲家都没有啊。

这时坐在一边的阿金也劝说她爸了，爸，万田没有亲戚，我们也没办法强求。再说了，就算他家里没有亲戚过来，也不影响我和他结婚啊，我是嫁给他，又不是嫁给他们家亲戚。

老丈人皱着眉头说，你这思想也太简单了，自古男人娶老婆，男方是主场，女方是客场，这姑爷家没有一个人来，你这不是让人家看我的笑话吗？

老丈人这么一说，我也觉得在情在理，可我又去哪儿找哪门子亲戚呢？如果母亲说的是真的，要找我也只能去找我那乡下的亲爹刘树发了。但我不想说出实情，我撒谎说，我妈当年到县城开衣店，没时间照顾我，把我放到村里一位叔叔家里生活了两年，那位叔叔和叔娘相当于我的养父养母。老丈人眼睛一亮，猛地拍了一下桌子，好，你明天就去乡下找你养父养母，要不这婚礼没法办！

三

第二天我去超市买了些礼品去乡下。阿金送我上车，她疑惑地问我，你在乡下真的有这样的叔叔？我以前怎么没有听你说过？我说好多年没来往了，要不是为了你，我一辈子也不会去找他们。阿金听了一阵感动，也没有往深里问，就催我，赶紧去吧。

母亲过世后，我暗暗发誓绝不将秘密告诉别人，所以阿金也不知道。我也不想和亲生父母有什么关联，既然注定没有缘分做他们的儿子，也就不必再绕回去。可是到了这个关口，我不得不去找他们。

刘树发住在同花镇的长岭村，离县城有三十多里地。乡下路况差，车子开不快，到达长岭村已是中午。我把车子停在村口，拎着一袋礼品进村。

八月盛夏，时来时去的风吹得树木摇晃，阳光似乎也在晃动，在树梢和草尖上跳跃。知了没命地叫着，蜜蜂和蝴蝶从身边掠过，都撞到脸上了。泥路被阳光晒热，散发出一股土气味，混合着野花和庄稼的清香，让人感觉有点眩晕。

路上，我已经想好各种台词，设计了各种见面的场景，像是温习功课一样，连情绪都反复练习。我希望见到亲生父母时，可以坦然自若。走进长岭村，村里看起来没有什么人气，年轻人出去打工了，只有一些老人带孩子在村里晃动。我很快就打听到刘树发家在哪儿。一幢老屋，连瓦上也长了青苔，砖与砖之间的缝隙看上去像老人的皱纹。门是敞开的，我看到一个妇女正坐在天井边上掰苞谷。她抬头望着我，嘴唇动了一下，好像想问我，却又没有问出来。我料想她就是我的生母彭水云了，母亲临终前有提起过她，说她是一个老实巴交的乡下女人。我干咳了一声，清了清嗓子问，请问刘树发住这里吗？妇女站起来说，他去番薯地犁垄了，等一下回来，你找他有事吗？

我来时已经想好了，也不必再隐瞒。我说我是万田。妇女“啊”地叫了一声，两只眼睛瞪得大大的，死死地盯着我，好像我会突然消失在空气中。随后她朝我扑来，想抱住我，结果踩到了地上的苞谷芯，脚下一滑便摔倒了。额头撞到地上，发出“咚”的一声响。我急忙向前走几步，将她扶起来。她却不愿意起来，跪在地上抱住我的大腿，放声地哭了起来，一边哭一边呜咽着说，我苦命的儿啊……我苦命的儿啊，你终于回来了！

我没想到彭水云反应这么激烈。但这个场景我来之前已经幻想过，并不感到吃惊，只是有些临场失措。我就任由她抱着哭，心想她总该哭一会儿就差不多了。果然，彭水云的哭声越来越小。我于是将她扶起来。她额头上有些青肿，是刚才摔伤的，但并不严重。要是我的母亲摔伤，我肯定心疼得要命，但此刻我的心像关闭一样，没有感到异样。我说，我口渴，有没有水喝？

彭水云把口盅洗干净，摇了一把井水上来，将口盅打满，端到客厅里。当彭水云把口盅递到我面前，我正要接过来，但彭水云突然又把口盅收回去。口盅的水太满，水都洒出来了，正好落在我的皮鞋上。我本能反应地把腿一缩。彭水云很不好意思，要拿毛巾给我抹皮鞋。我拿纸巾把鞋子抹干，说没事。彭水云讪讪地说，你喝不惯冷水吧，我去给你烧热水。我说没关系，我喜欢喝冷水。然后，接过那个泛黄的口杯喝了一口。清凉的井水，让我整个人的情绪放松下来。

看到彭水云欣喜若狂的样子，我内心却平静如水，并没有感觉到异样。在我心中，母亲的形象已经盖过一切，彭水云即使再激动，也无法激活我心里另外一种感情。我甚至有些怀疑，眼前这个女人真是我的母亲吗？如果是我母亲，看到她流泪的样子，我怎能不心动呢？

彭水云说，我的仔啊，长得这么高了，我都以为这辈子见不到你了。说罢，眼睛里的泪水流得更多了。我说，我也不知道你们是我的父母，我妈过世的时候才告诉我这件事。彭水云“啊”的一声，二霞死了？

二霞就是我母亲。母亲的衣铺就以她的名字命名，叫二霞衣铺，街坊邻居们都叫她二霞嫂或二霞婶。我点了点头，说前几个月过世的。就在这时，听到门外面传来响声，只见一个老汉扛着把木犁进屋，犁把上的铁链子碰在一起，发出叮当叮当的响声。不用说了，肯定是我的生父刘树发。

刘树发将木犁往天井的墙边一放，摘下头上的草帽扣在犁把上，便往水井走去。彭水云对我说，你爸回来了。说着站起来，从厅里冲出去，一转眼她便跑出了客厅。我从来没有想过，一个农村的妇女跑步这么快，像一只兔子一下子就蹿了出去。

刘树发走到天井，摇井水洗脸。刚洗两把，彭水云走过去，一把抓起他的胳膊，硬生生将他往客厅扯去。刘树发满脸是水，一边甩着手上的水一边说你扯我做什么，我还要喝水。彭水云说，别喝了，你看谁来了。

刘树发被彭水云扯到客厅时，脸上挂满了水珠，他双手往脸上抹了两下，才看清了我。我已经站起来，主动地喊了一声爸。刘树发睁大眼睛看我，他刚从地里翻垄回来，身上沾着很多泥灰，他身子猛地颤抖了两下，灰尘纷纷扬起，像被风吹的一样。他咽了咽口水说，你是万田？他说话的声音有些嘶哑，估计是在地里干活晒的。我点了点头，将手中的口盅递给他。口盅里面的水我只喝了一口，我喝不惯那生冷的井水，带着一股泥土味。刘树发接过口盅，仰起头来一口喝完。他把口盅递给彭水云，坐在刚才彭水云坐的小凳上。但他觉得小凳子离我太近了，欠了欠身子，将凳子往后面挪了一点。

我将购物袋里的芙蓉王拿出来，递给刘树发抽，然后将酒肉和水果一起递给彭水云，让她拿去做饭。彭水云有些不好意思，责怪地说，来就来，还买这么多东西。我说应该的。彭水云拎着东西去厨房做饭，走的时候让刘树发陪我聊天，不要只顾着抽烟。随后彭水云又向我解释，说你爸不爱说话，别见怪。

刘树发打开烟盒，掏了一支烟递给我。我不抽烟，摆了摆手。刘树发于是自顾自抽起来。连续吸了三口烟，他还没有开口说话，只是时不时地抬头看我，然后又低下头来抽烟，看着烟灰落在自己脚下。看得出来，刘树发是个沉默寡言的人，也许我身上就是遗传了他的基因，很多时候我也喜欢沉默。刘树发虽然不说话，但看得出来，他的内心有些激动。我看到他从嘴里吹出烟雾时，嘴唇是颤抖的，身子也有些颤抖。屋里的吊扇已经打开，风吹得不大，刘树发嘴里吐出来的烟雾摇摇晃晃，在我身边萦绕。我感到热，从口袋里掏出纸巾抹了抹汗。刘树发起身走到厢房里面，搬出一把落地扇，对着我吹。

抽了半根烟，刘树发才问我怎么知道回来。我说母亲过世时才告诉我真相。刘树发哦了一声，随后问我这些年过得如何。我简单地说了一下大学毕业后，在县城工作。刘树发听说我竟然读了大学，脸上忍不住露出欣喜的表情，他将刚抽完的烟踩在脚下，又拿出一根烟抽。我想劝他别抽那么密的烟，但是想了想，没有说出口。

后来，轮到我问起了刘树发家里的情况。我听母亲说，刘树发家里有四个孩子，两个儿子两个女儿，我是最小的。按照刘树发这个年龄，应该是在家里带孩子享福的，可是看这房子，没有什么人气，晾在天井衣架上的衣服，只有两个老人穿的。刘树发告诉我，两个女儿出去打工，都嫁到外地去了，很少回来。没嫁出去之前，往家里寄了几万块钱，本来打算用来建房的，但是被刘万金给败完了。刘万金因为小时候的事情，心里有阴影，养成了怪戾的脾气，什么话都听不进去，成日打混。后来在县城帮一个溜冰场看场子，结果跟人打架，把一个人的腿给打断，判了四年，赔了人家十几万。家里变得一贫如洗。现在刘万金已经在牢里待了两年多，还有一年多才放出来。刘树发说，早知道他是这样的孽种，当初就让他偿命算了。唉，希望这次坐牢能把他改造好。

我默然无语。我想，当初刘树发把我赔给我母亲，是对还是错？如果我一直待在农村，也许我像其他孩子一样，可能早早辍学，然后出去打工。这件事情改变了我的命运，所以我应该对刘树发感恩，尽管他是迫不得已将我送出去。

后来我和刘树发没话说，又变回了沉默。我已经摸到了刘树发的性子，如果我不问话，他会只顾着抽烟。我于是随口问起农村的庄稼收成。刘树发说，现在干农活只是够吃喝，不如别人在外面打工两个月，但是没办法，身子老了，出去打工没人要，只能种点田地。听他这么说，我心里凉凉的，大概是触景生情，我不由想到两个农民老人在田地里孤独终老的一生。再看看刘树发，他的眉头皱成了一团，只有吸一口烟将烟雾吐出来时，眉间的皱纹才散开一些。

彭水云将饭菜做好。三菜一汤，按照农村人的烧菜习惯，都是比较清淡的，没放什么佐料。但用柴火烧锅，吃起来很香。刘树发打开我带来的五粮液，说要和我喝几杯。但我说要开车，不方便喝酒。他也没有勉强，就自顾自地喝着。我告诉他们我要结婚了。我说结婚是人生大事，你们是我的父母，一定要出席我的婚礼。听说我要结婚，彭水云激动得筷子都拿不稳，掉了一支到桌子上。她索性将筷子一放，拉着我的手，关切地问起女方家庭。我简单地做了回答，并跟她说房子和车子都有了，办酒的钱也到位，什么都不用你们操心，到时候你带几个亲戚一起来参加婚礼就行。

彭水云听了这话，激动得泪水都滴到碗里了。刘树发没有说话，只是倒了一大杯酒，一口气便喝完了。一会儿，他的脸上就现出了隐隐红光，一直皱着的眉头也慢慢散开了。彭水云好像还有什么话对我说，犹疑了一会儿，才压低声音说，仔啊，我想求你一件事。我警觉起来，问是啥事。彭水云说，自从你被我们送给二霞养，你哥从小心里就有了疙瘩，加上我们天天骂他，他变成了一个不听话的人，学会了抽烟喝酒打架。我想求你有时间和我们去县城探监，看望你的哥哥，让他知道你过得很好，要结婚了，他心里就能放下以前的事情了。

我想这是小事，只是去监狱探望一下刘万金，不存在什么问题。我看了一眼彭水云，她那迫切和期待的眼神，我也不得不答应。彭水云很高兴，说过两天你爸去县城监狱申请探监，批准后就打你电话。我点了点头，然后便起身告辞。彭水云拉着我的手，她内疚地说，这个时候乡下没啥拿得出手的东西，过段时间村里开油榨了，我给你留几十斤自榨的花生油。我被午后的太阳晒得睁不开眼，精神有点恍惚，只是敷衍地应了几声。我开车走了，他们还站在阳光下，朝着我的车子挥手。我从后视镜看到彭水云抹着眼睛，不知道是哭了还是因为车子扬起的灰尘吹到她眼里。

四

八月底，我和刘树发、彭水云一起去监狱探望刘万金。探监房是一个小单间，中间用不锈钢的窗口隔开，看上去像车站的售票窗。我和刘树发以及彭水云坐在一边。过了大约十几分钟，两名狱警把刘万金带进来。

刘万金露出一个犯人的光头，额头显得很高，一对浓眉竖起来，一看就是那种面凶之人。天气热，刘万金穿着一件犯人的背心，背心没有袖子，露出两条胳膊，胳膊上刺着几条青龙。我仔细看了看刘万金，和我长得有点像，尤其是额头，都是高高的，宽宽的。我平时习惯留长发，把额头遮住，这样看起来就清秀一些。

刘树发看到刘万金，没有说话，摸了摸口袋，想抽烟，但是探监房不能抽。他咂了咂嘴，咽了一口唾沫。刘万金看了看刘树发，也没有说话，转过头对着彭水云叫了一声妈，接着，他的目光落在了我的身上。我心想，他应该能猜到我是谁。彭水云很高兴，跟刘万金介绍起来，万金呀，这是你弟弟万田，你看还认识不？和你长得很像呢。万田现在已经回来了，而且大学毕业，在县城有一份好工作。他是托了你的福，如果当年没有把万田送出去，他也不会有这么大的出息。你以后不用再难过了，在牢里好好待着，重新做人，等你出来我们给你媒个老婆。日子还长，你要在里面改掉以前的脾气，像你弟弟一样做个有出息的人。

我不喜欢听彭水云这样讲话，感觉怪怪的，好像当年刘万金犯下的错误，却成了我的福气一样，而此时的我是来赎罪的，以此证明我过得好和刘万金有很大关系，而刘万金过得不好却成了我的过错一样。但彭水云是农村人，没什么见识，也许是爱子心切吧，这样的话我不必放在心上。我看了看刘万金，看他听了这番话会有什么样的表情。刘万金脸上一丝笑容都没有，沉默得如同在法庭上的犯人，他看了我一眼，我便能感觉到一种生猛的眼神，仿佛隐藏了某种不安分的气息。这样的气息让我心里下意识地产生了一道防线。探监室没有空调，天花板上挂着一把旧吊扇，缓缓地搅拌着空气，却搅不出一丝风来。

我假装面无表情地坐在那里。刘万金看了我一眼，也没有吱声，低着头往下看，也不知道在看什么。刘树发依旧沉默。这一刻，我相信我们三人是父子关系，都有着同样的沉默。彭水云看到我们三人都在沉默，她脸上原本高兴的笑容，也一点一点地黯淡下去。

彭水云用力捅了捅坐在身边的刘树发，让他和刘万金说几句。刘树发又咂了咂嘴，抬起头对刘万金说，我和你妈也老了，以后指望着你给我们养老。你在里面好好改造，出来后老老实实找个事情做，不要让我们再为你操心。刘万金面无表情地回答说知道了。

彭水云见我一直沉默，她就拉着我的手，满眼期待地看着我说，你和你哥哥说几句吧。我看了刘万金一眼，不知道和他说什么才好。寻思片刻，我才开口，哥，等你出来后，我看有机会时就安排你到我们的公司上班，只要发奋，还能学到一门手艺。

我这话挺实在，彭水云听了这句话，握着铁窗的柱子，把脸挤到窗前，脸颊被两条铁柱子挤得变形了。仔啊，你听到没有，看看你老弟多有出息，还有一年多你就出来了，到你老弟公司上班，你要跟他学啊。刘万金看着彭水云说，还有一年多啊，我不想再待了，你们弄点钱去找找关系放我早点出来吧，听说花个三万块钱就可以免去一年，我早点出来了，一年也可以赚个三万块钱，也不算花了冤枉钱，还可以早点学到手艺。说到这里，刘万金看了我一眼，但他没有看我脸，只是看了看我的穿着打扮。

彭水云听了这话，一时有些怔住了，她看了看刘树发，刘树发却是脸一黑，说家里哪有钱给你找关系，你把人家打残，家里的钱都用来赔偿别人了，还欠了一屁股债。刘万金看了我一眼说，就找我老弟先借一点吧，三万块钱对他来说也不是个事儿。

我不由得一怔，没想到这样就被他们套进去了。三万块钱对我来说确实不是什么问题。何况刘万金说得也有理，但是我心里却在犹豫，他是一个坐过牢的人，谁知道以后会不会改邪归正，会不会给我的生活带来麻烦。我原本只想把眼前的事先应付过去，没承想他们却把棒槌当了针。

刘树发见我不说话，倒是替我讲了几句我最讲不出口的话，万田要结婚，要花很多钱，哪里有闲钱？我看你这脾气还得在牢里再磨磨才行。刘万金冷笑道，牢里面什么人都有，你不怕我越待越坏吗？

探监的时间是二十分钟，还没等刘树发说啥刘万金就被带走了，我看见刘树发把烟盒子狠狠地捏了一把，都捏变形了。

五

那次探监过后，我一直没有联系刘树发，我担心刘树发找我借钱。但刘树发一直没给我打电话。快到国庆时，他才打了个电话给我，说他那边会带一桌亲人过来。停了，又是彭水云千叮万嘱的，仔啊，你有时间就回一趟家吧，跟你舅舅姑姑姨姨先见个面，莫到时候不认得啊。

这也在情在理，我也很想回去认亲，可是越到节假日公司越忙，每天都有新房要设计和装修，还要拍婚纱照，布置新房，真的是一天时间都抽不出来。我说，最近实在是太忙了，到结婚那天，你们来早一点吧，我先认识一下就好。想了想，我又说，你们过来吃个饭就行，不要包红包。彭水云没吭声，但我听见刘树发嗯了一声，行了。电话就挂断了。

忙了一阵子，终于到了国庆。婚礼是在县城最大的世纪酒店举行。我和阿金十点钟便去酒店，一位经验丰富的司仪带我们走现场。刘树发和彭水云一帮亲戚一大早就搭车来了，在酒店停车场的花坛边上坐了一个多小时，酒店保安还以为他们是无业游民，出来赶他们，幸亏我赶过来了。我和那些一点印象也没有的七姑八姨见过了，客客气气地搭讪着，然后又把刘树发、彭水云拉到一边小声叮嘱，你们就说是我爸妈，其他的话就不要多讲，尤其是我的身世，不要跟任何人说起。

一切顺利，中午十二点，大厅里面五十几桌全部都坐满人。我从来没有想过我的婚礼办得这么隆重。我突然想到过世的母亲，心里顿时一阵难过，要是她能坐在首席上，看到我结婚的场面，那该有多好。

大厅奏响了《婚礼进行曲》，我和阿金在伴郎伴娘的簇拥下，从大门缓缓地走进来。一切按部就班地进行，既是仪式，又像表演。接着，轮到双方父母上台致辞，先由男方家致辞。刘树发和彭水云没有见过这么大的场面，很紧张。刘树发本来是木讷之人，好在我都提前叮嘱过，他说了几句感谢的话，感谢阿金的父母亲，生了这么好的女儿嫁给我。

我偷偷地瞄了一眼老丈人，他一直脸带笑容，看来刘树发的话应该还过得去。接下来就轮到彭水云了，她还没开始讲就哭了起来。她一边哭一边抽噎着说，儿子长这么大了，结婚了，娶了个这么好的媳妇，她感觉就像做梦一样……说到后面，她泣不成声了，只知道哭。大厅里顿时响起了热烈的掌声，久久不绝。

我又看了老丈人一眼，他朝我使了个眼色。我赶紧走过去，他说，快去拥抱一下你母亲啊！我突然醒悟过来，走过去拥抱还在哭泣的彭水云。彭水云把头埋在我的胸前，哭得更大声了。我看到她稀疏的白头发因为哭泣而晃动，像是被风吹动的杂草。但我的身体很僵硬，就像抱着一个陌生人。我甚至怀疑，她真的是我的亲生母亲吗，我怎么一点感觉都没有。我只是轻轻拍着彭水云的背，让她的哭声渐渐变小，早点结束这场闹剧。最后，还是刘树发过来将彭水云拉开，又嗯了一声，行了。

我老丈人那准备多日的致辞就不用说了，要多精彩有多精彩。接着就该吃饭喝酒了，我和阿金一桌一桌去敬酒，阿金喝的是水，我喝的是一点假也没掺的酒，很快就喝得晕晕乎乎了。

六

当我酒醒时，已是第二天早上，但脑袋还有点晕。

这新房是我买的，原本是做月供的，但是老丈人拿钱给我，让我一次性去银行把钱补完，并把阿金的名字补到了房产证上，就算是他送给我们的结婚新房。我问起昨天是怎么收场的。阿金说，昨天大家看到你被灌醉，还觉得不尽兴，后来我爸来顶你，没他那酒量，就你这点儿小酒量能对付得了那大场面啊。不过我爸酒量大，可没你爸的力气大，是他把你背回来的。我吃了一惊，他？我养父？是他把我背回来的？阿金说，是啊，他把你从酒店背到停车场，让婚车把我们送到小区，再从小区把你背到房间里，气都不喘一口。

我摇摇头，头还是有点晕。阿金又说，你养父养母还真客气，你猜他们给我的红包有多少钱？我愣了愣，没想到刘树发还是讲客气，给了红包，就是给，也不会有多少吧，要得发，不离八，我估计也就八百块钱吧。阿金摇摇头，让我再猜。我于是又往上猜，一千八？阿金笑了笑，说不对，你再猜。我说，难道是两千八？阿金说，按照你这个数，猜一天也猜不出来，我告诉你吧，三万三！

我啊了一声，几乎从沙发上跳起来了，他们给了这么多？

我没说刘树发家里有多穷，但我知道他们家里一年到头不吃不喝也挣不来这么多钱。阿金也很吃惊，说，他们真是你养父养母啊？我看比亲爹亲妈还要亲啊。他们还让我不要告诉你，叫我偷偷把钱存好。尤其是你那养母，拉着我的手一个劲地夸我，说你娶了我，她就放心了，一边说还一边抹眼泪，我也不知不觉就跟着她一起抹眼泪了，那泪水一个劲儿地流，止都止不住……

我又想起了那天下乡的情景，想到第一次看见刘树发和彭水云的情景，仿佛隔了很久一样，想了半天才想起来。阳光很好，从客厅的落地窗玻璃透进来，客厅的墙壁上挂着我和阿金的结婚照，还有我母亲的遗像。母亲正泪眼模糊地朝我微笑，我下意识地抹了一下眼睛，一股温热的液体穿过指缝，像水一样流了下来……

发表于《花城》杂志 2016 年 6 期

冬至

一

我四十三岁就当爷爷了。这原本是一件喜事，可是城里的生活成本高，为了减轻儿子的负担，我和老婆不得不离开东莞，带着三个月大的孙子回老家，当起了留守老人。

老家在广西步城，挨着湖南和广东，属于三省交界处。虽说跨省方便，却是个山窝子，以前只有一条羊肠小道插进来，远远看去，就像一根牙签插在一块大石头上。过去想到县城赶集，来回要一整天。现在国家实行路路通，也有水泥路像橄榄枝一样伸到了山寨口。回家养老带小孩，倒也安逸，买辆摩托车，油门一拧，想去哪儿就去哪儿。

寨里有三十多户人家，年轻人都外出打工了，只留下老人小孩。看到我和老婆回来带孙子，他们也高兴，有人朝我开玩笑，说通天鬼（我的绰号），这是你的孙子吗，我看像你儿子哩，你没跟儿媳妇扒一碗饭吃吧！于是，他们都大笑起来。这群死鬼，嘴上总是乱放炮，不过笑起来仍像以前那样地亲切。

田地基本荒了，没人耕种，大家都买了家禽牲畜放养。吃野草长大的羊群和满地奔跑的鸡鸭，令城里人趋之若鹜，时不时便有车子开到山里来购买。我也不打算种田，现在粮价低，买粮食吃比自己种田还要划算，倒不如弄些牲畜回来闲养，据说一只山羊可以卖六七百块钱，一年卖几只，也够吃粮食了。

我和老婆几年前跟着儿子到东莞打工，只有过年时才回家，房子久无人烟，早已荒废，幸好是水泥建筑，不像瓦房那样容易落败，虽然外墙爬满了青藤，屋内布满了蜘蛛网，但只需收拾一番，便能入住。我开垦一块荒地出来，撒上菜籽，进了三十只羊崽，买来四十只小鸡，便开始新的农家生活。小鸡放在后院喂养，用竹篱笆围起来，等它们羽毛长齐了，就放出去让它们自己找食，不用操心；羊群呢，每天赶到山上吃草，到了冬天就可以卖掉一部分。

山里的日子无风浪，老婆做饭带孙子，孙子虽然只有三个多月大，但长得粗胖，不怎么哭闹，好带得很，算得上是享清福。我每天上山放羊，清闲倒清闲，却也无聊得紧。能想象得到那种生活，每天就是面对羊群，听着鸟虫鸣叫，看着云朵笼罩山头，风吹过山谷时发出呼呼声，树木摇晃起来，全是寂寥的味道，没有一点人气，能不闷出鸟来？我怀念起东莞的生活来，虽然上班奔波辛苦，却不像现在这样地单调。

我在东莞待了六年多，身心早已融入城市，对那些五彩斑斓的灯火念念不忘。人是群居动物，都向往繁华热闹的都市，活在熙熙攘攘的人潮中，神经都容易活跃起来，心情也就不一样。从城市回到乡下，就像一条大海的鱼儿游到了小河里，少了许多乐趣。我于是把想法告诉了祥哥，祥哥笑话我，嗐，你这是身在福中不知福！

祥哥叫陈敬祥，是我在东莞最好的哥们儿。没回老家之前，我在一家电子厂当搬运工。厂里有几辆货车，每天都要外出送货，我和祥哥是搭档，相处了六年多，形影不离，就跟亲兄弟一样。

搬运工的工作很简单，每天按照《出货通知单》上的内容，将货物搬到车上，跟车送到客户的仓库。然而令人讨厌的是，送货有时很受气，尤其是那些大厂，仓库大得像迷宫，规矩又多得要命，卸货不仅要按货品区分，还要自己找叉车和枯板。有些工厂必须要经 IQC 检验货物后，仓库才盖收货章，但 IQC 验的并不只是一家货，要排队等他们，有时等上老半天。每次出门，车上要装好几家工厂的货物，塞得满满的，就像送快递一样，按地点的先后顺序进行配送，为了不耽误时间，我们免不了堆起笑脸求爷爷告奶奶，请他们优先处理。挨骂自然是少不了的。我们最怕去拉退货，退货的流程能把人搞死。保安也讨厌，从厂里出来时，总是查来查去，车上还有别家货物，放行条稍有不注明，就搞得很烦，要重新去开。我们遇到一些保安，他们平日没事做，上班无聊，总喜欢搞点事情折腾一下。

我和祥哥有福同享，有气同受，晚上一起吃宵夜，喝点小酒，咧着嘴骂这个骂那个，心情就好转起来。算起来，祥哥还救过我一命，那是三年前，厂里买了几台冲压机，让我们几名搬运工将机器卸下来。冲压机用皮带固定在叉板上，我们用手动的升降叉车将它们弄下来。下车的过程中，没想到一台冲压机的模块没有固定好，要不是祥哥眼疾手快，一把将我扯开，那模块就砸到我的脑壳上了。模块是纯钢打造，少说也有二三十斤，落在地上能砸出一个坑来，我的脑袋肯定会被砸成烂西瓜。祥哥从不觉得救过我，只说是工作上的一个帮衬而已。我不是忘恩负义的人，总想找机会报答他。离开东莞的时候，祥哥把我送到车站，拥抱着我说，少了我这个好兄弟，他干活也没劲儿。我哭了，一个四十多岁当了爷爷的人，眼泪流得稀里哗啦的，老婆看得心酸，说要是我对一个女人这样子哭，她就不跟我过日子了。

回到老家后，我没事就打电话给祥哥，跟他吹牛解闷。我让他找时间来看我，到我家里住上几天。我的老家离东莞只有五百多公里，从县城坐大巴到东莞只要六七个小时。我说祥哥，反正你有十天的年假，抽空过来玩几天，我做野味给你吃。祥哥是四川人，喜欢吃喝享受，问我老家有什么特色菜肴，要是能让他馋嘴，他就来找我。

说实话，我们那里没有什么特别出名的菜系，唯一能博眼球的，就是吃狗肉。狗肉有三种做法，爆炒、红焖、火锅。每一种做法都能达到“闻到狗肉香，神仙也跳墙”。我们不像玉林那边的吃法，玉林是夏至吃狗肉，我们是冬至吃。冬至的狗肉才是最补身的，老话说“冬至寒，狗肉馋，不吃狗肉难过关”，就是这么个事儿。祥哥说，那我就冬至去你家里吃狗肉，不过我听说现在很多狗都是毒杀的，毒狗肉吃起来对身体不好，我想吃正宗的土狗肉。你反正也清闲，要不养一条土狗，到冬至杀给我吃。我想了想说，好。

于是，我买了一条土狗，六个多月大，有十斤出头，身子粗短，毛发灰黄掺杂，并不可爱。大约喜欢在地上打滚，黄茸茸的皮毛沾着尘土，看上去像劣质大衣上的皮毛，也不讨人喜欢。刚开始有些认生，总是缩着脖子，耷拉着脑袋，怯生生地蜷缩在屋角。喂它吃过两顿饭后，它便开始摇尾巴，在我的脚下打转，用脑袋蹭我的大腿。我嫌它脏，冷不防就踹它一脚。但它却也不生气，仍是摇尾巴蹭我的大腿。

我从不养狗，要不是祥哥有要求，我也不会打破这个禁忌。我的父亲死于狂犬病。那年我七岁，记忆中的父亲很威严，整个寨里的人都怕他，给他取了个“山大王”的绰号。尤其是他扛着一把猎枪，每次枪声在山谷响起时，大地就会颤抖，受惊的树叶像被风吹动一样，哗哗地响。

那时候火铳还没有被公家没收，父亲喜欢上山打猎。家里养了一条土狗，黑灰杂交，取名山狼。山狼极有灵性，父亲打中猎物后，它会第一时间扑上去，把猎物叼出来。有一次父亲打野猪，野猪没有死，怒气冲冲地朝父亲扑来。发怒的野猪比老虎还可怕，父亲把腰间的开山斧抽出来，准备和野猪决一死战。倏地，山狼从边上蹿出来，身影化成了一道闪电扑向野猪，展开搏斗，引开了野猪的注意力。因为斗得厉害，山狼被野猪的獠牙拱伤，流了不少血。父亲争取到装火药的时间，又补了一枪，才把野猪打死。那时家里穷，野猪舍不得吃，只留了一条后腿，其余的肉身全都拉到镇上卖掉了。

那晚吃的是山猪腿炖萝卜，炖得整个屋子的瓦片都透出香气来，不知是谁家的猫在屋顶喵喵喵地叫个不停，像发春一样。山狼蹲在厨房门口，不停地摇着尾巴，时不时发出几声吠叫，仿佛斥责那些飞往厨房的苍蝇。那是我记忆中最幸福的时光。八仙桌，我和弟弟坐在一边，爷爷奶奶坐一边，爸爸妈妈坐一边，另外一边靠墙，墙上挂着父亲的猎枪，用猪油擦得乌光发亮。父亲说，这是吃饭的家伙，必须要供在饭桌上。一家六口围着桌子吃饭，野猪肉炖得极软，吃在嘴里一点也不塞牙缝。父亲和爷爷筛着大碗，笑眯眯地喝着米酒，商量着用卖野猪肉的钱，添些新瓦回来，修补漏雨的屋顶。

山狼摇着尾巴，围着桌子打转，眼巴巴地望着我们，等着吃骨头。它时不时舔着身上的伤口，发出汪汪的低鸣，像是提醒我们，不要忘了它。因为不常吃肉，我们啃过的骨头连肉末都没留下，山狼只能磨磨牙齿舔舔味儿。

父亲心情好，很快就喝晕了，夹肉时不小心掉了一块在地上。山狼扑过去要抢着吃，但被父亲一脚踹开。父亲把肉捡起来，拿在手里晃了晃。山狼以为父亲要逗它玩，就坐在地上汪汪地叫着，像个撒娇的孩子。它的前腿勾起，伸吐着舌头，眼中充满了期待，等父亲手一扬，它就跳起来把肉接住。父亲经常玩这样的把戏，将吃剩的骨头抛起来，训练山狼的扑跳能力。然而，父亲却没有把肉扔出去，而是吹了吹上面的灰尘，塞到嘴里，吧嗒吧嗒地嚼起来。山狼原本期待的眼神一下子黯淡下来，嘴里发出呜呜的委屈声，不满地朝父亲吠了几声。打野猪山狼是立了功的，一块肉奖给它吃也正常。但在父亲眼中，狗就是一只畜生，每天喂饭养它就不错了，不必对它太好。父亲踢了山狼一脚，骂它鬼叫什么。不知道是不是踢到了山狼的伤口，疼得它咆哮起来，突然扑上来，在父亲的大腿上咬了一口，鲜血直流。父亲跳起来，愤怒地从墙上取下火铳。山狼吓跑了，像幽灵一样纵身一跃，消失在门外无边无际的黑暗中，从此再也没有回来过。

不久，父亲就狂犬病发作——那时没有打疫苗一说，农村人被狗咬伤了也不在意，顶多敷一些草药。父亲杀孽重，满山的野货从不放在眼里，何况是自己养的一条狗。他没想到自己临终前会像狗一样狂吠，满地打滚。爷爷含着眼泪，将父亲绑在后院的苦楝树上，惶恐不安地祈祷着；母亲紧紧地搂着我和弟弟，泪水涌出来淋湿了我的头发；奶奶则敲着一面铜锣，颠着小脚跑到山神庙烧香拜神。

闻讯而来的人们把院子挤得满满的，苦楝树上住着一窝老鸦，黑压压的人群吓得乌鸦飞起来，在树顶上盘旋，发出诡异的叫声。有人说山狼把父亲的魂魄叼跑了，需要杀狗祭天。爷爷于是买来一条狗杀死，并请巫婆作法。巫婆点起香烛，围着父亲跳大神，将那条鲜血淋漓的狗绑在父亲的身上，用桃树枝拼命抽打着。巫婆两条腿都跳肿了，桃枝也抽断了一箩筐，但还是没能将父亲的魂魄召唤回来。父亲死的时候嘴巴张开，舌头吐出来，溢出许多泡沫，引来了成群的苍蝇飞舞。

父亲的死成为了寨里人的笑话。后来，母亲带着我的弟弟改嫁他乡。我是由爷爷奶奶带大的，受了许多辛酸，因此天生恨狗，每次吃狗肉时，我都感觉像吃仇人的肉。

二

寨里养羊的人多，怕羊群搞混，又怕羊吃不饱，因此都是各去一处放牧。为了解闷，我把狗带上，让它与我做伴。虽然我不喜欢狗，但是带狗上山也有好处，有它在，要是草丛里有毒蛇，它就会叫起来，不担心会被蛇咬。

我给狗取了个名字，叫土蛋。待在野外极无聊，我只好跟土蛋玩，没事就训练它，聊以打发时间。我教土蛋赶羊，教它跳跃，教它捡东西。它要是不听话，或者学不会，我便拿赶羊的竹竿抽它，下手很重，打得它满地打滚。我一点也不心疼，感觉就像打仇人的儿子一样，心里有一丝隐秘的快感。

因为父亲死于狂犬病，我从小就与狗类隔绝，记忆中虽然有山狼的影子，但那都是仇恨的化身。这次自己养狗，天天接触，我才讶然发现，没想到狗类竟然这么通人性，多说几遍多教几次，它就领会了人类的意图。我让它坐下它就坐下，让它跳跃它就跳跃，让它奔跑它就奔跑。后来，在我的训练下，它能给我叼一些随身携带的东西，例如赶羊的竹竿，带午餐的保温盒，还有我的雨衣斗笠。再后来，我让它去数羊群，它每到一只羊的身边就汪一声，我坐在一边抽烟，只数着它的叫声，就知道羊群齐不齐，简直神奇了。有时赶羊下山，不小心和别家的羊群混在一起了，土蛋也能分辨出来哪些是我家的羊，哪些是别人家的羊，不用一只一只地去看记号，省却了许多事情。

我颇为得意，跟寨里人说我养的狗很有灵性。寨里人反倒笑话我，让我莫走上父亲那条不归之路。经寨里人提醒，又勾起了我对狗的仇恨。是啊，要不是狗，我家里怎么会落败。于是，我对土蛋总是不太信任，处处提防它，没事时就拿棍子抽它一下，让它老老实实的。在我的严厉管教下，土蛋极其听话，像奴隶一样，只要我声音大一点，它就摇着尾巴俯下身子，趴在我的脚下，一副诚惶诚恐的样子。为了以防万一，我还请来了兽医，给土蛋打狂犬疫苗。我将土蛋打疫苗的照片发给了祥哥，告诉他我养的绝对是健康无毒的土狗，让他冬至过来放心食用。

很快迎来了夏天，我的孙子满半岁了，愈发地可爱。夜晚，我要去野外捉萤火虫，倒不是打发时间，而是用来哄孙子。我把萤火虫装到一个玻璃瓶里，用纱布蒙住瓶口，萤火虫在瓶子里一闪一闪的，像天然的霓虹灯，不刺眼，煞是好看。瓶子吊在孙子的小床上，孙子喜欢眯着眼睛看，不一会儿就睡着了，一点也不吵闹。第二天早上，我把萤火虫放出来，晚上再接着去捉。

土蛋已有九个多月大，因为跟着我满山跑，它比以前瘦了许多，不再是肥嘟嘟的样子。它长得很结实，扑跳起来灵敏有力，像一头小豹子。我到野外捉萤火虫，也要把它带上，它的吠声能把蛇蠡之类的东西给吓走。

夏夜的山寨静悄悄的，像一片蜃景，弥漫着沉默的荒凉，山谷和月亮各怀心事，幽暗交替，房子留下了虚幻的轮廓，看上去如同墨画般。夜鸟啼声穿过树林，也染上了清寂的色调，令人有一种恍惚感。土蛋像一只夜精灵，在我身边窜来窜去，喜欢跟我抢萤火虫。有一些萤火虫飞得低低的，它猛地纵身跳起来，一口就吞下去了。我骂它，它就坐在一边，朝我挤眼睛，眼珠子在夜里竟然也是一闪一闪的，发着幽幽的亮光。狗日的，难不成吃萤火虫眼睛会发光？我于是用捉萤火虫的网兜棍子去抽它，它却调皮地汪汪几声，转头跑掉了。借着夜色的掩护，它会躲在某个草丛或灌木底下，等我经过时，便冷不防地冲出来吓我。这畜生倒是蛮有趣的，它已经掌握了我的脾气，知道逗我玩了。

有一天早晨，老婆在厨房做早餐。孙子喝过牛奶，躺在婴儿车上咿呀呀的，小手晃来晃去，手上戴着的银铃叮当作响，欢快得很。孙子是我的心肝宝贝呀，我一手推着婴儿车，一手提着半袋谷子，到后院去撒鸡食。我把鸡群从鸡窝里放出来，撒上谷子喂饱后，便打开院门将它们放出去——这时候的鸡已经长齐羽毛了，可以放出去闲养，晚上它们会自己跑回来，不用人操心。

喂完鸡，我突然肚子疼，就钻到后院的茅厕方便。那段时间我一直便秘，也不知道是什么原因，可能是上火了。山寨的夜色格外寂寥，一群留守的中老年人无所事事，喜欢聚在一起喝酒吹牛，吃着油炸的糍粑，打发漫漫长夜。

我把婴儿车放在茅厕门口，隔着一道木门，我能听到孙子咿呀呀的欢乐声，还有手上银铃发出的叮当声。突然，土蛋狂叫起来，声音极其凶狠，一边咆哮一边用爪子抠着茅厕的木门。我感觉不对劲，顾不上肚子胀气，系了腰带出来，只见一条大蟒蛇正穿过院子的杂草，缓缓地游过来，离婴儿车只有两米了。山里有很多蟒蛇，近年来田地荒芜之后，这些蟒蛇神出鬼没，喜欢偷鸡鸭吃。大的蟒蛇连狗都敢吃。因为蟒蛇已经成了国家保护动物，没人敢下手，它们的胆子越来越大。这条蟒蛇大约想来我家的院子偷鸡吃，但鸡群已被我放出去，它于是想对我的孙子下手。天啊，要不是土蛋狂吠，孙子说不定就被蟒蛇伤害了。孙子才十来斤重，白白嫩嫩的，那蟒蛇大嘴一张，我可怜的孙子小命难保。

我赶紧把孙子抱起来，跑回屋里，交给了老婆照顾，然后拿了一把扬稻谷用的三脚钢叉跑出去。到了后院，蟒蛇已经跑掉了，土蛋仍站在草丛里大声地吠叫，发出严厉的警告声。以前我很厌烦狗的叫声，但这次，犬声却让我感受到一种从未有过的温馨。

三

每个月的十号，儿子都会给我打一千块的奶粉钱。但是九月份，中秋节都过了，眼见国庆节就要来临，银行卡的手机信息却没有一点动静。我于是打电话问儿子。

儿子从小就不安生，初中毕业后便外出打工，屈指算起来，已有十多年的工作经验。但他是个没有上进心的人，从未想过要学一门手艺，只顾着吃喝玩乐，每个月三四千块钱的工资，还不够他花。儿媳妇也是个花钱大手大脚的人，两人倒是天生的一对。夫妻俩每月能拿到六七千块钱的工资，如果省着点花，存个三四千也不是什么问题。可是现代年轻人的观念跟旧时不一样，他们是享受主义，你让他们省吃俭用，就像要了他们的命一样。正因如此，我和老婆才迫不得已离开城市，回老家带孙子。

儿子说国庆长假要和老婆去泰国旅游，信用卡都刷爆了，哪有钱寄回家。我问他两人去泰国旅游要花多少钱。他说一万五。我顿时气得跳将起来，说你不如把钱省下来回家看望父母和孩子，一万五千块钱，够小孩吃一年的奶粉了。儿子仍是用以前那种不屑的口吻说，要趁年轻去多见识世面，像你们这种老观念，这辈子活着图什么？我强忍着怒火说，你现在已经有孩子了，不为自己着想，也为孩子着想啊！趁现在年轻多存点钱，以后小孩用钱的地方还很多。儿子说，以后的事情以后再说，孩子有你和我妈照顾就行了，不要让所有人都围着他打转，那样太消耗人生了。说罢，儿子挂断了电话。

儿子一向如此，在东莞那些年，因为花钱无节制，我跟他吵了不少架。我以为他有了小孩之后，花钱会收敛一点，没想到他仍无觉悟，反倒认为生了孩子，有父母帮忙带，可以一劳永逸。我窝了一肚子的气，无处发泄，于是把土蛋叫过来，命令它坐下，然后指着它的脑袋大骂——狗日的，放长假你跑到国外去也不回家看望一下父母小孩，还拿这么多钱打水漂，不给父母买两件衣服，也不知道给小孩寄几罐奶粉，真是白养你这么大了，猪狗不如的东西，一点孝心都没有！

土蛋看我骂它，顿时惶恐不安起来，它不知道自己做错了什么，耷拉着脑袋，把头低下来，一副委屈的样子。后来，它看到我扬起了竹竿，身子竟然发抖起来。它想跑，却又不敢跑，趴在了地上，缩着脖子，低头呜呜地叫，像哭一样。

我用竹竿抽打土蛋，把对儿子的气全都撒在了它的身上。土蛋被抽了几棍后，疼得忍受不了，突然蹿起来，猛地扑向我。我以为它要咬我，那一瞬间，我的脑子里浮现出山狼扑向我父亲的场景，仿佛时空轮回一样，记忆的碎片像玻璃碴儿，刺痛了我的神经。我惊叫一声，吓得把手中的竹竿掉到地上了。但是，土蛋只是扑到我怀里，伸出舌头舔我的脸。它的舌头好长，一下子就把我半边脸蛋给舔湿了。狗日的，我才明白过来，它是要哄我开心。我嫌它脏，猛地推开它，蹲下去要捡起掉在地上的竹竿。土蛋动作很快，一口叼起竹竿，撅着屁股跑了。它将竹竿叼到很远的地方丢掉，然后转身回来，往我身上扑来。我有点惧怕它，赶紧闪到一边去，但狗日的动作比我快，一下子就从我的胯下穿过去，然后用头顶我的屁股，顶得我打了个趔趄，差点摔倒在草地上。

这么来回几次，逗得我心情好了一些。我坐在地上，掏出烟来抽。土蛋摇着尾巴在我身边转了一圈，用头顶我的身体，确定我不跟它玩闹了，就坐在我的面前，用无辜的双眼定定地看我，一副乖巧温顺的样子。我抚摸它的脑袋，它便眯起眼睛，耸动着脖子，用脑袋磨蹭着我的手掌，软茸茸的毛发让人感觉很舒适。我往它脸上吹了一口烟，它摇了摇头，竟然假装晕死过去了，还把舌头吐出来。把我逗笑了起来，指着它骂道，你再装死，老子把你杀了吃。它倏地坐起来，正正经经地面朝着我，汪汪汪地叫了三声。

我突然有些忧伤，到了冬至，我就要把它杀了，到时会不会舍不得？看着土蛋，我幻想着杀死它的场景：锋利的刀子捅开了它的喉咙，滚烫的开水泼在它的尸体上，发出嗞嗞的声音，它灰黄的毛发就顺着热水流了下来，裸露出粉红色的肉皮……我感觉到了自己的残忍，不由得紧紧地抓着拳头，手掌泌出了一层汗水。

土蛋凝望着我，它的眼神仍是那样地清澈见底，眸子里面倒映出我的身影，仿佛我就雕刻在它的眼瞳里一样，这辈子似乎都不能抹去。它并不知道眼前的主人已经暗藏杀机，它像孩子望着父亲那样，眼睛里荡漾的全是幸福的神色。我心里不由得涌出了内疚之情，伸手去抚摸它的脑袋。它眯上了眼睛，享受着我轻轻的抚摸。我将手心上的那些汗水，全部都抹在了它的头上。

四

我经常发土蛋的照片或录小视频给祥哥看。现代科技真好，一部手机就可以联络远在天边的感情。我说，狗子越长越大了，保证你冬至能吃到香喷喷的狗肉和清甜的米酒。祥哥发了一个流口水的表情，用语音跟我说，吃狗肉喝米酒，过神仙生活！放心吧，我已经和主管说了，冬至我要休五天的年假，住到你家里，天天吃喝玩乐，不仅要吃狗肉，还要吃你养的山羊和土鸡。我豪气地说，只要你过来，想吃什么都可以。

天气渐渐地冷了，树木开始凋零，山上一片草枯石瘦。桂北地区的冬天很野蛮，立冬过后，霜一直没有停过，早晨起来时，菜地里能看到一层白愣愣的霜花，像撒了细盐一样，把那菜叶子渍得生冷冷的绿。北风也嚣张起来，像贼一样扑在身上，能把身上的暖气搜走，教人直打冷战。

我把土蛋圈上了皮套，加了一条铁链子。除了跟我上山放羊时，土蛋可以四处乱跑，其余时间都被拴住。天一冷，贼就多了，偷鸡摸狗，就这么个事儿。狗一定要拴好，否则被人毒杀偷走，那就太对不起祥哥了。自从养了土蛋后，我夜里睡觉很安稳，有什么风吹草动，土蛋就会汪汪地大叫，发出警告声。关在后院的鸡和羊群，还有我和老婆，以及即将一岁大的孙子，都在土蛋的叫声中沉沉入睡。

冬至如约而至。然而，天公并不作美，这天的北风极大，天空阴沉沉的，霾云被凛冽的北风吹得满天打滚，碾压着山头，仿佛要把群山给摧毁。山上那些光秃秃的树木不安分地摇晃着，传来了凄厉的呼哨声，让人听得惊心动魄。天空时不时落下一些雨霰丸子，被北风卷着跑，像放冷枪一样，打在脸上刺冷冷地痛。

天冷也好，是个吃狗肉的好气节。我们老家有“冬至杀狗，过年杀猪”的规矩。但杀狗是讲时辰的，冬至上午要拜神祭祖，狗是有灵性的东西，是人类的看门神，必须在祭祖前杀掉，并把狗血清洗干净，以免引来晦气。天刚蒙蒙亮，寨里的人都开始杀狗了。凄厉的狗叫声在寒风中飘零，整个山坳充斥着血腥的味道。北风染上了肃杀之气，天地间愈加灰蒙蒙的。

我将尖刀磨好，拎在手上，感到格外沉重。我看着土蛋，它被铁链拴在门前的桃树下，光秃秃的桃树被北风吹得摇摆不定，像一个披头散发的泼妇。天空布满了狗临死前吐出来的气息，被风吹到刀尖上，刀刃跳跃着寒光。土蛋意识到了什么，突然狂躁不安起来，它仿佛看到了死亡的阴影正朝它蔓延过来。它朝我咆哮，好像警告我不要靠近。它围着桃树跑来窜去，想挣脱链子，铁链被它拉直后又落到地上，发出叮叮当当的声音，那声音听起来生冷而绝望。

我一时不敢下手，怕土蛋咬伤我。看着它那可怜的样子，我想起这十个月来，和它天天在一起，形影不离，它对我是那样地赤胆忠诚，总是想办法讨我欢心，令我倍感亲切，我如何能舍得下手？我将刀子丢在地上，掏出烟来。因为风大，我点了很久才把烟点着。我狠狠地吸了一口，刚张开嘴巴，还没有来得及把烟雾吐出来，北风就把我嘴里的一切给掏空了，仿佛连语言都被掏空了。我感觉嘴唇很干燥，伸着舌头舔了舔，舔到了一股血腥味。我干裂的嘴唇，正在冒出血丝。

土蛋看见我把刀子放下来，停止了咆哮与挣扎，坐在地上，前爪勾搭起来，乖巧得很。它跟以前一样，用无辜的双眼望着我，嘴里发出汪汪的低鸣声，一副讨好求饶的样子，并时不时地朝我吐舌头，仿佛要告诉我，它非常地乖巧。凛冽的北风将它的毛发吹得偏到一边去了，它看起来消瘦了许多，时不时打着哆嗦，一副可怜兮兮的样子。

我不敢看它的眼睛，它的眼神太纯洁了，如同婴儿般，此刻正迎着寒风默然流泪。我没有想到，原来狗是会流泪的，我以前打它骂它，甚至不给它吃饭，它从不肯流下一滴泪，它是多么地倔强，就像年轻时候的我。

我的心渐渐软了起来。原以为，只是杀一条狗而已，没有什么舍不得的，何况狗是我的仇人。但是奇怪了，我怎么也硬不起心肠来，哪怕我想到了父亲惨死前的样子，将积压了多年的仇恨放出来，但面对土蛋那双无辜的眼睛，我却也没有一点报仇的欲望与勇气。

祥哥就要来了，他坐的是夜班大巴，昨天晚上十一点钟的车票。因为国家规定，大车凌晨两点到五点不能上路，只能在服务区休息，所以，预计上午九点钟到达县城车站。

我看了一下时间，已经八点多钟了，祥哥的班车可能已经下高速，我必须要开摩托去接他。天寒地冻的，可不能让他在车站里等我。但是，这狗不杀不行啊，祥哥一到来，我就要煮狗肉火锅给他御寒，此时不杀，到时就来不及了。何况，我从县城接祥哥回来，就到上午拜神祭祖的时间，无论如何是不能再杀狗的，因为狗血是污秽辟邪的东西，会影响祖宗的神灵归位。所以，我必须在出门前将狗杀好，把狗血冲洗干净。可是，我怎么也下不了手。我想，要不我到寨里人手中，花高价买点狗肉回来招待祥哥算了。然而这算什么样子，这条狗是我特意为祥哥准备的，他在微信里和我聊天，跟我讲了无数次，每次看到我发狗的照片，他就想到和我一起吃狗肉喝米酒的场景，如果我不杀这条狗，祥哥会怎么看待我？难道我对一条狗的感情，还比和祥哥多年的感情深厚？何况，祥哥还救过我一命，我岂能忘恩负义？——尽管这狗也保护过我的孙子，可狗是我的仇人，我不能忘记它曾经对我有杀父之仇！

鸡杀好了，羊也杀了一只，就差狗了。面对狗，我浑身哆嗦，手臂渐渐地僵硬起来，像木头一样，连刀子都拎不起来。我知道，自己终究是下不了手的。不得已，我只好请来了寨里的老屠夫，给他五十块钱，外加一包烟，让他帮我杀好，褪好毛，把狗血冲洗干净。我说我要去车站接朋友，没时间杀狗。老屠夫一生喜欢杀戮，就像我那个过世的父亲一样，对血腥充满了渴望。他拿着我磨好的刀，眯着眼睛看着土蛋，吹了一个响哨说，放心吧，我保证你的摩托车还没有开出寨口，我就给你杀好了。

土蛋看着老屠夫，眼睛里顿时充满了绝望。它呜呜地叫起来，不知道是哭，或是因为害怕而发出来哀嚎。我不忍心看它，骑上摩托车，拧着油门冲出去。车轮沿着水泥路往山的那边撵去，山顶已经结冰了，看上去一片苍白，像一张苍白的脸。空气中充满了血腥味，但天地万物却毫无血色。我听到身后传来狗凄惨的叫声，不知道是不是土蛋发出来的。

整个寨子都是狗的悲号声，和北风的呼啸交错重叠，天空越来越阴暗。我的心像被什么东西堵塞了一样，迎面扑来的冷风让我感到呼吸困难。

摩托车开出寨口，我才想起来忘记戴头盔了。我想折回去，但又不忍心回去，就这么挺着脑袋，拧着油门向前冲。摩托车开得很快，北风像刀一样要把我的耳朵割下来，但我仍听到了狗凄凉的叫声，像噩梦一样挥散不去。

到了县城车站，我哆哆嗦嗦地掏出手机，打电话给祥哥，想问他到哪里了。然而没想到，祥哥的手机竟然处于关机状态。我想，他是不是在车上睡觉，把手机关机了，又或者在车上玩手机，搞得手机没电了。

我怕错过祥哥，就站在车站的出口处等他，每出来一个男人，我就看一眼。一批又一批的人过去了，就是没有见到祥哥。我心里隐隐不安，又给祥哥打电话，但是他的电话仍打不通。我只好在他的微信上留言，告诉他我在车站的出口处等他。

一直等到了十点多钟，祥哥才用微信给我打来语音电话。他说，不好意思，我不能去你家了。我吃了一惊，以为他开玩笑的，忙问是怎么回事。祥哥告诉我，他昨晚十点钟就到了汽车站候车，因为无聊，就跑到车站外面的夜市打转，想吃点宵夜。夜宵摊人多杂乱，一不小心，他随身携带的挎包被人偷走了。那挎包里面装着他的手机、钱包还有车票，没有了这些东西，他寸步难行。祥哥只好报了案，在派出所录完口供出来，已经半夜，巡逻的民警将他送回了厂里。因为深夜，他又记不住我的手机号码，无法告诉我消息，只好等到第二天上午去营业厅补办手机卡，再跟我联系。但是他不记得手机卡的密码，只得又去派出所开了证明，才补办了卡，并买了一部新的手机登上微信，和我取得联系。祥哥说，兄弟，对不起，我要去补办身份证和银行卡，还有驾驶证，看样子去不了你家里喝酒了，下次再去吧。

我想到家里那只被杀死的狗，心里异常难过。但我不能怪祥哥，他为了来看我，手机、钱包都丢了，这些东西我是永远无法赔偿的，就像我无法赔偿一条狗的生命一样。

我从车站返回家中，院子的案台上放着一只杀好的狗，狗毛已经全部褪去，全身光溜溜的，一丝血迹都没有，粉红色的肉皮上面结了一层冰。尽管它已经面目全非，但我一眼就看出来，它就是我的土蛋。土蛋的眼睛睁得大大的，一副死不瞑目的样子。它肯定不敢相信，与它如此亲近的主人，竟然要杀死它。如果狗有心思，它临死前会想什么？它肯定对我充满怨恨吧！它的嘴巴张得大大的，临死前肯定悲怆地咆哮过，哀嚎过。它的舌头蜷缩在了嘴里，也结了一层冰，终于不能再像以前那样伸出来舔着我的手背了。我感觉手背冷飕飕的，仿佛它曾经舔过的地方，此刻都结成了冰。

以前我看到杀狗时，心里总是解恨，就像杀死了仇人一样，觉得世间所有的狗都该死。然而，此刻我的心里却塞满了莫名的悲伤，觉得自己犯下了一件不可饶恕的事情。

我到房间里拿了一条床单。老婆正抱着孙子在屋子里面烤火，哼着歌谣哄孙子，看见我回来了，她问我祥哥怎么没有到。我说他临时有事来不了。老婆有些不解，抱怨着说，早知道他不来，你就不要杀狗了嘛！我没有吱声，从门后面拿了一把锄头。老婆问我去哪里。我说出去办点事。老婆说这么冷的天，办啥事？拜神祭祖的时间到了，你赶紧去烧香放炮。我冷冷地说，知道了。

走到院子，我用床单将土蛋的尸体裹住，把它背在身上。土蛋冰冷的身体紧紧地贴着我的后背，让我浑身打颤。我扛着锄头往山上走去。山上的风更大，掠过山谷时发出巨大的呼啸声，如同万马奔腾，天地战栗。父亲就埋在屋后的山脉上，坟头枯草瑟瑟，结了一层冰雪，看上去无比地萧索。

我把土蛋的尸体放在父亲的坟前。坟边有一棵苦楝树，叶子早已掉光，树梢上残留着苦楝子，一串一串的，像佛珠一样挂在空中，被风吹得摇摆不定，却总不肯落下来。几只在野地里盘旋的寒鸦觅不到吃的，就去啄苦楝子，苦得哇哇乱叫，被风吹得哆哆嗦嗦，像婴儿啼哭，满山凄凉。

我想起父亲临终前的那一幕，父亲以拥抱的姿势被捆绑在苦楝树上，他张开嘴巴啃苦楝树，把树皮咬掉了一大块。巫婆将一条杀死的狗捆在父亲的背上。狗的喉咙被捅开，鲜血淋漓，死不瞑目，睁大无辜的双眼看着眼前的一切。乌鸦在树上盘旋，巫婆用桃树枝拼命地抽打着父亲背上的死狗，并不曾打在父亲的身上，但父亲却发出狗一般的狂吠，喋喋不休，仿佛那条狗的灵魂此刻就藏在父亲的体内。

发表于《作家》杂志2019年5期

远　山

一

蓝托九将挂在灶头上那只熏得黑亮的麂子取下来，用柴刀劈成两半。一半挂回灶头，另一半装到袋子里。袋子是一个化肥袋，因为用了多次，皱巴巴的，上面的字迹已经模糊不清，看上去像一张久经风霜的老人脸。

阿娘正在煮早饭，往灶肚子里塞苞谷秆子。早春的雨水泛滥，苞谷秆受潮，烧起来像赌气的怨妇，一阵火来一阵烟，厨房云里雾里的，呛人泪下。山里不缺柴，上好的松枝烧起来干脆利落，烟少火旺，一向是灶头的常客。但偶然也要烧几把烂苗子，造点烟雾出来，养着吊在厨房上的腊肉，莫让它们长霉了。

阿娘抬头看了看，那半只麂子在烟雾中若隐若现地晃动着，像它生前在大山的雾气草丛中奔跑一样，仿佛一不小心就会跑掉。

“伢，挨半你都装深吧，城都人冇这嗒

东西。”

蓝托九看了看麻袋里的东西，除了半只麂子，还有熏肉、腊鱼、腊野鸡等山货，已经把麻袋塞得鼓鼓的。

“阿娘，留低三月三阿爹仰酒。”

“凤凰中意食，你带过去，阿爹仰酒自家上山赶。”

蓝托九犹豫了一下，但还是没有拿。他闷着脑袋，弯下腰，用麻绳子把化肥袋系上。阿娘眯起眼睛看着儿子那粗壮的双臂青筋暴起，像埋在地里的树须要拱出地面一样。龙抬头刚过两天，天还寒着，儿子却已穿起短袖汗衫。一条长长的疤痕缠在儿子的右臂上，看起来像一条蛇。去年中秋，儿子上山打猎，被一头野猪撞上，滚下一百多米的山沟，昏迷了一天一夜，从此留下了胎记般的伤疤。

猎人被猎物打伤，肯定是冲了山神，要出山躲避一段时间，等山神消了气，再回来祭山。

阿爹坐在厨房门口的饭桌上，瞅着一碗油茶。他往烟锅里塞上烟丝，看着已经把担子整理好的儿子，阿爹的眼中充满了忧伤。自从祖先为避战乱迁入大山，后人就一直遵循着祖先的生活轨迹，在山里生老病死。虽然时代变化快，很多山里人开始外出务工，但也有山民不愿意让孩子离开。活在山里多自在，又不曾缺吃缺喝的，出去图什么。

阿爹看着儿子，眼神隐隐不安。他吸了一口烟锅，突然被呛了一下，咳嗽声止不住地从喉咙里涌出来。直到外面传来一阵布谷鸟的叫声，阿爹的咳嗽才倏然停止，仿佛被布谷鸟叼走了一样。

蓝托九挑着两个麻袋担子，一边是腊货，一边是行李。行李那头比较轻，挑起来不平衡，蓝托九于是往行李袋里塞了一块大石头，将两边的重量平衡起来。

大山的早晨湿漉漉的，像从热水里捞出来，雾气腾腾，那些散落在山坳里的吊脚楼，埋在浓雾中，弯弯的翘檐看起来像翘着牙齿的大象，又像顶着牛角的公牛，虚幻得很。在这个物欲横流的时代，与世无争的山里人在外人眼中看来，和活神仙没有什么两样。那些吊脚楼也像神话中的神兽，在雾气中看久了，冷不防就晃动一下，能把人吓出一身汗来。

儿子才走出吊脚楼，身影就变得模糊起来，像融化了。爹娘的心也在融化，化成了一片缥缈的雾气，恨不得与天地连在一起，不管儿子去哪里，他们都能晓得。

儿子回过头来，看着屋檐下的爹娘，咧着嘴笑。

“阿爹阿娘莫担心，我读过书，识得字哩！”

不说还好，一说做爹娘的心里愈是扎疼，才读过三年小学，十几年没翻过书了，还晓不晓得字哟！阿娘挥手说：

“伢，食不惯外头的水就归来，莫怕丑，剔不剔钱都不重要哩！”

蓝托九扭头走了，把声音留在了雾气里。

“莫以为我是泥巴做的。我力气这么大，扫大街也剔到钱呢！”

山路弯弯曲曲的，儿子的身影很快消失在雾气中，只能听到他唱山歌的声音。不知道是不是因为雾气阻隔，那歌声听起来时近时远，像隐藏在大山里面的鸟儿叫声。

咿啦哦……阿妹江里梳头哟，阿哥过来担水喝。清水照出阿妹脸，看得阿哥掉落水。咿啦哦……阿妹说，落水狗，不知丑。阿哥说，好妹子，亲一口……

爹娘听到歌声，又心酸了，儿子二十五出头了，是该找个阿妹了。但山里的阿妹都去外面剔工了，媒婆说，外面的世界太嘈了，把阿妹的耳朵给堵住了，阿哥的山歌唱得再好她们也听不到；外面的世界太乱了，把阿妹的魂勾走了，山神的力量再大也收不回她们的心。那些媒婆提亲用的茶篓子，已经装不了红鸡蛋，只能用来采采山上的菌子。可菌子味道再美，哪有红鸡蛋亲啊！

翻过一座大山，好像还能听到儿子唱山歌的余音。

又翻过一座大山，只能听见布谷鸟的叫声，忽远忽近，也不知道它们藏在哪里。公鸡们扯着嗓子，时不时发出一声咯个儿，被雾气包裹着，缓慢得很。突然传来一声狗叫，撞散了雾气，公鸡的叫声才变得真切起来。

做爹娘的叹了一口气。儿子第一次离开大山出远门，外面的世界花花绿绿的，也不知道儿子能不能承受得了。

走到一条机耕路，路边有山里人搭的草棚子。蓝托九在棚子里坐了一会儿，听到突突的声响，一辆进山拉石头的拖拉机咆哮出来。蓝托九招手，爬到车厢的石头上坐稳，一路颠簸到镇上。从镇上再转车去县城，又从县城转车去步城，像山路十八绕一样，绕得晕头转向。

下午四点多钟，蓝托九挑着担子从步城车站出来时，两条腿软绵绵的，身子摇摇晃晃的，像喝醉了酒一样，体内那股打野猪的蛮劲儿都不知道去哪里了，只觉得肩膀上的担子变得沉重不堪。

到处都是高楼大厦。这么高的楼，怎么修起来的，会不会倒下来哩！四处都是人潮涌动，这么多的人，哪里来的呀，在山里面，有时走上半天也不见个人影呢！公路上的车子更像是疯狗一样乱窜乱跑，咋个不撞上哩！天南地北分不清楚，蓝托九的头更晕了，胃也一直冒着酸水，想吐，却又吐不出来，胃里早已空荡荡的。他支撑不住了，盘腿坐在路边，用口水抹到太阳穴上，拼命地揉着。

有人推车卖豆腐花，一块钱一碗，看似不贵，但那碗是个纸做的，只比一次性杯子大些。蓝托九张开嘴仰起头，一口就咽下去了，咂吧着嘴，连白糖味都没有吃出来。蓝托九每回去镇上，都是坐拖拉机，从不晕车。他想，这些装有冰块的班车，虽然凉爽，但闷得厉害，不如装石头的拖拉机舒服。出山这么痛苦，以后回去还要这样折腾，真比野猪撞伤躺在床上还难受哩！

两个骑着摩托车的巡警在车站边上打转，看到蓝托九，以为是流浪汉，过来盘问。蓝托九神色慌张，用蹩脚生硬的普通话，说是来找亲戚的，顺便从口袋里掏出一封信，信封上的地址是“东好食品批发部”。

一名巡警指着远处一座高楼大厦的方向。

“喏，就在那栋大楼的一楼，第三间铺面。”

二

大楼看起来近，走起来却远。一个在大山里走惯的人，通常是一条道通向山顶，再大的山也不觉费劲。但是去那栋大楼，路口众多，街道复杂，比山路还扭曲。看上去像在眼前，却走了一个多小时才到达。

站在“东好食品批发部”门口，夕阳已经落山——应该是落在高楼大厦后面，城里看不到山，都被高楼给遮蔽了——批发部黄色的招牌被霞光染红，金光闪闪的，像过年时打出来的玉米甜糕。大山里面，这时寒气仍很重，但在城里，却让人感到莫名的燥热。蓝托九用胳膊抹了抹脸上的汗水，汗渍灰乎乎地粘在胳膊上。他不知道这些灰尘从哪里来的，山里面空气干净，脸上从来不会这样脏。

一群搬运工正从一辆厢式货车上卸货，往仓库搬去。一个中年人站在车边上，拿着一张清单核对数量。蓝托九放下担子，从口袋掏出相片，相片上一家四口，其中男人的相貌和眼前的这个中年男人差不多，只是眼前的中年男人看起来苍老一些。

蓝托九走过去，怯生地喊：

“阿叔。”

苏长辉转过头来，看到蓝托九，疑惑了一下，突然想到了什么，笑逐颜开地说：

“你是托九？”

蓝托九正担心对方认不出自己，听到他这么叫，脸上的神情顿时放松起来，憨笑着，使劲地点头。

“年前你打电话过来，说过完年来步城看阿茵。现在才来，我都以为你不来了。”苏长辉说，“你那山里真落后，都什么年代了，连电话都没有，想找你都找不着。你打电话是在镇里的邮局打的？”末了，忽地想到什么，“恐怕你们山里现在都没有通电呢！”

蓝托九不知道说什么，只是憨笑。

苏长辉朝店内叫起来：

“阿茵，快来，看谁来看你了。”

苏茵从店里的办公室走出来，看到蓝托九，顿时满脸欢笑。

“啊……那个，哥，你来了。”

蓝托九望着苏茵憨笑，不知道说什么。他本想说，凤凰，好久不见哩！但想到她现在不叫凤凰了，就不知道说什么了。

晚上，批发部的员工们吃的都是山里带出来的腊货。好久没有吃过这么正宗的野味了，大家吃得油光满面，舌头都打结了。食堂师傅说，十几年没有做过这样的野味了，还以为世上已经没有这种好货哩！

批发部有二十多号人，坐了三桌，蓝托九和苏长辉一家四口坐在一桌，另外两桌是店里职工：一桌是经营部的，一桌是市场部的。

蓝托九吃饭的时候，不时提醒坐在他对面的苏茵，指着一个碗说：

“麂子肉，你仔时最中意食的。”

苏茵看着他，嗯嗯地点头。

“我都吃了好多了，真好吃。我们多少年没见了，你还记得我喜欢吃这个肉。”

蓝托九想都不想，便说十五年。这个数字，他可是每年都扳着手指头数，做梦都能叫出来。

苏志锋坐在姐姐身边，看着对面这个土头土脑的山里人，端着小瓷碗吃饭，三下五除二就扒去一碗，像饿死鬼托生。别人吃两碗饭就饱了，他吃了满满的六碗也没见打个嗝出来，也不曾放出一个屁来。苏志锋翻了个白眼，心想山里人胃口这么大，莫不都是野兽变的。

晚上，蓝托九住在苏家。苏家住的是豪华别墅，三层半，四百多平方，一家四口居住，不免显得空荡，连说话都有回音。蓝托九感觉像住在山洞里，山洞也有这样的回音，说话时像有人跟在身边，你说一句，他也跟着说一句，你转身四处张望，却不见人，只看到自己倒映在地上的影子，仿佛回音是影子的声音。

苏志锋看着山里人一手拿着扁担，一手抓着麻袋背上楼，那麻袋皱巴巴的，想必里面的衣服也是皱巴巴的，一股山里的土腥味，莫不藏了些山虫子，以后这房子还能住人吗！

苏志锋对父亲说：

“他一个山里人，啥规矩都不懂，让他住员工楼就行了。”

苏长辉板着个脸凶他：

“要不是他家里收养你姐，会有你？”

苏志锋撇了嘴，不敢再说放肆的话。二十多年前，姐姐出生，当时父母在供销社上班，只能生一胎。父亲想生个儿子继承香火，于是通过亲戚的关系，联络到大山里面一位素昧平生的山民，偷偷将女儿送过去寄养。父亲报案，说女儿在市场走丢了。警察四处查找，没有一点线索。后来，父亲凭着一张《人口失踪证明》申请了二胎，如愿以偿地生了个儿子。过了些年，供销社倒闭，父母下岗，凭着供销社上班的货源渠道，夫妻俩做起了批发生意，顺便把女儿从山里接回来。那时女儿已满七岁。转眼间，十五年就过去了，两家虽然有书信来往，却不曾见面，自然生分了许多。但苏家待人客气，对蓝家心存感激，便当蓝托九如嫡系亲戚般。一顿饭工夫，便已化解了多年的生疏。

蓝托九跟着苏茵上楼，看到地板砖干净得能照出人影来，他小心翼翼地走路，生怕踩坏了。苏茵看他这么大一个人，走起路来却像猫一样悄无声息，就笑。

“没事，你放胆踩，就算是头牛，也踩不坏的。”

但是蓝托九仍是不敢用力踩，只是咧嘴憨笑。

进了房间，蓝托九把手上的扁担放在一边，将背在身上的行李麻袋放下来，发出“咯噔”一声轻响。蓝托九抓了抓后脑勺，有些不好意思地从麻袋里掏出一块大石头来。

苏茵看着那块长着绿青苔的山石，满脸的疑惑。

蓝托九赶忙解释：

“担子一头重一头轻，拗块石头压住。”

“你不会把担子平衡一下吗，塞这么块大石增加重量，多费劲。”

“冇搭事，力气多，吃不完。”

苏茵觉得好笑，心想山里人莫非都是一根筋的。

“那个……嗯，爸妈的身体怎么样？”

她本来想说，你爸妈身体怎么样，但想了想，自己在他家里生活了五年多，他的父母将她抚养长大，这份情义也算是父母了。她记得小时候，自己也是直接喊爹娘的。

“雄着哩，阿爹上山打野鬼，背一百多斤的山猪下来冇搭事，阿娘担水满满的，不泼出来，还能唱山歌！”

苏茵有些内疚，神色不安地说：

“我大学毕业本想回去看看你们的，但是忘了路。我爸说，要转好多趟车，还要爬过两座大山才能进去。你们家没有电话，又联系不上。幸好有个地址，能寄信给你。估计，你们收信也要一两个月吧。”

“你的信，好多字我识不得。你的相片，阿爹阿娘都中意，都讲比仔时更靓了，黏在客堂，马蚱都不准疲上去。”

拗口的山里话，苏茵听得不太懂，她不晓得后面那句是什么意思。

“我不记得小时候长得什么样子了，你记得吗？”

七岁前的记忆，因为岁月深远，加上城市洗礼，苏茵已经很模糊了，她只隐约记得自己住在一个山寨里，像小时候做过的一个梦，有些失真了。

蓝托九比苏茵大两岁，山里的日子清静，没什么杂念，记忆也就深刻了许多。他记得她小时候的模样，越想越清晰，好像就是一转眼的事情。

“我记得，但讲冇出来。”

“我小时候喜欢玩什么？”

蓝托九想了想，蛮久了才说：

“你仔时中意吹牛角。”

“吹牛角？”

“有年三月三，寨里杀牛，阿爹拗了根牛角回来，锯掉尖，插一个竹呗（哨子），吹起来有声音。你仔时聪明，能吹成山歌。有天，你站楼牌吹来一只大鸟，蓝色的，是一只凤凰，就给你叫了个伢名。”

“我怎么没有印象？”

“牛角呗还在呢！”

“呀，真的，那下次有机会跟你回去看看，找点记忆。”

三

蓝托九住在苏家，当了批发部的搬运工。他力大无穷，这活儿很适合他。

批发部是苏家的产业，苏长辉负责管门面经营，安排司机和搬运工送货；老婆负责对外进货，以及仓库管理；苏茵负责财务和会计，还有员工的工资；苏志锋则负责市场的业务部门，专门开发新客户和维护老客户。批发部的酒水饮料主要销售给酒店、饭店和小卖部小超市等，由于做得早，老客户多，生意比较稳定。

批发部不用上晚班，饭店和小卖部都是提前备货的，该送的白天都送了，晚上很少有活干。对蓝托九而言，装车搬运的活儿实在是轻松，不用动脑筋，只需把东西搬来搬去就行。只是刚开始那几天，因为晕车，跟车出去时，吐得昏天暗地，难受得很。

蓝托九第一次跟车送货，坐的是苏志锋的宝马 M3。客户是苏志锋新开发的，前面那几单，他要跟着去压单。蓝托九初来乍到，苏家很关照他，知道他从大山出来，像部落野蛮人走到现代城市一样，肯定处处透着新鲜，有很多东西需要熟悉，为了让他早点融入城市生活，苏家就让苏志锋带蓝托九四处转转。苏志锋是业务部门的，每天都往外跑，由他带蓝托九出去熟悉城市环境，那是最好不过了。

苏志锋一点也不想带这个土里土气的山里人出去，要是给他的朋友看到了，肯定会笑话。但迫于家人的压力，苏志锋还是把蓝托九带出去了。他打算送完货，带蓝托九去买几套城里人穿的衣服。看他穿的什么鬼东西呀，粗布大衣，脚上一双老布鞋，头上戴着一个盘山帽，插着一根山鸡毛，不伦不类的，像个非洲土著。刚来的那天晚上，蓝托九洗完澡从房间里出来，就穿上了这身装扮，硬是把苏志锋吓出一身冷汗。

蓝托九坐在苏志锋的车里，不久就晕车了。苏志锋想给山里人一个下马威，炫耀他的车技。车子是改装过的，一脚油门下去，四个排烟筒就像放炮一样；车载音响也是改装过的，尾厢蹲着一只低音炮，苏志锋故意把音乐开得很大，是那种的士高音乐，震得车子抖起来。蓝托九本来就晕，这嘈杂的音乐震得他心惊肉跳，他不知道怎么开窗，问苏志锋，但音响声音太大了，苏志锋没有听到。而且苏志锋开车又猛，一脚油门一脚急刹的，拐弯时能把人甩出去，蓝托九感觉像被龙卷风卷走一样，上天不能下地不行。没走几里地，他就忍不住哇的一声，呕吐在车内。这可是苏志锋的爱车呀，气得苏志锋指着蓝托九的脑门大骂了一顿。蓝托九本来就晕乎乎的，又愧疚，被骂得头都低到了胸口，听到自己的心脏一阵乱跳，像一只掉到陷阱里的野兔子。

送完货，苏志锋去了洗车店，做了深度清洗，又搞了室内消毒和烘干。折腾半天，从洗车店出来时已经是傍晚。苏志锋本想带蓝托九去买衣服的，现在哪里还有心情。城市下班高峰期，堵车厉害，蓝托九因为把胃吐干净了，倒是舒服了一些，只是坐在车上，肚子饿得咕噜咕噜地叫着。苏志锋看不惯了，就带他去吃饭。去的是一家日本料理店，苏志锋喜欢吃里面的生蚝和三文鱼。苏志锋心想，山里人肯定没吃过这种好东西，带他去开开眼界，若是家里人问起带他去哪儿玩了，也好有个说辞。

日本料理店的东西精致得很，那些寿司小巧玲珑，像阿妹绣出来的绣球一样，蓝托九一口可以吃三个。山里人吃饭都讲究实在，尤其是男人，没有野性是得不到尊重的，大碗吃饭大块吃肉大口喝酒，才能压住场子，才显出你有本事降服山里的野兽。一盘生鱼片五片，蓝托九一筷子就夹去了三片，嘴里吧唧一下就下去了。苏志锋看不惯了，这饿死鬼，一盘生鱼片一百多块钱呢，哪是这个咽法，真是山猪吃不了细粮。问他好吃吗，却说没有味道。苏志锋更是气得咬牙切齿，生鱼片不蘸酱吃，就这么生吞活咽，哪有什么味儿，简直是暴殄天物！苏志锋于是想耍他一下，说你这么吃没味道，要加点酱。他挤了很多芥末到一片生鱼片上，让蓝托九吃。蓝托九信以为真，一口吃了下去。

瞬间，蓝托九感觉有人往他嘴里塞了个炸药，一股刺激的辛辣味像炸药爆破，直奔口腔和鼻腔。鼻子好像被呛掉了，四处透风，熏得眼泪和鼻涕直流。他双手抱着头，不停晃动着自己的脑袋，简直无法呼吸了，嘴巴张得大大的，发出嗷嗷叫声，口水都流下来了，像一个中风的病人。

苏志锋看到他那样子，笑得前俯后仰，好像报了仇一样。周边几桌的人听到了动静，也都转头看过来，看到蓝托九那狼狈的样子，头上戴的盘山帽都掉到地上去了，都一发地笑起来。连边上的服务员都跟着笑。

过了一会儿，蓝托九才渐渐有了知觉，像感冒鼻塞的人刚打完喷嚏，鼻腔一阵清爽。苏志锋露出了狐狸般的诡笑，问他感觉怎么样。蓝托九知道他在耍人，心里特别生气。在山里面，这种行为叫捉猪仔，表面是跟猪仔玩，却是把它捉到笼子里卖掉。蓝托九心想，我来你家是客人，你却搞我的名堂，害我在这么多人面前出鬼丑，把我当蠢仔耍呢！

蓝托九心里生气了，把筷子往桌面一扔，就不再吃东西。苏志锋问他怎么不吃了，他赌气地说吃饱了。苏志锋知道他生气，却不在意。他想，你一个山里人，我请你吃这么好的东西，你还生气，真不识趣。

因为吃芥末的事情，蓝托九不愿意再跟苏志锋出去转悠，怕又被他捉弄。大山里的人，都是有血性与野性的，他们讨厌受人欺负与捉弄，觉得那是天底下最伤自尊的事情了。苏志锋本来也不想带他，正中下怀，于是对家里人说，这山里人劳动惯了，不喜欢玩，只想着干活，不如早点让他上班。又说，当搬运工反正也是在城市里打转，多转几圈，也就熟悉城市了。

就这样，蓝托九成了批发部正式员工。刚开始那几天，蓝托九害怕做不好，因为会晕车，怕吐得到处都是。但晕车也不是什么大事，蓝托九身体壮，适应能力强，颠颠簸簸几次，很快就不头晕了。

当搬运工做的是苦力活，没有什么乐趣可言。因为他是山里人，看上去傻头傻脑的，什么都不懂。城里人欺生，大家都喜欢拿他开玩笑，从中找乐趣。有个搬运工的手机信息提示声是布谷鸟的叫声，每次有信息来，就布谷布谷地叫。蓝托九很好奇，以为车子里养了一只布谷鸟。但他把车厢找遍了，连根鸟毛都没有看到。后来知道是手机发出来的声音，他更是好奇不已，问那人，手机怎么会学布谷鸟叫呢？那人开玩笑说，他在手机里养了一只布谷鸟。蓝托九不相信，那人于是打开手机，给他看一个视频。那是一个恶搞视频，先是出现一片森林，森林里面隐约有人在跳舞。因为太远，看不清，当人想凑近屏幕看时，视频突然就跳出一只恶鬼的画面，硬是把人吓一大跳。

蓝托九哪里知道这种把戏，他正凑近看时，屏幕猛地蹿出一只披头散发的吸血鬼，面目狰狞恐怖，惊心夺目。蓝托九惊叫一声，手机脱手而出，摔到了地上。幸好是在车厢里面，倒没有摔坏。那搬运工心疼地捡走手机，一边骂蓝托九是蠢猪一边哄笑起来。

蓝托九犯起了迷糊，搞不懂手机怎么突然闹鬼。大山里面没有通电，连电视机都没有，更没有手机、电脑这种玩意，他因此没有看过鬼片，对鬼的概念是模糊的，只是听老人讲过。这次初见这种具体可怕的东西，如何不吓得寒毛耸立，顿时觉得手机真是个怪物，不仅可以发出布谷鸟的叫声，还藏着鬼怪呢！又想，恶鬼白天躲在手机里，到夜里肯定会跑出来吧，那可如何是好呀！城里人怎么藏着一只鬼四处走呢，难道他们喜欢养鬼？

太多疑惑了，蓝托九就想弄个明白。这帮搬运工于是七嘴八舌地骗他，编了一些荒诞的内容，说是怎么把鬼抓起来，怎么装到手机里，为了养鬼，晚上要烧香烧纸之类的。还说晚上把鬼放出来，让鬼帮忙洗衣服洗碗，像奴隶一样。编得有模有样，说得有头有脸，蓝托九信以为真，对手机产生了畏惧感。有个搬运工还说带蓝托九去买部手机，教他怎么养鬼。那人还说，到时教蓝托九养一只女鬼，晚上可以陪睡觉。又说，养女鬼比较麻烦，因为女鬼喜欢吸男人的精血，男人像吃鸦片一样瘦。吓得蓝托九背冷汗直冒，哪敢接话，只是一个劲地傻摇头。这帮搬运工实在憋不住了，都大笑起来。蓝托九更迷糊了，并不知道他们在骗他，还以为他们在笑话他是个胆小鬼，愈发地感到尴尬了。

搬运工送酒水饮料到一些饭店，因为搬完货物手脏，要去洗手间洗手。饭店的厕所一般只贴一个男人和女人的头像，没有注明男女厕所，不注意看是很难分辨的。他们故意骗蓝托九去女洗手间，有一次惹得一个女人尖叫起来，骂蓝托九是流氓。他们还把酱油加水，说是可乐，骗蓝托九喝。总之，耍得蓝托九团团转。

就连市场部那几个女业务员，也喜欢捉弄蓝托九呢。蓝托九的一日三餐，都是在批发部吃。他的饭量极大，那个巴掌大的小瓷碗，他每顿要吃五六碗。

有一天傍晚，市场部的女业务员见他一口气吃了六碗，就拿他开玩笑。

一个姑娘说：

“这么能吃，莫不是肚子里长蛔虫了。山里人喝生水，肚子容易长虫。”

另一个姑娘就笑。

“把你的避孕药拿两片出来给他吃，说不定能打下蛔虫。”

饭桌上的人都笑了起来，有人附和着：

“对啊对啊，避孕药能打蛔虫的。”

她们认真地对蓝托九说：“你去药店买一瓶避孕药，打打肚子里的虫子。”

因为吃得比别人多，蓝托九也觉得不好意思，也想着如何减饭量。曾有几天，他少吃了一半，但不顶饿，肚子没到饭点就咕噜咕噜叫了。苏茵看出来了，让他一定吃饱，能吃十碗就吃十碗，莫讲客气，吃不饱没有力气干活，耽误了苏家的生意，亏本呢！蓝托九有些惶惑，怕自己吃少了没力气干活，耽误做事，但老是吃得比别人多，他又觉得出丑。

这天吃罢饭，蓝托九想起女业务员的话，莫不是肚子真的长了蛔虫。于是就去对面一家药店买了一盒避孕药。

回到苏家，洗完澡，蓝托九要打蛔虫，拿着药却不知道怎么个吃法。山里面生病都是吃草药的，往罐子里一熬，灌到嘴里就下去了，除非治不好，才去镇上医院打针。蓝托九身体好，不曾吃过这样的药丸，就跑去问苏茵。苏茵看见是避孕药，问明了情况，笑得上气不接下气。然后，苏茵从房间里拿出一盒大片的巧克力。巧克力是进口的，全是英文字，蓝托九一个字都看不懂。苏茵说：

“这才是杀蛔虫的药，你每天饭前半小时吃两片就好了。”

蓝托九信以为真，接过巧克力，按照苏茵的交代，每天饭前吃两片，后来果然发现饭量减少了。他惊奇地告诉了苏茵，又把苏茵惹得一阵笑，笑得花枝招展。蓝托九看着苏茵，不知道她为什么笑得这么开心，不过苏茵笑起来真好看，声音悦耳，像山里的百灵鸟。

蓝托九喜欢看苏茵笑，他也跟着咧着嘴傻笑起来。

被骗的次数多了，渐渐地，蓝托九才明白了这些人是拿他当蠢仔耍。山里人性格耿直，脾气硬，当然不高兴了。心想，明知他刚从大山出来，没见过大蛇屙屎，什么都需要人教，这些人不仅不带他，还反过来捉弄他，真是没有一点人情味，亏他这么相信他们呢！又想起连苏志锋都要弄他，骗他吃芥末，害他当众出大丑，更是心灰意冷，一时间起了排斥的心态，不再去理会他们，便产生了隔阂。搬运工们见山里人生气了，也不在意。一个山里人，在他们眼中是无足轻重的，他们怎么会在意呢！

后来，蓝托九但凡有不懂的，都不再去询问搬运工们。搬运工们有时找他搭话，他怕上当，也不敢接口，只是低头沉默做事。这么一来，蓝托九就显得不合群了。搬运工们看到他起了戒备之心，感觉不好玩了，也就不怎么搭理他。他们不搭理蓝托九，还有一个原因，听说蓝托九是苏家的亲戚，苏家开给蓝托九的工资是他们的双倍，他们心里不免失衡，于是嫉妒起来。他们又担心蓝托九是苏家派来的卧底，是来监视他们工作的，只怕以后他会当上搬运工的头头，因此大家都有意要疏远他，好让他明白，想当他们的头头可不是那么容易的。

对于那些不懂的事情，蓝托九不再去问别人，只去问苏茵。苏茵开玩笑归开玩笑，但还是很认真回答蓝托九的问题，不会骗他。例如把巧克力当成杀蛔虫的药，苏茵就和蓝托九说清楚了，另外手机养鬼的事情，苏茵也跟他做了解释，并拿出手机演示给他看，才让他慢慢地开了窍。

四

蓝托九的生活极其简单，白天要么待在批发部的仓库休息，要么就跟着车子出去搬货。晚上没事做，苏茵有时候会带他去看电影，或者带他去 KTV 唱歌，或去酒吧消遣，想让他领略到现代科技的魅力，尽快融入城市生活。蓝托九第一次看 3D 电影时，看的是美国大片，那飞机坦克就在他的眼前俯冲碾压，吓得他躲到了后排靠座上，像躲在战壕里面一样。要不是因为在电影院，苏茵早就笑得断气了。看了几次之后，他才慢慢习惯。至于去 KTV 唱歌，蓝托九不是很喜欢，他除了唱山歌，那些流行歌他一首都不会唱。他也不喜欢去酒吧，不喜欢打台球，不喜欢溜冰。有时苏茵没时间，蓝托九没人带去玩，仿佛失去了方向的鸟儿，不知道要往哪里飞，满城的高楼大厦和闪烁的灯光，让他觉得无处藏身。为了打发时间，他就一个人跑到别墅的后山发呆，他觉得待在树荫里，比待在满城的灯光里更安全。

蓝托九喜欢山，喜欢树木，有时会捋几把草叶子，像老牛一样嚼一嚼，闻闻青草散发出来的清香味，仿佛回到了山里一样。山里面，树林草丛的味道无处不在，在城市里，他闻到最多的是汽车的尾气，还有货物上面那些塑料纸皮味，以及仓库里面阴暗的霉潮味。他回想起自己在山里的生活，白天，可以在树林里放肆奔跑，像一头自由自在的野兽；夜里，月光像霜花一样落下来，月光下四处弥漫着山歌，梦幻得很，迷人得很，能渗透到梦里。山里人生来就会三件事情，一是喝酒，二是唱山歌，三是跳舞。在山里面，不喝酒的男人是没有朋友的，不会唱山歌的男人是讨不到老婆的，不会跳舞的男人是不会受人尊敬的。一到节假日时，夜里，阿哥就会跑去阿妹的家门，唱山歌表达自己的爱慕之情。山歌的内容由自己随口编撰，大多是唱自己住的是哪个村，家里有多少田地，房子怎么样，自己多大年龄了，长相如何，等等。如果阿妹被山歌打动了，就会下楼来和阿哥对情歌，对上眼了，三天后，阿哥便迎娶阿妹，全寨人一起唱歌跳舞，好不欢庆。然而，自从打工潮涌入山里，阿妹都外出打工了。大山里面没有了阿妹，阿哥们也坐不住了，也纷纷外出务工，山里从此失去了欢快的山歌，只有老人们苍老的声音，对着空旷的山林呼唤，听起来像孤独的鸟叫。

蓝托九想不通，阿妹们为什么不留在大山里了，城里有什么好的，白天四处滚动着车水马龙，像一群发疯的野兽，让人看得害怕，不知道往哪儿躲，怕不小心就被车子咬上了；夜晚，城市就像个泼妇，一点也不安静，泼嚣得很，灯光张胆明目，把月光都吞噬了。还是大山好啊，像一个少女，走在任何地方都是清爽的，都是恬静的，都是温柔的，比城里要好得去了。城里只是看起来人多一点，新鲜事物多一点，但这些东西与他有什么关系呢？没有这些东西，他照样也能过得开开心心的。尽管城里人多，却都是他不认识的；尽管城里事物新鲜，却都是他不喜欢的，仿佛城里的一切都与他隔着一层隔膜……

有时天气不好，下起雨来，夜里无法出去，蓝托九只能在房间里发闷呆。他不去看电视，总觉得电视里那些花花绿绿的生活离自己很遥远，是不属于他的。他也没有买手机，自从上次被耍之后，他对手机就怀着一种莫名的恐惧，虽然苏茵跟他解释过那个恶鬼不过是一个小视频，但他仍觉得手机不怀好意，有妖气，怕不小心就沾上了不祥的气息。何况，就算买了手机，他也不知道跟谁打电话。他待在房间里，无所事事，就默默地看着放在床头柜上的那块大石头。这块山石是他随手捡来的，用来压行李的重量，并没有想到竟然成为了他贴身的朋友。他抚摸石头，倍感亲切，想到自己在老家爬山时，手指抠在石头的棱角上，借着它往上爬，他感觉爬山是在和石头握手，和大山握手，和天地握手，全身便充满了力量，充满了不可名状的野性。还有放在房间角落里的那条扁担，也是他的亲密伙伴，有一次他上山挑石头，用来围垒院子的水井，路上遇到一条大蟒蛇，他就是用这条扁担和蟒蛇搏斗的，他将蟒蛇打晕，将蟒蛇带回家里。鲜美的蛇肉回味起来，至今还在他的喉咙里翻滚着。他抚摸着扁担，感觉扁担就像那条被他打晕的蟒蛇，死气沉沉。

实在是寂寞无聊了，蓝托九就想唱山歌发泄积压在心头的情绪，但不知道为什么，却一句也唱不出来。要是在大山里，蓝托九想唱就唱了，像在树上的鸟儿，肆无忌惮。但是到了城里，却像关在笼子里的百灵鸟，失去了唱歌的灵性。他憋红了脸，喉咙怎么也打不开，只能憋出几滴眼泪来，把脸色染得一片落寞。

蓝托九脸上那股黯然的神情被苏茵看在眼中。苏茵知道一个在大山里生活了二十多年的人，过着原始部落般的生活，现在跑到城市来，肯定一下子不习惯，要有一个适应过程。为了让他能早点融入城市，苏茵尽量抽时间带他去玩。但后来发现，蓝托九并不喜欢城市里的生活方式，他只喜欢到别墅小区的后山上散步或发呆。苏茵于是就经常带蓝托九到小区的后山上看星星月亮，并让蓝托九讲讲山里的事。

那些古怪的房子，那些茂盛的树木，那些巍峨的大山，还有从天而降的瀑布……苏茵静静地听着，好像找到了一些儿时的回忆。但是，回忆仍很遥远，像梦一样。

五

时间过得很快，不知不觉，蓝托九在苏家的批发部已待了三个多月。尽管蓝托九一直努力适应城市生活，但仍是隔了一层东西，就像一匹野马被关到了动物园里，身上的野性让它狂躁不安，总是幻想能回到大草原。

蓝托九不喜欢说话，也不闹事，做事勤劳踏实，像个机器人，苏家的人都喜欢他——除了苏志锋，他觉得这个山里人神色木讷，毫无生气，让人看了不舒服，而且傻乎乎的不合群，也不知道去学习新知。家里那些智能家居，他从来不会用，例如窗帘是智能电动的，他老是忘记用遥控器，总是用手去扯，像个野人一样，把线都扯断了。

苏家给蓝托九的工资是别人的双倍，苏志锋已经从别的搬运工嘴里听到了一些抱怨，他也觉得不应该给这个山里人这么好的待遇，于是提出异议。但是苏茵用一句话就把苏志锋的嘴给堵住了。她说，要不是他家里收留了我，爸妈怎么会有机会把你生下来。人要懂得感恩，他领两份工资，有一份是为你还人情债的，你还好意思说！正因为这句话，苏志锋对蓝托九更加不满了。苏志锋从小受父母宠爱，家里的香火以后要靠他继承，这是名正言顺的事情。没想到这个山里人来了，却像把他的身份戳穿了一样，好像他的命是这个山里人给的，没有了山里人就没有他。对苏志锋来说，这就有一种私生子的耻辱感了。

蓝托九并不知道自己的工资比其他搬运工的高，他从来不和人谈起工资的事情，他对金钱也没有什么概念，每个月拿到工资，就会让苏茵和他一起去邮局，帮他把钱寄回去。

有一次苏茵问他：

“你不自己存点钱娶老婆？”

蓝托九愣了愣，然后咧着嘴笑了笑。

“阿爹阿娘会同我娶的。”

“你想娶山里的老婆，还是城里的老婆？”

蓝托九看着苏茵，不知道怎么回答，把头低了下来。

“你喜欢山里的生活还是城里的生活？”

蓝托九犹豫了一下，才说：

“山里的。”

苏茵好奇地问：

“城里的生活又好玩又方便，山里有什么好玩的？”

蓝托九看了看苏茵，眼睛倏地有些黯然，他没有说什么，也不知道要说什么。那座大山像一个秘密，有些东西是无法言说的。

农历五月初，苏茵过二十三岁生日。苏家在酒店订了三桌菜，请批发部所有人一起聚餐庆祝。饭后，苏志锋要给姐姐庆祝，一帮年轻人就去酒吧喝酒跳舞。

蓝托九不太想去，他一直不喜欢这种喧哗嘈杂的场合，感觉像另外一个世界的生活。但想着是苏茵的生日，就跟着去了。

大家在酒吧玩得很嗨。苏茵喝多了，和大家一起去舞池里跳舞。只有蓝托九没有起兴，他觉得酒吧的音乐好吵，一直敲打着他的脑门，震得头昏脑涨，他想起在电影院看战争片时，战场上的飞机大炮轰鸣，也把他的神经拧得紧紧的，心里总是惴惴不安，好像飞机大炮随时会轰炸到他的脑壳上，让他莫名地感到紧张和绝望。

蓝托九紧紧地握着一罐啤酒，罐子已经被捏扁，啤酒花漫了出来，像山夜里的月光溢出来，霜花般铺满了山坳，随手一伸，便落在他的手上，化为时间的泡沫。他看着苏氏兄妹还有批发部的员工们在舞池里欢快地跳舞，扭着腰肢甩着头发，像着了魔一样，让蓝托九触目惊心。从小到大，他看的都是山里人的过山舞，人们穿着盛装，在轻鼓和长笛中翩翩起舞，跳的都是统一的采茶舞和担水舞，很整齐，不像这些人在舞池中群魔乱舞。最热闹就是过年时跳竹竿舞，咔咔翘、咔咔翘，一不小心，就夹住了脚，但不疼，只是会受到姑娘们的嘲笑——但那也是好几年前的事情了，后来年轻人都出去打工了，只有过年时才回来，有时过年都不回来，竹竿舞要人多才行，人少也就玩不起来了，那些曾经上过桐油的舞竿，也在岁月中腐朽而去，像一段被遗忘的往事。

蓝托九看着一池子的人，越跳越疯，一个个蹦跶着，仿佛要把腰扭断，要把头扭下来。大地越来越颤抖，像地震一样，不知道是音响震的，还是他们踩的。蓝托九心想，要是往舞池里架上几十条竹竿，他们肯定会被夹倒一大片，鞋子说不定都会夹掉。这么一想，心里就觉得好笑。

大家都玩疯了，没有人关注到蓝托九。蓝托九也不是第一次和他们来这种地方玩了，刚开始，大家都还很热情地拉他进舞池里教他蹦迪，但是蓝托九不知道为什么，憋红了脸，双腿像打了石膏般，动也动不了，有一次还踩了一个人的脚，差点起了闹子。苏志锋说他是木头人，后来这个绰号就在批发部传开了，大家想到了木偶戏里的童谣——山上有个木头人，不许说话不许动。在大家的心中，蓝托九就是山上的木头人。

玩得正嗨，发生了一件事情，苏志锋看到了一个债佬。那债佬以前也是开酒吧的，他的酒水饮料由苏家的批发部配送，三十天月结。后来酒吧经营不善，老板跑路了，欠了苏家五万多块钱的货款。这家酒吧的业务是苏志锋开发跟进的，责任当然算到他头上。虽然是自己的儿子，苏长辉还是引以为戒，开会批评了苏志锋，让大家引起注意，一定要对自己手上的客户进行考量和跟进。苏志锋心里郁闷，觉得是人生的一个污点。这天夜里，他看到债佬和几个朋友也来酒吧嗨皮，想到对方欠自己五万多块钱的货款，哪里还能忍得住，上前扯住债佬质问，让对方把欠下的债还清。

债佬也不是好惹的货，推开了苏志锋，说他是不是眼睛瞎了，敢敲诈他。苏志锋喝了酒，脾气也上来了，不依不饶，说他还保存着送货单，上面有他的签字与盖章。债佬哈哈大笑，让他把单据拿出来看看。单据都放在批发部，等他拿过来，债佬肯定又跑了。

苏茵和几个业务员上前劝苏志锋，让他不要冲动。苏茵看到债佬和几个朋友都留着长头发，又染着颜色，看上去像道上混的人，不好惹，只怕下不了台，就让苏志锋算了。债佬看到苏茵长得漂亮，反倒调戏说：

“要钱可以，叫你姐陪我们睡一个晚上。”

债佬边上那几个朋友都哈哈笑起来，都色眯眯地盯着苏茵看。苏志锋见姐姐被侮辱了，今天可是她的生日呢！他气得脸色都白了，一把掏出手机要报警，说欠债还这么嚣张，难道没王法了。

债佬听苏志锋说要报警，脸色就变了，指骂道：

“小子，你是不是活腻了，信不信我明天一把火把你的批发部给烧了！”

苏志锋更气，按号码报警。债佬就去抢他的手机。两人拉扯起来，苏茵去帮弟弟，被那帮人推开，差点摔倒在地上。

债佬把苏志锋的手机抢了，狠狠地摔到地上去，语气凶恶地说：

“你不知道老子是混哪条道的，信不信老子弄死你！”

蓝托九看到债佬的样子，突然想起了那头野猪。那天他上山打猎，伏在草地上，对着野猪放了一枪，但那野猪突然不见了。他正好奇，准备往火铳里重装火药，野猪突然又出现在他面前，眼里透出凶光，竖着两颗长长的獠牙与他对峙。他正准备拔出随身携带的开山斧，野猪突然就冲过来，将他撞到了山谷下……现在，那头消失了的野猪仿佛从天而降，狰狞的目光和眼前的这个债佬一模一样。

蓝托九脑子一热，就冲了过去。他看到自己一把按住野猪的脖子，将野猪撂倒在地，然后举起拳头，用尽力气往野猪的脸上打去。

他突然有一种复仇的快感。

六

因打架斗殴，蓝托九被关押到拘留所。苏家动用了一切关系，又赔钱又交罚款，但蓝托九还是被关押了十天才被放出来。

从拘留所出来，蓝托九就不想在城市待着了，他要回到大山里。苏家的人以为他因为打架心里有了阴影，都劝他留下来。然而并不是那样，蓝托九把那个债佬打伤之后，仿佛报了野猪之仇，有一种解脱的感觉。他听到了大山在远方召唤，他的灵魂在蠢蠢欲动，他的心已经长出了翅膀，恨不得连人一起飞翔。他想，他终于可以回去了。

既然留不住，苏家也不强求，那只好送他回去。苏茵也想回大山里看看，寻找童年的记忆。离开大山十几年了，都没有回去看一眼，心里多少有些内疚与不安。但是苏长辉不放心女儿单独送蓝托九回去，于是就派苏志锋跟着，一起送蓝托九进大山。

苏志锋对这个山里人改变了看法。平时闷不吭气，但还是很有情义的，关键时刻挺身而出，为他蹲了十天的牢。为了还山里人的人情，苏志锋于是答应了父亲，并要买一些好礼品带到山里去。但考虑到进山要走很长的路，带东西不方便，在蓝托九的劝导下，苏志锋只得收手。

三人坐车抵达山区小镇，在镇上吃了午饭，租了一辆三轮摩托车，往深山里开去。机耕路颠簸得厉害，能把人的骨头都震散。苏志锋抱怨着说，屁股都震开花了。途中，经过一个草木棚子，三人便下了车，由蓝托九带路，沿着一条羊肠小道，往山上爬去。

蓝托九看到了大山，就像一只逃出笼子的鸟儿回到了森林，欢快得不行了。他闻到了树木浓郁的清香味，闻到了野花凛冽的芳香味，像迷路的孩子听到母亲的呼喊声，像饥饿的孩子闻到母亲煮饭的香味，顿时感到一种从未有过的踏实与欣喜，忍不住发出狼嚎般的呐喊。

苏茵和苏志锋看到蓝托九那副兴奋的样子，也被他感染了，也跟着尖叫和呐喊起来。树林里的鸟儿和知了叫声一阵阵传来，声音重叠，遥相呼应，一时间整个山头都晃动起来。苏茵让蓝托九唱山歌，但他却没有唱，他说他要晚上唱。苏茵问他为什么要到晚上才唱，蓝托九却没有说，只是神秘地笑了笑。

正值初夏，太阳当空，阳光明晃晃的，行走在山间，像鱼儿游行于水藻之间，并不觉得闷热。然而，再清爽的山林也无法解乏。很快，苏家姐弟对初见大山的那股激情，被蜿蜒的山路折腾得一点一点褪下去。要爬两座大山呀，这两个城里人哪里经历过这样的苦，感觉脚都要起泡了。他们不可思议地看着蓝托九，他像一头野兽，一点也不知疲倦，而且越走越精神，看到一些大树，他竟然还去爬，摘一些不知名的野果给苏茵和苏志锋吃。那野果酸酸甜甜的，让人吃得喉咙生津，走了很多路却不觉得口干。

翻过两座大山，苏家姐弟的腿都像断掉了，才终于看到了山寨。只见一栋一栋的吊脚楼，稀稀疏疏地落在山坳四周，宁静得像一个梦境。此时已是夕阳落山，吊脚楼升起的炊烟和天空的晚霞连在了一起，整个山谷一片祥和。

触景生情，苏茵儿时的记忆一瞬间被激活了，仿佛回想起了某个梦境。她隐约想起来，自己小时候和蓝托九上山捡菌子，喜欢站在山上俯视山坳里的山寨，远远望去，觉得那些吊脚楼翘起来的檐角像牛角一样。她那时还担心着，这些屋子会真的变成一头神牛，跑到天上去，把家都带走了，自己从此没有地方居住，只能住到山洞里了……想起来了，她好像和阿娘说过自己的想法，阿娘摸着她的脸蛋说，要是屋子跑到天上去，她就会变成一个仙女，可以踩着云朵回来，到时给阿娘带一个天上的蟠桃。她于是幻想着自己有一天会成为仙女……

阿娘那张模糊的脸，慢慢地在苏茵的脑海中浮现出亲切的轮廓。很快就要见到阿娘了，隔着十几年的光阴，她感觉自己体内在膨胀，身体变得沉重起来。她知道那是记忆在作祟，发酵出困惑与不安，让她有些不知所措。

回到蓝托九家，暮色已经落下来。蓝托九的爹娘见到三人时，喜从天降，尤其是十几年没有见到苏茵了，她的到来让这对山民夫妇感到格外惊喜。阿娘呼喊着凤凰，眼泪就落下来了，她拉着苏茵的手，在昏暗的光线下，细细地打量着这个十多年没有见过的女孩，像打量走散多年的女儿那样，却不说话，只是眼泪流个不停。阿爹二话不说，提刀去杀鸡宰鸭。

晚上饭菜的丰盛，超出了苏家姐弟的想象。三张大桌并排在一起，做成了长席，上面摆满了香气缭绕的菜，除了鸡鸭鱼肉和野味熏腊，还有特色的油茶鸡、鸟酢、咸竹鼠、芭蕉花、姜花等，这些东西在城里是没的卖的。虽然山里没有通电，但是客厅里挂了许多马灯，把整个大厅照得亮堂堂的，吓得苍蝇和蚊子都不敢飞进来，只有那些不懂事的飞蛾扑过来，撞在玻璃罩上，发出声响，仿佛也来助兴一样。为了防止飞蛾来闹事，阿爹特意在门口烧一堆篝火，用的是上好的松木，火光点亮了山里的夜色，映得门外一片通红，好像夕阳的霞光尚未离去，正隐藏在山的角落里，为一场狂欢做准备。深山里空气清新凉爽，虽然屋里屋外都掌着灯火，却没有让人感到闷热。

蓝托九的阿爹叫寨里的族老们过来陪贵客喝酒。苏茵与蓝家关系特殊，既是客人，又是曾经的养女，她被请上贵席吃饭，但她看到阿娘在一边端菜倒酒，招呼客人，忙得团团转，觉得自己坐在桌上吃饭，是对阿娘的不敬，于是硬要当下手，专门给桌上的人倒酒。山里人喝酒向来豪爽，都是拿碗喝的，喝的是自酿的米酒，虽然度数低，但是一碗一碗地喝，一般人是扛不住的。这可苦了苏志锋，虽然酒量不错，但是这样子不停地喝，他哪里搞得定。

喝到兴起，山民们唱起了山歌，到门口围着篝火跳起了采茶舞，又拿出横鼓来拍鼓对唱。苏志锋喝高了，也起了兴趣，在一边学着跳舞，并背了一个横鼓，手舞足蹈的，跳着跳着，酒劲发作，竟然醉倒了。蓝托九喝得也有些多，却仍清醒得很，他把苏志锋扛起来，扛到二楼的客室，安顿他住下。

篝火熄了，夜已沉，人也尽了兴，合唱完最后一首山歌，山民们都摇摇摆摆地踩着月色，往山坳里散去。他们好久没有这么开心过了，山坳里，仍传出苍老的歌声。

苏茵住在三楼阁房，那是她儿时住的地方。阁房砖木混搭，木头都刷过了桐油，古香古色的。墙上钉了一排整齐的挂钉，墙钉上面却没有挂东西。苏茵隐约记得，小时候挂了一些绣球、风铃、花环之类的物件，还有一些她说不上来的东西，大约是山里人的头巾与花帽子，现在都不见了，像消失在岁月里一样。苏茵还想起了墙上曾经挂过一只风筝，好像是阿爹亲手扎的，用红布做成，上面绣着一只凤凰。她回想到某个秋天，她和蓝托九去梯田里放风筝。那是新收割的稻田，弥漫着一股浓烈的稻香味。两人在梯田里上蹿下跳，欢快得像两头小鹿，天空因为他们的跳动时远时近。近的时候，天空仿佛就在山顶上，触手可及；远的时候，天空就像手中要飞走的风筝一样，让人感到害怕。

儿时的记忆正一点一点地被大山唤醒。突然听见楼下传来一阵山歌。是蓝托九的声音，他在楼下唱，用的是山里话，苏茵听得不是很清楚，不知道他在唱什么内容，只是偶然听出“阿妹归来起月亮喽”“蝴蝶飞过你的窗”之类的。蓝托九的嗓子圆润饱满，丹田气足，唱得深情悠扬，听起来就像在寂静的夜里，夜风穿过树林，把远处溪水的流声送进了梦乡，让人感到无比舒缓。苏茵虽然不知道他在唱什么，但能猜出来这是情歌，应该是唱给心上人听的吧，否则怎么会这么入情入味呢，否则怎么能唱得如此缠绵，像要把人的心融化了一样。

因为情歌的感染，苏茵坐在窗桌前发了一会儿呆，不知为何，她心头有些空荡荡的。她慢慢地打开桌子的抽屉，想看看抽屉里是否还藏有儿时的玩物。抽屉里面放着一个牛角，牛角尖被锯开，套了个竹哨子。这就是蓝托九说的牛角呗吧。她将牛角呗拿起来，轻轻地抚摸，牛角呗很干净，没有一丝灰尘，想必是经常有人擦拭。摸了很久，牛角的皱纹都刻印在她的手指上了，她却没有想起自己小时候几时喜欢吹这个东西。

苏茵走出阁房，站在门口的栏杆前，借着月光往下看，看到楼下的蓝托九，只见他一只手捂在胸前，一只手伸出来，正深情忘我地唱着山歌。他是那样地投入，歌声中蕴含着绵绵情意，让苏茵为之心动。她想，没想到这个在KTV里不会唱流行歌的男人，唱起山歌来，竟然是这么地动听，让人迷醉。

苏茵倚着栏杆，望着眼前起伏的山色，深不见底。树林被月亮涂上了银光，叠影重重，默然矗立，像油画一样。正值农历六月中旬，天空无比晴朗，月亮照出了云朵的轮廓，云朵的颜色和月光差不多，很有层次地叠在天空，形成了光影波浪，一层一层的，绽放出各种漂亮的图案。

苏茵拿起牛角呗，嘴巴衔住竹哨子，鼓起腮帮吹了起来。竹哨子发出脆耳的声音，通过牛角传出去，像夜风吹过山谷，寂静而又深邃。她忽然有些熟悉起来，就调动口腔的气流，让牛角呗吹出不同的声音。

楼下的山歌仍在深情地唱着，苏茵的牛角呗也随着山歌的音律，吹出了节奏感。蓝托九大约是听到了楼上传来的牛角呗声，他的山歌唱得更加起劲了，深情的声音像要穿破夜空，化为满天的月光。

山林里有鸟儿跟着歌声啼叫起来。突然不知从哪里飞来的一群鸟，从阁楼掠过，围着天空盘旋，像一朵飘动的云。后来，鸟群离去了，却又飞来一只蓝色的大鸟，从月亮下掠过，朝吊脚楼飞来——也许大鸟不是蓝色的，月光并不能把它照得很清楚——但苏茵却相信它是蓝色的，那是一种恍如梦中的蓝。

蓝色大鸟掠过苏茵的头顶，在她的头上盘旋而去。苏茵突然想起来了，小时候吹牛角呗时，是有这样一只蓝色大鸟在她的头顶上盘旋，那时蓝托九就站在她身边，指着天空，惊喜地叫道：

“阿妹，快看，蓝凤凰！”

发表于《天津文学》杂志2018年11期

碑 伤

一

每个地方都有凿碑刻字的手艺人，专门给死人刻墓碑或给寺庙刻功德碑。我们地方上把“刻碑”说成“刺碑”。乡下人都迷信，“碑”和“悲”同音，而在农村的俚语中，“刺”和“去”也是同音，正所谓“去悲迎喜，天下好合”。就像算八字说到出生时辰，一般“丑时”都会说成是“好时”。

一九九二年，我初中毕业，跟着四叔学刺碑。刺碑是一件吃香喝辣的事情，既得人们尊重，又不用风吹日晒，只需在房间里对着石碑敲敲打打。当然，靠手艺吃饭的人，都要手脚硬，裤腿宽，才能揽得到饭吃。四叔除了会刺碑，还会壁画。尤其擅长画龙凤和神仙，这些图案在寺庙里深受人们喜爱。四叔画的壁画能闪出灵光。庙里烟火萦绕，墙上的龙凤神仙随着烟雾摆动，看上去像活了一样。有些老人眼睛不好使，看花了眼，拜完神像之后，还要往墙壁磕头，说仙女都在墙壁上跳舞呢！

刺碑最大的生意，就是给寺庙刺功德碑。乡下人建寺庙、祠堂、道观等神仙圣地，都是通过募捐的；还有修桥、修路、修学校，一半是政府拨款，一半是人们捐款。有募捐就有功德碑。功德碑上面刻着密密麻麻的文字，镶在显眼的地方，让人瞻仰，时间一长就成了史记。

四叔因为手艺好，揽了很多活，已经收了两个徒弟。我和四叔是本族亲嫡，我拜他为师，他自然要倾心传授，就连他平生最得意的壁画，以后也要传授给我。

刺碑其实是一件简单的活儿，四叔用毛笔在石碑上写字。待字迹晾干之后，我们就照着字形雕刻。用铁锤敲打着钢凿，顺着字的笔画慢慢地凿出一条线，再沿着线条的两边放斜凿尖，由外往里凿，把笔画凿开的同时，字体也就变深了。这种活儿并不难，要是聪明人，不出一个月就能上手。刺字好看与否，并不是取决于刺碑人的手艺，而是取决于写碑人的书法。写在石碑上的字是什么形状，刺出来的字就是什么形状。就像模印一样，模子正，印出来的字就正；模子歪，印出来的字也就斜。即使我们刺碑的手艺很熟练，但要我们在一块空白的石碑上刺字，也像蚯蚓乱爬一样，没有了章法。所以，四叔收徒弟，一点也不担心我们学会后去抢他的饭碗，他是设计者，我们是加工的工人罢了。除非我们真有心要吃这碗饭，自己去勤学练毛笔字。

我有写毛笔字的功底，经四叔点拨，加上勤学多练，半年之后，我便可以自己写字自己刺碑了。四叔说，这样下去，两年后我就可以出师。当然，所谓的出师，不过是一个合格的刺碑师傅，自己接点私活罢了。

二

一九九三年农历三月中旬，我被四叔安排到牛头山刺碑。

牛头山离我们村大约有二十多里地，要翻过两座大山才能进去。牛头山建了一座山神庙，村长找到四叔，让四叔帮忙刺功德碑。通常，四叔接到活后，根据刺碑的字数以及寺庙的规模，去购买相对应的石碑，然后在石碑上写字，交给徒弟们雕刻，他自己则在书房里构思壁画。但是，有很多寺庙都建在山里，有些甚至建在半山腰或山顶，没办法通车。例如牛头山，山路难行，四叔担心刺好的碑文在半路上颠簸磨坏，因此先把大理石碑买回来，运到山神庙里，然后安排我住到庙里去刺碑。这样一来，我至少要在牛头山住半把个月。

第一次出门干活，心里不免有些激动。然而到了牛头山，心情却黯淡下去。山神庙建在牛头山的山麓下，离村子有五六里地。山区落后，连电都还没有通上，晚上需掌马灯或点蜡烛。不过风景倒是蛮好，山神庙边上有股清泉，泉边有几棵油桐树。时值农历三月中旬，粉红镶白的油桐花开得像新娘子头上的花冠一样，阳光晒在上面，把颜色都催熟了，粉嫩的色彩流出来，看上去极其璀璨。花落在山泉涧，被水草挡住，泉水的两边尽是花朵，散发出一阵幽幽的暗香。

村长亲自接待了我，帮我提行李去山神庙。寺庙已经完工，但尚未装修，透出一股浓浓的石灰水泥味。大殿的神案上面还没有摆放神像，案台下堆放着十几块黑色的大理石碑，是四叔前几天运过来的。大殿过去，后院有一间厢房，是给庙祝居住的。但寺庙尚未开光，暂时没有庙祝，村长就安排我住在厢房里。并告诉我，每天一日三餐，不必下山，村民会轮流将饭菜送到山神庙供我吃喝。另外，厢房边上搭了一间茅草房，里面有水桶铝锅之类的炊具，给我烧水洗漱用。

总之，一切都安排到位，我只管安心地在庙里干活。这样下来，倒也省去了不少人情世故，不必到村里和人们打交道。为了早点干完活，我当天就开始动工，先拿抹布将大理石抹干净，然后调好红墨水，在石碑上写字。大理石刷过一层黑油漆，要用红墨水才能在上面显字，石碑雕刻出来的字体是粉白色的，一眼望去，黑白分明，字体有棱有角。

村长给了一本功德簿给我，上面写着山神庙的建庙序文，还有一大堆捐款名单。序文并不长，两百来字，撰的是文言文，水平一般，无非是因为此处是风水圣地，建庙聚仙，可庇护众生，繁荣后人云云。捐款名单倒是蛮多，有上千个名字。

山神、龙王、菩萨这些乡间神庙，在农村比较常见，每年都会有村寨新建寺庙。正所谓“一村一祠，三寨一庙”。当然，建寺庙是件大事，需要有个由头才能动工。比如牛头山，一共有百来户人家，然而一直以来都没有出过什么像样的人物，连考大学的人都没有。于是，山里人觉得可能是风水有问题。解决风水问题就只有一个办法，建一座寺庙，用仙气来扭转乾坤。如果牛头山有一座寺庙，引来神仙庇佑，以后自然会出大人物。

老话说得好，请神容易送神难。建庙一定要请几个风水先生轮流走场，选一个风水极佳的位置，并找道士过来做法事，才能筹款建庙。除了本村人必须要捐款之外，村长也会号召几个人，到附近的村寨募筹捐款。只要建寺庙，十里八乡的人们都会捐款，捐不多，一般是三块或五块，最多是十块。捐款人的名字可以随便写，人们喜欢写自家小孩的名字，小孩从小就上了功德碑，受到神灵庇佑，以后读书必然聪明。做生意的人最喜欢捐款，通常是捐八块，图个彩头。建一座山神庙用不了多少钱，这样捐下来，也就足够了。当然，并不是谁捐的款都会要，有些家庭出了伤风败俗的人，名声恶臭，即便有心捐款，庙里也不会要。建寺庙是一件神圣的事情，恶人之名若上了功德碑，会亵渎神灵。所谓的功德碑，自然是有功德的人才能上，一个伤风败俗的人若也能上功德碑，人们必然会引以为耻，庙里的名声和风水都受到影响。

三

我在山神庙刺碑的事情，很快在牛头山传开了，村民们都怀了好奇心，纷纷到庙里观看我刺碑。刺碑无非就是在石碑上写字，用铁锤和钢凿敲敲打打。看了一会儿，人们觉得并无乐趣可言，很快就散去。过了两天，来观看的人便少了，只有上山放牛的人，时不时地进庙里坐坐；另外每天给我轮流送饭的人们，会坐在边上找我聊聊天。除此之外，日子倒是过得很安静。

然而，有一个小男孩却不同，他是每天都要来看我刺字。这个小男孩约莫八九岁的样子，脸色苍白，头发蓬乱，身上穿着一件粗布衣服，衣服上打满了补丁。我想他是一个穷人家的孩子，没有地方去玩，因此来山神庙消遣罢了。

有一天上午，吃罢早饭后，突然下起了雨。农历三四月，本是梅雨时节，雨季一来，空气就变得潮湿起来，湿气一点一点地渗透在时间里，日子也跟着漫长起来。刺碑最怕空气潮湿，凿出来的粉尘会沾在边上。要是天气干燥，用嘴一吹就能把粉尘吹掉，但是天气潮湿，粉尘沾在边上，吹不掉，将字迹盖住，雕刻很不方便，需要用公鸡的羽毛轻轻掸去。这样一来，刺字的效率就慢了好多，人的脾气也容易变烦躁。

雨季放慢了生活节奏，天地万物在雨中变得沉默起来。山神庙显得更安静了，里里外外都是雨声。一个人在这空荡的雨声里刺字，感觉很无聊。我想，要是有个人坐在身边，陪我说说话，那也比这样沉闷地刺字有意思。

正想之间，雨声中传来一阵脚步声，只见一个小男孩赤着脚，披着一块油布，溜进了山神庙。他身材瘦小，一块油布包裹在身上，衣服没有被打湿。他将油布挂在山神庙门口，然后走过来，站在桌子边上看我刺字。小男孩的到来，打破了一丝安静，让我感觉到庙里多了一层人气。我心情舒缓起来，抬起头看着小男孩，小男孩却低头看我刺的字；当我低下头刺字时，小男孩却又抬起头看着我。看他的举动似乎有话想要对我说，但却不敢说，一副怯生生的样子。

我于是放下了铁锤和钢凿，伸着懒腰问他："你叫什么名字，多大了？"

小男孩有些怕生，后退了一步，才小声地说："我叫阿狗，今年九岁。"

我笑了笑说："你每天来看我刺字，是不是想学习？"

阿狗鼓着脑袋摇了摇头。这让我更好奇。我想，他每天来看我刺字，想必是有什么事情的。究竟是什么事呢，我一时猜不透。就这么盯着他看，故意不出声。阿狗脸上依然是怯生生的神情，见我盯着他，又是往后退了一步。他打着赤脚，脚上沾着黄泥巴，被踩过的地方都留下了一串黄色的小脚印。他是一个眉清目秀的男孩，只是身上的破衣服让他显得单薄了。

阿狗被我盯得有些不自在起来，终于说："请你帮个忙，把我娘的名字刺在碑上面。"

我恍然明白了，问他："你娘叫什么名字？"

"徐、桃、花。"

阿狗一字一顿地说，因为说到母亲的名讳，他的声音有些拗口。但我还是听得清楚，便拿出功德簿，翻开查看。我想，这小孩是牛头山本村人，就从牛头山的捐款名单上面找。但是找了半天，也没有看到徐桃花这个名字。

“你娘捐款没有？”我语气疑惑地问。

阿狗摇着头，苍白的脸色有些发红，显得不好意思：“我娘要捐款，但是村里人不让。说我娘不能上功德碑。”

我有些好奇：“为什么？”

阿狗嗫嚅地说：“他们说，我娘要是上了功德碑，就会败坏山神庙的名声。”

我明白了，肯定是阿狗的娘做过什么伤风败俗的事情，人们不让她捐款。我指着名册说：“上面没有你娘的名字，我没办法把你娘的名字刻在功德碑上。”

“可是……”小男孩垂下头，不敢看我，他发窘地站在那儿，双手不停地揉捻着一个脱了线的补丁，他似乎要把那个补丁拆下来，贴到自己的脸上。这样的话，便能遮住了他的羞怯。

“你把我娘的名字偷偷刻在碑上面，行不行？”他睁大双眼，里面充满了乞求的神色。

我心里有些触动，但还是摇着头说：“要是我偷偷把你娘的名字刻在上面，被村里人知道了，肯定要怪我的。”

当然，这是推托。功德碑上有一千多个名字，要是我将徐桃花这个名字混在其中，料想也没人知道。但是也有风险，要是村长验收时，不小心看到了，追究起来那可不得了。

阿狗听到我这么讲，撇了撇嘴。我看见他的样子，几乎要哭了。但他没有哭，只是默默地转身，坐在天井的石阶上，看着天上落下来的雨水。雨渐渐地变小了，但天空上依然是一朵朵的乌云。看了一会儿雨，小男孩就披上油布，默默地走了。我想，他大概不会再来了。

中午，给我送饭的是一个老头儿。我在山神庙刺碑这段时间，村长安排村民们轮流给我送饭，大人们要干农活，送饭都是老人居多。我为山神庙刺碑，做的是功德事情，受到人们的尊敬，人们送来的饭菜都很丰盛，时常能吃到一些野味。饭间，我问老头儿，关于阿狗家里的情况。那老头儿一边抽着烟一边跟我讲起来。

阿狗的父亲是个游手好闲的人。有一年赌钱输惨，欠了一屁股赌债。他于是动了歪脑筋，看上了隔壁村一个寡妇家的牛，就去和寡妇睡觉，半夜顺手偷牛。结果被人们抓起来了。寡妇一气之下，说阿狗的父亲不仅偷了她的牛，还强奸了她。刚好赶上严打，当场被枪毙了。牛头山从来没有出过强奸犯和被枪毙的恶人，阿狗的父亲是第一个，他的死连累了阿狗母子俩，在村里自然是受了白眼的。此次村里建山神庙，徐桃花也要捐款，但被村里人禁止了，说他们母子俩是强奸犯的老婆孩子，不能上功德碑。尤其是徐桃花的嫂子，人称大嘴婆，更是极力反对徐桃花捐款，说若让一个强奸犯的老婆孩子上功德碑，山神肯定要怪罪的。大嘴婆一直想逼走徐桃花母子，以便霸占徐桃花家里的房子和田地。山区里田地珍贵，谁都想多出两三亩田地养家糊口，大嘴婆这些年有事没事就找徐桃花的碴儿。然而，徐桃花也是有脾气的人，大嘴婆越是想逼她走，她越是不肯走，倘若大嘴婆好心相劝，也许徐桃花会听从其言，找个男人改嫁。但大嘴婆逼人太甚，徐桃花也就变成了一块硬骨头。妯娌之间，时常因为鸡毛蒜皮的事情吵起来。但大嘴婆总是占了上风，因为徐桃花受丈夫恶名所累，没人愿意帮她。

“其实阿狗那孩子，是个聪明的孩子，不过呀，真挺可怜的。”

老头吐着烟，默默地说。

我嘴里嚼着一口饭菜，嚼了半天，却没有了味道。

四

吃罢午饭，我去后院烧了一壶茶，放在桌子上，一边刺碑一边喝茶。天空依旧落雨，雨并不大，但纷纷扬扬的，也不知道要落到什么时候。这样的天气是让人烦闷的，尤其是在寂静的山神庙里，对着石碑敲敲打打，石碑冷冰冰的，让人没有表情。要是天晴，那还好过一些。刺碑累了，可以走到山神庙外面，看看风景，听听鸟叫，闻闻花香，倒让人神清气爽。然而下雨天，门都出不了，只能待在这巴掌大的山神庙里，望着外面的雨水叹气。

那个小男孩又来找我了，手上竟拎着一大串枇杷。我知道他的意思，他肯定想贿赂我。这沉闷的天气，总算有一件事情让人解解乏了。我故意问他："你拿枇杷给我做什么？"

"我拿枇杷给你吃，你把我娘的名字刻在碑上面。"他还是小声地说，"这些是山里的野枇杷，很好吃的。"

我有些好笑，说："村里人不让你娘上功德碑，就算把她的名字刺在碑上面，村长也会刮掉的。"

阿狗神色显得不安起来，他垂着头，看着自己的脚。他的脚上依旧沾着黄泥巴，被水泡得连脚踝都发黄了。他想把自己的不安隐藏起来，但是空荡的山神庙里，光线明亮，就连他的影子都是透明的，什么也无法隐藏。我怜悯地看着他，他不敢看我，将枇杷放到桌上。我看见枇杷上沾着红色的斑点，仔细一看，才发现他的手背有一道伤痕，还在流血。

"手怎么流血了？"我问。

"刚才爬树摘枇杷，被树枝刮伤了。"他捂着手背说，也不知道是手疼了还是失望了，他瘦小的肩膀微微颤抖。

外面下着雨，他居然到山里摘野枇杷。枇杷树比一般的果树长得高大粗壮，最少也是拔地两三丈。倘若要爬到枝端，再摸索着将一串枇杷摘下来，那要冒何等的风险。万一不小心失手，从树上摔下来怎么办？我无法想象一个瘦小的身躯从枇杷树上飘落下来的情景。

我问他："你为什么要把你娘的名字刻在碑上面？"

"邻居三爷说，只要把名字刻在功德碑上面，这辈子就会受到山神的保佑。我娘经常被人欺负，我想让我娘受到山神的保佑，不再被人欺负……"阿狗嗫嚅地说，他抬起头，恳切地望着我。

这小家伙原来藏有一份孝心，这么小的年纪就懂得疼爱母亲了，实在是很难得。我看了他一眼，他的眼睛清澈见底，什么也藏不住。我心里油然生出一缕感动之情，到房间里找来一块碎布，包扎他手上的伤口。

"你先回去吧，明天过来，我帮你想办法。"

阿狗听了很高兴，以为我答应了他的要求，露出天真灿烂的笑容。他披上油布，屁颠屁颠地跑了。我看着阿狗消失在雨中的身影，心里有些触动。我想，我肯定是不能把徐桃花的名字刻在上面的，若是被村长或别人查出来，只怕不好交代。而且阿狗年纪这么小，我把他母亲的名字刻在上面，他一时欢喜，说不定会宣传出去，这样一来，村长肯定会找我麻烦，说不定会影响到四叔的名声。

我拿起阿狗放在桌子上的野枇杷，摘了一颗放到嘴里吃。野枇杷长在山里，是阳春时节的野果，酸甜可口。我闷在这山神庙已有数日，虽然饭菜可口，但一直没有吃过水果，此时水果一入嘴，顿时感觉精神爽快，刺起碑来也没有那么乏味了。

五

第二天早晨，雨稍停了，但天气还是阴潮潮的，看样子还会下雨。

我起床，便看到阿狗手里拿着一串枇杷，坐在大厅的门槛上等我。他弱小的身子紧靠着门框，缩成了一团。也不知道他是什么时候来的，我看到他蓬乱的头发上沾有水珠，大概他一大早便到山上去摘野枇杷了。

阿狗看到我起床，一双大眼睛亮了起来，苍白的脸也显得有气色。我一边伸懒腰一边问道："你吃早饭没有？"看见他摇了摇头，我接着说，"你先回家吃饭，吃过早饭后再来找我。"

阿狗把枇杷放到我的桌上，小声地说："我不想吃早饭，我想看你把我娘的名字刺在功德碑上面。"

没想到这小家伙的心那么急。我说："你娘的名字不能刺在功德碑上。"

阿狗听了这话，眼泪都要急出来了，以为我在耍他，说："可是，你昨天答应我的。"

我说："我只是答应帮你刺，但不是刺在功德碑上。"

阿狗抓了抓脑袋，蓬乱的头上被抓得像一堆干草。他不明白我的意思。我说："你去找一块平面的大石头，我把你娘的名字刺在石头上，然后埋在庙门口，这样山神也能永远保佑你娘。"

阿狗睁大眼睛看着我，好像不相信我的话。我对他说："我不会骗你的。你想，山神每天都要出门进门，你娘的名字就埋在庙门前，他当然会保佑你娘。"

阿狗歪着脑袋想了想，觉得我的话有道理，就高兴起来，急忙跑出去找石头。不一会儿，便看到他抱了一块带着平面的大石头跑进来。也不知道他是太兴奋了，还是搬石头花了力气，他的脸蛋红扑扑的。

“你看这块石头可以吗？”他望着我，满脸期盼之情。

我接过那块石头，翻看了一下，说：“可以，就是不够平坦。你把石头磨一下，磨得像大理石一样平，这样才好刺字。”

阿狗听了，将那块石头的平面放到地板上，推来推去。地板是用水泥沙子铺成的，很坚硬，石头和水泥地板摩擦，发出“咯吱咯吱”的响声。阿狗跪在地板上，身体起伏，好像在做某种虔诚的仪式。

我到山神庙后面的山泉去刷牙洗脸。过了不多时，有人送早饭过来。送早饭的是个年轻人，看到阿狗在地板上磨石头，就骂他：“小崽子，别把山神庙的地板磨坏了，回头我告诉你娘，看不打死你！”一边说一边走过去，在阿狗身上踹了一脚。虽然踹得不重，但阿狗身子单薄，被踹倒在地上，身上沾满了白色的灰尘。

“哎……你怎么打小孩子！”

我叫起来。但那年轻人竟然不以为意，笑道：“小崽子调皮，在山神庙捣鬼，要教训一下才行。”年轻人一边说一边提着篮子，把早餐放到桌子上。早餐比较简单，是一碗鸡蛋粥和两个红薯。我把粥喝了，然后将两个红薯放到桌上，说等冷一下再吃。那年轻人收了碗筷，提着篮子走了，一边走还一边对阿狗说：“小崽子，跟我下山去，别在这里玩了。”

阿狗盯着年轻人，眼里透着怒色，却不敢作声。年轻人又说：“你不听话，我告诉你娘，说你在山神庙捣鬼，用石头磨坏地板，看不打死你！”他咬着牙齿，脸上挤出一副恶狠狠的样子。阿狗被吓得忍不住哆嗦了一下。

年轻人冷笑一声，走出山神庙。外面没有下雨，但是起雾了，年轻人的身影很快就消失在雾色中。

我吃了个红薯，另外一个给了阿狗吃。阿狗吃了红薯，跪在地板上，继续磨石头。天空泛着亮光，山里雾气弥漫，亮光和雾气混合在一起，从天井落下来，洒在阿狗身上。阿狗瘦小的身影在白茫茫的光雾中连绵起伏，好像一只展翅飞翔的小鸟。

阿狗的性格比石头还要坚硬，他一个上午没休息，终于把那块石头磨得像大理石一样平坦。水泥地板被他磨出一层粉渣，就像用石磨推出来的米糠一样。我看见他吃力地站起来，拍着身子，粉末就在他周围飞舞。他撸起裤子，揉着膝盖。跪了那么久，他的膝盖一定麻木了。我走过去，看到他的膝盖破了一层皮。他居然还朝我开心地笑。

我拿抹布将石头抹干净，用毛笔在石头上写上“山神保佑徐桃花”这几个字。这块石头好像被小男孩磨通了灵性，我的笔头所到之处，留下的是游龙走蛇的笔画，没有一丝呆滞的迹象。平常，我在大理石板上写字，总有点溢墨之痕，然而这次挥洒竟如此自如，我不得不怀疑石头也能通人性了。

待墨迹干了以后，我左手执钢凿，右手挥铁锤，将那几个字深深地刻在石头上面。这几个字仿佛刻在了我的心里一样，沉甸甸的。我生平刻过十几万字，然而从来没有一个字让我有如此沉重的感觉。即使是在菩萨的莲花台刻下“救苦救难，保佑众生”的大字，也比不上眼前这块石头上的分量。

后院有一把钢锄，是修山神庙用的。我把钢锄拿出来，在山神庙门口挖了个坑，和阿狗一起将那块石头埋到土里。做完这一切，阿狗脸上露出了满意的笑容，他抹了抹额头的汗水，高兴地说：“我娘这辈子一定会受到山神保佑的。”

那一瞬间，我有点恍惚，感觉他像个大人。我想，这小孩这么懂事，老天爷一定会保佑他的。

“我先回去吃中饭，下午我带枇杷过来给你吃。”阿狗捂着肚子说。

他早上只是吃了个红薯，现在已经是中午了，一定把他饿坏了吧。我真想把他抱到怀里心疼一下。但是他飞快地跑了。我看见他瘦小的背影在路边的树丛中若隐若现，不一会儿，雾气就将他的背影吞噬。

阿狗走了后，我望着天空，天空阴暗，看样子这雨还要继续落个不停。

果然，过了不久，天空就下起雨来。雨下得很大，还响起了雷声。我抬头望着天空，看了半天也不知道这雷声是从哪里发出来的。只觉半山腰中，隐隐传来空洞的回音。

六

下午，小男孩没有来山神庙。我并不是惦记他给我带枇杷，而是想再看一眼他清澈见底的眼睛，还有他怯生生的神情。这个小男孩身上带着一种柔韧而软弱的感情，他一靠近，我便觉得全身有一种说不出的感觉。温暖或感动，也许是怜悯或惋惜。总之，在这无聊的山神庙中，他的出现会让我感觉到再平淡的生活，也透着一种温馨。

两点多钟，有个妇女进了山神庙。妇女戴着斗笠、披着油布，手中牵着一头黄牛。她将黄牛拴在门口的油桐树上，走进庙内，见到庙里只有我一个人在刺碑，就问："请问，你有看见阿狗吗？"

这个女人是阿狗的母亲徐桃花。我还没有回答，徐桃花又顾自说着："他是一个八九岁的小男孩，衣服有很多补丁，听说这两天他都来山神庙玩。今天有人说阿狗在山神庙搞破坏，用石头把山神庙的地板给磨坏了。阿狗这么懂事，他怎么会搞破坏呢？"

我放下手中的工具，说："阿狗这两天确实是来山神庙玩，他上午还在这里。”

徐桃花脸上表情有些慌了，问：“他有没有拿石头磨山神庙的地板？”

我说：“他是拿石头磨地板了，不过……”

没等我说完，徐桃花脸色就有些变化了，像担心又像生气，还带着羞愧。她说：“山神庙的地板怎么能磨石头呢！我得抓他过来，让他来这里磕头，给山神谢罪。”

我怕徐桃花回去打骂阿狗，这小孩懂事呢，不能让他受委屈了。我说：“阿狗来山神庙，是求我办事的。”

“求你办事？”徐桃花满脸疑惑地问。

我说：“是啊，他想把你的名字刺在功德碑上，让山神保佑。可是，你……你又没有捐款，肯定不能把名字刺在功德碑上面。后来，我把你的名字刺在石头上，让阿狗埋在了山神庙的门口，以后山神一样保佑你。但是那块石头不平整，没办法刻字，所以阿狗就在山神庙磨石头了。”

徐桃花听了这话，几乎有些不相信，过了一会儿，她才抹着眼睛，声音有些低沉，却透着喜悦。她说：“啊，真是谢谢你。”

我说：“要谢就谢你儿子，是他让我刻的。”接着又说，“阿狗说下午要摘些野枇杷给我吃，他现在应该在山上找野枇杷了。你去山上找他吧，这天下雨，别让他爬树摘枇杷。”

徐桃花听了这话，脸色也显得不安起来，她急忙转身出门，重新披上油布，牵着牛往山上走去。一边走还一边张开嘴巴大叫：“阿狗，阿狗！”但是，她的声音很快就被雨声吞噬了，消失在茫茫的山雾中。

天空又隐隐传来了雷声，我站起身子，伸了伸懒腰走到天井，抬头望了望天空。除了雨水，我什么也没有看到。

七

雨一直没有停过，天色被雨水越洗越发暗。山神庙门口的油桐树，虽然花开璀璨，但被阴雨压得没有一丝光泽，看上去蔫蔫的，落下来的花朵被雨水沤烂，散发出一股腐烂的香味，让人闻起来精神颓废。

徐桃花走后，整个下午再也没有人来打扰我。山神庙里除了雨声，还有我刺碑时敲打钢凿的叮当声和隐隐雷声，再也听不到别的声音。而这种声音听久了，也就感觉不到它们的存在。于是，整个下午异常安静，好像要有什么事情发生一样。

傍晚，我听到山里传来一阵鞭炮声。接着是一阵鸟儿们的惊啼声。然后，天边又是隐隐雷声，仿佛是鞭炮声传到了天边，反弹过来的回音。我想，清明节早就过了，这时又无节日，谁家放鞭炮呢？乡下人放鞭炮，一般都是有红白喜事，若是喜事，一般都是早上就放炮了，现在却是晚间放炮……

过了不久，我隐约听到山里面传来嚎哭声。外面的雨越下越大，雷声也渐渐地响起来，那嚎哭声似乎离我很遥远，却又清晰地传到我耳朵里。

天色变得昏暗起来，光线也浑浊起来，天井透下来的光，再也没有一丝耀眼的神色。我也没有心情刺碑了，就站在山神庙门口的屋檐下，看着外面。雨水中雾气弥漫，把眼前的一切都揉成了一团，看不清远处的景色。渐渐地，雾气变成了暮色，天空越来越暗了。

天色一黑，山神庙就像被雨水淹埋一样，让人透不过气来。我点了马灯，坐在神案边上发呆。马灯放在神案上，散发出微弱的光，照不到外面，只听得外面传来沙沙的雨声，却见不到雨点。

一直到天黑透了，才有人打着电筒给我送饭菜。以前人们是天黑前就给我送饭菜的，然而这一次却天黑了才有人给我送饭菜，让我感觉到有些不正常。

送饭的是一个老头儿，他拎着篮子放到桌上，然后摘下斗笠和油纸，挂在神案上。老头儿说，本来天黑前就给我送饭了，但是走到半路，山路泥烂，不小心滑了一跤，把饭菜都打翻了，只好又回去重新做饭。老头儿一边说一边咒骂着这鬼天气，走路让人摔倒，爬树也能把人摔死，老天爷要造反了。

我饿了，并没有听他絮絮叨叨地抱怨，也不愿与他搭腔，就掀开放在桌子上的篮子，见里面放着一菜一汤，还有一大碗饭。菜是腊过的野鸡炒青椒，汤是豆腐汤。看到喷香的饭菜，我迫不及待地就端起来扒到嘴里吃。那老头儿咒骂了一会儿天气，见我没搭理他，就拿着杆烟枪，坐在天井的石阶前，望着天空发呆。天井落下来的水声滴滴答答地响，像在悄悄地说话。

我一边吃饭一边问："大爷，刚才我听到有鞭炮声，有什么事情吗？"

老头叹了一口气，昏暗的马灯光线中，我看到老头儿叹气的同时吹出一口烟气，像一条蛇一样游入黑暗中。老头说："作孽啊！那个阿狗，不知道你识不识得……才九岁，今天去山上摘野枇杷吃，从树上摔下来……唉，竟然死了。"

我听了这话，全身一颤，好像遭了雷劈一样，拿在手中的饭碗差点就摔下来了。我喉咙一时有些喘不过气了，仿佛刚吃下去的一口饭，卡在里面，几乎要让人窒息。

"阿狗……他这两天来山神庙玩呢，我是识得他的。但是，他……"我实在不敢往下说了。他怎么会摔死了呢，这与我有脱不掉的关系吧……想到这里，黑暗中突然有支箭朝我刺来。冷不防，我"啊"地叫了一声，全身一阵刺痛，手中握着的筷子，终于掉到地上去了。仿佛那筷子就是一支伤我的箭，它掉到地上了，我却不敢去捡。我想，筷子上面是不是沾着血呢？

天色黑暗，老头并没有看到我的样子，他兀自说着：“山里孩子嘴馋，上山摘野枇杷的多得是，也不见有人摔死的。只是，阿狗不应该在这雨天去摘，树上被雨打湿，容易脚滑，而且他还是光着脚上去摘的。又听说，阿狗是被他娘徐桃花自己害死的。徐桃花上山找阿狗，一路上大声叫阿狗的名字，阿狗正在树上摘枇杷，听到他娘叫唤，以为是来骂他的，吓得心慌起来，这才一不小心从树上摔下来。当时村里有老人在山上放牛，刚好看到。说那阿狗命也不好，摔下来时，头磕到了一块大石头，就这样死去了。”

我张着嘴巴，已经说不出话来了。我不敢相信这是真的。今天还在庙里活生生的阿狗，真的因为摘枇杷死了？

“怎么会这样，阿狗现在……”我已经哽咽起来，放下了碗，抹了抹眼泪。老头没有看到我哭的样子，他一直朝着寺庙外面看，好像外面有什么东西一样，但外面却是一团漆黑，什么都没有。我想，就算老头儿回头看我，他也看不到我脸上的表情。天色这么黑，马灯又这么暗，一个人蜷缩在这片黑暗中，就算被人捅了一刀，流了血，也是看不见的。

老头儿叹了一口气说：“能怎么样，死的人总是要埋的。而且又是短命鬼，千万不能过夜。但徐桃花不准埋，她觉得儿子没死，要抱下山去找医生治。村里人当然不能让她把阿狗的尸身抱进村里，会给村里带来晦气。死在山上的人，是不能再进村了，何况还是个小孩子。于是一群人在山上挖了坑，强制性把阿狗埋了。徐桃花本来伤心欲绝，阿狗被埋了之后，她整个人都神志不清了，拍着手在地上打滚，又哭又闹，最后疯掉了。唉，徐桃花在村里没有什么亲戚，她的嫂子大嘴婆又是个心狠的人，平时都处处欺负她，这次她疯了，大嘴婆迟早要把徐桃花当成疯子赶出去的，然后霸占她的田地……”

我觉得整个人都是冷的，身上也没有了一点儿活气。阿狗怎么会死了呢？他只不过是去摘了野枇杷，上午他还在山神庙里磨石头呢！他推着一块石头，在地板上打磨，发出咯吱咯吱的摩擦声，而他那弱小的身影，在天井的光线下连绵起伏，像一只要飞起来的小鸟。是啊，他像要飞起来一样，怎么能从树上摔下来呢？我想，这老头儿是不是骗我？阿狗这么聪明的人，又这么有孝心，山神肯定保佑他的，他怎么会摔死呢？

外面的雨下得好像又大了，黑暗里听见哗哗的声音，屋顶的瓦被雨水打得颤抖起来，雨水从屋檐上流下来，夹着轻轻的抽泣声，夜晚一片凄凉。潮湿的空气中散发出石灰和水泥的味道。这样的味道是真实存在的，如果是做梦的话，是闻不到这些石灰的气息的。我鼻子前似乎有很多石灰在飞来飞去，让我呼吸困难，忍不住打了一个喷嚏。

老头被我的喷嚏吓了一跳，他回过头来，看到我捧着碗，像个木偶一样吃不下饭，而手中的筷子却掉到地上去了。马灯的光线昏暗，他没有看清楚我那死灰色的脸色。老头儿问："怎么了，这饭菜不合胃口？"

我喃喃地说："啊……很好吃，只是，只是……"我把碗放下来，捂住了胸口，我觉得心头一阵一阵地痛。

老头放下烟杆，关切地问我："你肚子痛吗？"

我惨然地摇了摇头："阿狗这两天都在山神庙玩，上午他还在山神庙。但是，他下午怎么就摔死了呢……我心里难过。"

尽管我肚子饿，但是这碗饭却怎么也吃不下去了。我想，这阿狗的死到底与我有没有关系呢？若是我不替他在石头上刺字，他就不会想着给我去摘野枇杷；或者，今天下午徐桃花来山神庙里，我不应该告诉她阿狗在山上，否则的话，她不去找阿狗，阿狗也不会慌里慌张地从树上摔下来……

老头儿叹了一口气："这都是命。"他又说，"其实村里人都不想阿狗死去。现在村里正在建山神庙，这是庇护村民的神举，但是有人死于非命，还是个小孩，传出去只怕影响不好。外村人以为建山神庙的风水不好，克死了小孩，会传出谣言的。建山神庙，谁都想一切顺利，阿狗却摔死在山上，村里人都说他是个杂种，败坏了村里的风水。"

我真想拍着桌子叫起来："阿狗怎么可能是杂种呢！就是因为你们村里人不让徐桃花捐款上功德碑，他才要……"但是，我却一点力气也没有，我扬起的手掌，在黑暗中好像被什么东西捉住了一样，怎么也拍不下去。这有什么用呢？我想，与这个毫不相干的老头儿发火，他还是给我送饭的，有什么用呢？

老头儿见我一直没有吃饭，手掌举得高高的，像要打蚊子一样。他说："你快吃吧，饭菜都冷了。"

我摇头说："阿狗死了，我吃不下饭。阿爷，你带我去看看阿狗的娘吧。"

老头儿摇头说："你是外乡人，不去看也罢。阿狗的娘现在疯了，正关在屋子里。再说了，外面下雨，你若是跟我去，我待会儿还要送你回来，多不方便。"

我听了这话，默然无语，心中那股伤痛，就像包裹在天地间的黑暗一样，怎么也甩不掉。

八

老头儿走后，我坐在天井发呆。我坐的地方，正是早上阿狗磨石头的地方，有很多从石头上磨下来的灰尘。我双手摸下去，摸到冰凉的地板，灰尘就染满了指尖。我似乎能从这些灰尘中，闻到阿狗的味道。但是，那样的味道却是虚无的，碎裂的，涣散的，即使空气潮湿，也无法将这些灰尘和这些味道凝聚在一起，形成阿狗的模样。

我想起了阿狗埋石头的样子。他当时是很开心的，脸上还露出笑容了。我想，那块刻字的石头，就是阿狗的心，就算他死了，但有一种清澈见底的亲情，像刻在石头上的字，即使埋在地下，埋在黑暗中，也将永恒。然而，像他这么懂事的小孩，怎么会死于非命呢？如果真有山神的话，山神怎么可能会不保佑这样的小孩呢？

想到这里，我很生气，生气过后更多的是难过。我突然觉得，给山神刺这些功德碑，有什么意思呢？难道上了功德碑的人都是有功德的，都会被山神庇护？

透过马灯，我怔怔地看着自己刺的那些功德碑，上面的名字，一行一列整齐排着，每一个字都长着一副獠牙，在微弱的灯光下，显得极是狰狞。

九

第二天早晨，天色依旧阴暗，乌沉沉的。我起床后，怎么也没心情做事了。我调了红墨水，红墨水就像血一样，让人感到眩晕。我想起了阿狗第一次给我摘野枇杷的样子，他的手也在流血，那血的颜色和红墨水一样，让我感到害怕。我拿出那本功德簿，看着那些捐款人的名字，一个个陌生的名字，一串串莫名的金额，让人有一种说不出的恶心。

我怎么也写不下去了，颓废着，无力地把笔丢在一边。我想，依我这样子的心情去做事，只怕会出错，今天且休息一天吧，万一写错字了，一旦刻上去，就抹不掉了。就像刻在心里的伤口一样，一旦流了血，想抹去那样的痛，实在是太难了。

就这么坐在神案前，看着空荡荡的山神庙发呆。有个妇女给我送早餐来了。早餐颇为丰盛，是糯米和山野菜一起做出来的煎饼。我一边捧着煎饼吃一边问她：“大娘，阿狗昨天死了，阿狗他娘现在怎么样？”

妇女看了看我，神色黯然地说：“这事情你也知道啊？唉……”她先叹了一口气，才接着讲，“阿狗娘疯了，被关在自己家里，她抱着阿狗的一堆衣服，又是哭又是闹，饭菜也不吃。她男人死的时候，落下了坏名声，村里人跟她的关系都不好。她的大嫂大嘴婆老是想赶她走，现在她疯了，大嘴婆更是有理了，说要把这疯子赶出村，免得败坏村里的名声。今天一大早大嘴婆就拿着扁担去赶她了，还在徐桃花的身上泼了粪，说她身上附了鬼。要不是村里人见徐桃花可怜，都在骂大嘴婆的不是，那徐桃花今天就被大嘴婆赶走了……”

我心里又气又怒，恨不得把手中那块煎饼变成砖头，砸向大嘴婆。我咬着牙齿问：“大嘴婆这么坏，不怕遭雷劈吗？”

那妇女说：“有什么办法，山里人穷，也不管这些了。大嘴婆家里有五个小孩，就两亩薄田，只能够糊口，一家人穷得嘴叮当。若是大嘴婆把徐桃花赶走，就可以霸占她家的田地房子，家里就能多种粮食，多养两头猪，日子好过一些，小孩子也就有钱去读书了。谁不是为了生活呢！徐桃花以前还可以和大嘴婆对抗，现在她疯了，迟早要被大嘴婆赶出去的。”

我不知道怎么说才好。我想，这山里人的民风淳朴，招待我这个外来客，吃的都是拿最好的给我。然而实在是想不通，竟然也有这样恶毒的人，而村里的人们怎么容得下这种恶人呢？难道这种恶人就不是伤风败俗的？我于是愤然地说：“那大嘴婆叫什么名字，她这么坏，她家里人也能上功德碑吗？我要把她的名字从功德碑上抹去才行。”

妇女不由得怔住了，她看了看我，不知道我为什么会生这么大的气。她说：“这是人家的家事，没办法干预的。只要不影响村里的名声，就不叫伤风败俗。自古以来，兄弟分家，妯娌之间哪有不吵架的。这种属于家事，旁人只能议论，不能干预。就像不孝顺老人，不给老人吃的，让老人睡到猪圈里去，山里也多得是，旁人也只能说说闲话，不会去干预的。”

我听了这话，不由得哑然了。那妇女看着我，叹了一口气说：“你们外面的人，田地多，不愁吃穿，哪里知道我们山里人的苦。谁愿意被人说三道四呢？谁愿意和自己的兄弟吵架呢？谁都是有苦衷的。你还年轻，当然是不懂的。”

我默默地嚼着那个煎饼，像嚼着一块泥巴一样，满嘴不是滋味。我牙齿发出咯吱咯吱的响声。那妇女惊奇地看着我，问：“这煎饼很硬吗？看你嚼得这么用力。”

我木然地摇了摇头，不想再说话。

十

这一天，我整个人都过得浑浑噩噩，一个字都没有刺，就这么坐在山神庙里，望着天空发呆。天空一时落雨，一时烟雾弥漫。门口那几株油桐树，花落得很多，地上一片白茫茫的，颜色看起来很单调，很空洞。

时间过得快，不觉间一天就这样过去了。吃罢晚饭后，天色开始一层一层地黑下来，先是雾气变成暮色，然后是雨水变成夜色，最后天看不见了，地也看不清了，周身只剩下了一团黑漆。雨又开始下大起来，哗啦啦的，无头无脑，无情无趣，像泼开一样。在这空荡荡的山神庙，满眼漆黑，满耳雨声，只觉得世界一片浑浊。人在这样的空间里，心里装了悲伤，又找不到人聊天，更是觉得无聊了。我于是干脆回房间里，躺到床上，蒙头大睡。

躺了半天，终于睡着。也不知道睡了多久，迷迷糊糊中，听到山神殿里突然传来一阵哭声。声音很凄凉，在这寂静的山夜里，格外地刺耳。我被惊醒了，不由得吓出了一身冷汗。我想，在这荒山野岭中，又下着雨，庙里突然传来女人的哭声，饶是我胆大，也不由得毛骨悚然。我虽然不信邪，但听到那哭声离我很近，就隔着一道墙，听起来很真切。我想，难道真有鬼，难道真有狐狸精？

我手心泌出汗了，掏出火柴点亮马灯，下床穿上鞋子，一手提着马灯，一手拿着钢锄，往神殿走去。

夜很黑，雨还在下，天空时不时划过一条闪电，雷声隐隐，更让人神经绷紧。我为了壮胆，猛地假装咳嗽了几声，大声道："谁在哭？"

被我这么一吼，那哭声停止了，但仍能听到呜呜的抽泣声。我转到大殿，举起马灯一看，被吓了一大跳，只见一个被淋得湿漉漉的女人，正蜷缩在神案下面，双手抱着膝盖，一边哭一边瑟瑟发抖。我把马灯凑上前一看，这女人竟然是阿狗的母亲徐桃花。

原来，大嘴婆见徐桃花疯了，心想这可是大好时机。女人疯掉了，把她赶出去，她也没有力气反抗。但是，大嘴婆白天赶她，被村里人指责了，大嘴婆不敢再动手，怕引来村里人的唾骂。于是等到半夜，才偷偷地走进房里，用扁担将徐桃花赶出去。外面下着雨，徐桃花能去哪里呢？她浑浑噩噩地在雨夜中奔跑，后来竟然跑到山神庙来了。我不由得怀疑，是阿狗埋的那块石头有灵性，冥冥之中把徐桃花给引过来了。

看见徐桃花全身湿淋淋的，缩成一团，在神案底下瑟瑟发抖，让人心疼。我去后院的茅草房里搬出柴火，堆在神案前烧了起来，让火气把徐桃花身上的衣服烤干。但徐桃花看到火，却很害怕，依旧蜷缩在神案底下，怎么也不敢靠近。我看到火光照亮她的脸，她的脸上写满了恐惧，像碰到鬼一样。我想，她本来就失心疯了，却又遭人欺负，半夜雨中被赶出来，无家可归，对于一个疯子而言，遭受这样的打击，心里怎么能不恐惧呢？

我忍不住大骂那大嘴婆恶毒，但骂了几句，听到外面闪电击落，雷声滚滚。人家连打雷都不怕，即使我骂了又能如何？我只感觉到全身无力。我想，徐桃花从昨晚上开始疯，到今天晚上，估计也没有人做饭给她吃吧，她现在肯定又冷又饿。可惜，这山神庙四处空荡，我的饭菜是别人送的，想弄点吃的给她，却又找不到。

我坐在火堆边上，陪着徐桃花，不住地安慰她，叫她别害怕。我安慰的语言有限，说来说去就只有一句话，让她别害怕。我不敢提到阿狗，怕她听到阿狗的名字，更是情绪控制不住。徐桃花疯了之后，好像听不懂人话一样，不管我说什么，她都是摇头，时不时发出几句哭腔。我是平生第一次遇到这种事情，实在是束手无策，就坐在火堆边上，看着徐桃花叹气。好端端的一户人家，母子俩相依为命，转眼却破散了，真让人感到难过，真让人感到老天爷的无情。

在火堆边上坐了一个多小时，徐桃花一直抱着膝盖，蜷缩在神案下面不肯出来。不知道是不是吓坏了，还是疯得没有了思维，嘴里叨叨念念的，听不清她在说什么。外面的雨还是一直在下，也不知道什么时候停。我想这样子下去也不是办法，只有等明天早上起来，去村里求助了，让村长想办法。尽管这是大嘴婆和徐桃花的家事，但天理在人间，村长总不能见死不救吧。

我又抱了些柴火过来，添到火堆里，把火加旺，然后回房休息。

被徐桃花折腾一顿后，我有些困了，很快就睡着了。也不知道睡到什么时候，迷迷糊糊中，好像听到有人大叫阿狗，声音绝望而又饱含真情。我惺忪地醒了过来，竖耳倾听，却又没有了动静，以为是做梦。眼见窗外天色微微有些发白，心想再睡一会儿天就亮了。于是又蒙着头，接着睡觉。

一觉睡到天亮，外面的雨停了，天气依旧潮潮的，挂满了湿气。这股湿气有点邪门，正在渐渐地往人身上侵蚀，我伸着懒腰，莫名地打了个寒战。

我清醒过来，想起徐桃花还在殿里，急忙起床穿鞋，跑到大殿。只见徐桃花依旧蜷缩在神案底下，她的衣服尚未干透，头发已经干了，零散地落在脸上。她的脸色一点血气都没有，表情僵硬，双眼半睁着，眼瞳发白，一动不动地挨着神案。我感觉不妙，壮着胆子走过去，轻轻地推了她一把，手触摸到一片冰冷。

我尖叫一声，像被蛇咬伤一样，扭头就往外面跑去……

十一

接到我的报案后，村长带着村民们纷纷拥到山神庙来。人们见到徐桃花惨死在山神庙的神案底下，一副死不瞑目的表情，却没人同情她的死去，都纷纷指责，甚至破口大骂。

“她怎么可以死在山神庙里呢！”

“真是个杂种。”

“什么杂种，简直就是瘟神啊！”

…………

我被人们的骂声给骂蒙了，感觉莫名其妙。我原以为，徐桃花悲惨的死样，会引起人们的同情与难过，然而，没想到招惹来的却是一连串的唾骂声和恶咒声。这让我的心更加冰冷，突然觉得这山里人的额头上，个个都长了牛角，变成了野兽。

后来我才知道，人们之所以骂徐桃花，是因为新建的山神庙里不能死人的。山神还没有请过来，就有人死在里面，是天大的不吉，说不定人们以后拜的不是山神了，而是死在这庙里的冤魂野鬼。就像一栋新房，还没有住人进去就死了人，必然会成为凶宅。寺庙这种神圣的地方，更不容得有半点晦气。所以，这座山神庙因为徐桃花的死，只好废弃了。

牛头山好不容易建一座山神庙，想让山神庇护村民，改善村里的风水。没想到徐桃花之死，却将这山神庙给废去了，人们再想建一座山神庙，那是万万不可能了。外面的人们听说这件事情后，肯定不会再给牛头山捐款了，因为这样的村子风水不好，就算建了山神庙，也未必有神灵保佑。所以，牛头山的人一致认为徐桃花是瘟神，败坏了牛头山的风水，即便她死了，死得再惨，人们都忍不住要骂她，咒她死后不能超生。

徐桃花的嫂子大嘴婆当时也在场，她大惊小怪地骂道："哎呀，我就知道这女人是个天生的搅屎棍，迟早会败坏牛头山的风水。昨天白天我都说要把她赶走，你们偏不相信，要是白天赶走她，她跑到别的村子去了，也就不会死在这山神庙里了。"

有人看不惯了，把气发到大嘴婆身上："你干吗要把她赶走呢？她没地方去了才会跑到山神庙里。要不是昨晚你赶她走，她即使要死也是死在自己家里，怎么会死到山神庙来呢！"

大嘴婆泼辣起来："嗐，谁赶的，你没见到别乱说。我昨天白天是有赶过，但是晚上就没有赶她了。我昨晚还好心去看一下她，没想到一打开门，她就溜出来了。天黑，又下着雨，谁知道她跑到哪里去了，没想到竟然是跑到山神庙里来了。真是撞鬼了，她自己要死在山神庙，关我什么事呢？"

大嘴婆一泼起来，人人都怕她。徐桃花死了，旁人也不想多惹一事，就算明知道是大嘴婆半夜里把徐桃花赶出去的，但又能如何呢？

村长和村里几位德高望重的老人商讨一番，看还有没有扭转乾坤的办法。但商讨了半天，也没想出一个好的对策。事情摆在眼前，没办法改变了，村长只好叫人就在附近一个草丛窝里挖了个坑，将徐桃花从山神庙里抬出来，就地掩埋。而这山神庙，只能废弃了。我也不用在此刺功德碑了。村长说，等吃罢午饭后，就安排一辆拖拉机把我送回去。

山神庙里还有几块没有动过的大理石碑，我拿了两块，用大笔写上“徐桃花之墓”，然后又拿一块写上“阿狗之墓”。我拿起铁锤和钢凿，认认真真地雕刻起来。墓碑刻好，我把墓碑立在徐桃花的墓前。又找村民问明了阿狗的坟墓，将墓碑扛到山上去，将墓碑立在了阿狗的坟前。

我将刺碑用的铁锤和钢凿，一并埋入阿狗的坟中。我从此之后不打算再刺碑了，觉得所谓的功德碑，只不过是欺骗世人的手段罢了。然而，真正有功德的人是无须立碑的。

发表于《创作与评论》杂志 2014 年 12 期

柿 子

一

一九九五年九月中旬，我和同学打了一架，一撂板凳便辍学回家了。

那时刚开学不久，我以一副老油条的姿态坐在初三教室的前排。我是那种不长脑子但个子疯长的傻大个，像门板一样把后面一些同学给遮住了。有个四眼狗找老师抗议，非要把我弄到最后面去。这正是我想的，我他妈才不想坐在老师的眼皮底下呢。但那四眼狗说了一句实在不该说的话，他说我这种复读生不应该坐在前面丢人现眼。我一怒之下去找那四眼狗，没想到他还嘴硬，看你硬！我抡起一把板凳照着他的嘴巴就砸了过去，他头一偏，凳子砸在他的额头上，我两眼一红，一股血腥味扑了过来。

当时的情景很混乱，那小子被打傻了，捂着额头趴在桌子上大哭。鲜血很快就把课桌染成了红色。很多同学吓得尖叫起来。我当时还很得意，像战胜者一样叉着腰，对那些尖叫的同学说："叫什么叫，没有见过血啊！"

原本我在学校的名声一直不好，打架惹事，还威胁过教导老师。校长早就看我不顺眼，要不是瞧在我爹的面上，我不知道被他干掉了多少次。然而这次闯下了这么大的祸，校长对我再无可忍，就让我休学一年后再来复读。我已经十六岁，回家休学一年，哪还有脸出来读书啊！

这年我本该初中毕业，但哪里都没有考上，我爹便让我复读一年，希望我能考个中专之类的技校。可没想到刚开学不久，便捅出这么大的娄子。我爹气得不行，揪着我的耳朵把我拖回家，骂我天生是当农民的命。我很不服气地顶嘴说："谁说我要当农民了，等我满十八岁了，就去当兵！"

我爹给了我一巴掌："当个卵子兵，像你这种没有文化的人，当兵也是去扫厕所。"

辍学之后，我每天无所事事。时近中秋，农活基本上忙完。田里的晚稻长得跟筷子一样高，葱葱绿绿的，被秋风吹得连绵起伏，要到十月下旬才会成熟；地里的庄稼只余下了木薯和番薯，都已锄过草埋过垄，只等着初冬时节收回。我爹见我闲得发慌，就对我说："园子里的柿子长成了，你每天去走走，看有没有人偷柿子。"

我家在村子东郊有一片柿子园，每年入秋，树上结满了柿子，沉甸甸地压在枝头上，像吊满了小灯笼。村里人从柿子园经过时，都会忍不住赞叹说："这柿子长得可真好！"

柿子树的根部用竹篾绑满了荆棘和竹刺，教人没办法爬上去偷果子。这样做只是用于防小孩子。小孩子调皮捣蛋，都是猴子投的胎，喜欢成群结队去偷果摸瓜。即使树根布满了荆棘，他们也有办法对付，拿着长竹竿，假装到园里捉蝉或者捅鸟窝，看见四周没人，就拿竹竿朝柿子树猛打。打下来的柿子如果摔坏，他们就削皮放到阳台上晒，几天后便晒成柿子饼；

如果柿子掉到草地上没有摔坏，他们更高兴，把柿子捡起来跑到田庄，埋到水田的淤泥下，过几天就可以掏出来吃了。在田里闷熟的柿子散发出一股稻草的清香味，吃起来特别爽口。入秋时节，能吃到这样爽口的柿子，人的嘴唇是不会干燥的。

柿子园的边上有一间柴房，柴房内中砌有一道墙，隔出两间平房，里面一间用来囤放石灰，外面一间用来堆放稻草。稻草是牛过冬的粮食，和石灰放在同一间屋子，不会生虫，也不发霉，干爽清脆，牛嚼起来吧嗒吧嗒响，鼻孔喷出一股稻香味，能让人闻到夏天的田野味道。

我喜欢去守柿子园，把自己想象成一名警察，而那些来偷柿子的人就是小偷。警察抓小偷，多么有意思的事情。每天傍晚，我像猫一样溜进柴房，从柴房窗户的缝隙里监视着柿子园的一举一动。

傍晚，小学生放学就像出笼的鸡群，扑着翅膀往外跑。尤其是那些鸡公仔，野得不行，偷果摸瓜撵狗赶鸭子，总要惹一些事情出来才肯罢休。我小时候也这样野，放学从不回家，先和一帮小伙伴到郊外打野食，若是谁能摸到一个好瓜，偷到几颗好果，就能在小伙伴里出人头地。我最引以为豪的事情，就是拿一个麻袋去偷别人家的枇杷，背了大半麻袋回来，把一群伙伴的牙齿都吃酸了，从此树立了我的威望。

躲在柴房里面，回想以前偷别人家果子的情景，我心里很担心自家的柿子也会遭受这种报应。所以，我每天都勤勤恳恳地去守护柿子园，比上学还勤快。

很快，我便抓到了几个偷柿子的毛头小子。我并不打他们，只是让他们脱下裤子站在柿子树下撒尿，给柿子树施肥。谁先撒完五泡尿，谁就可以回家，撒尿时尿水必须射出一米远才算数。小孩子们哪有那么多尿，一直站到夜幕下垂，蚊子把他们的屁股和大腿咬得到处是包，痒得他们像猴子一样抓屁股挠大腿，我才放他们回家吃饭。后来，这些小毛孩再也不敢来偷柿子，他们都知道我会躲在柴房里守株待兔。

我把惩罚小毛孩的事情告诉了我爹。我爹听了很高兴，一巴掌拍在我的脑壳上："他娘的你要是把这小聪明放到读书上，还怕考不上大学！"

我爹是县城委派的农业干部，同时兼任村委主任，是吃国家饭的。我爹干了一件值得他下辈子吹牛皮的事情，就是带领村里人种植烤烟，让村民们赚了钱，盖了不少新房。每盖一间新房，我爹都会被请到首席位置，好烟好酒伺候。他喝多了酒就会拍着主人的肩膀，满脸自豪地说："要不是我的烤烟，你连墙脚都没本事挖哩！"

确实也是，我爹专门到市里的烟草局学习种烤烟的技术，回村后手把手教人们如何建烤烟炉、种烟、烘烤烟叶等。烤烟给村里人带来了丰厚的收入，我爹因此威望极高，走到哪里都有人递烟。我爹一直希望我读书聪明，考个好学校，他便能通过关系安排我到县城的机关单位工作。可我天生野鸡命，长了翅膀也是飞不上天的。

虽然我读书不聪明，但脑袋瓜子转得蛮快的。就拿处罚偷柿子的小毛孩来说，证明了我的机智，没惹出事来。小孩子贪玩调皮，又不懂事，嘴馋偷果子是天性使然，不能过分追责。要是打骂他们，传到了大人的耳里，肯定会积怨。为了一两个果子，犯得着打骂小孩吗？都是村里乡亲，也太没人情味吧！再说了，谁小时候没有做过这种事情呢？我就很聪明，不去打骂小孩，只是让他们撒尿帮柿子树施肥，这样不仅收到了惩罚的效果，即使传出去也不会得罪人。

然而没过几天，我却破了戒，重重地处罚了一个偷柿子的小毛头。

那天是周日，小孩们都不用上学，我担心他们会到柿子园捣乱，于是一大早便躲在柴房里守株待兔。整整一上午，连个毛孩的影子也没见到。这让我很高兴，肯定是他们知道了我的厉害，不敢来踩我的地盘。下午，我放松警惕，没有去守园，躺在家里看电视。到傍晚，我才伸着懒腰去柿子园巡逻。到了柿子园，我习惯性地往周围扫了几眼，没有看到人影。正准备离去，突然听到树上传来抖动声，以为是斑鸠归巢，抬头一看，不由得吃了一惊，只见中间一棵柿子树上竟然有人蹲在上面。

我又惊又怒，从来没人敢爬树偷果子呢！由于柿子树枝繁叶茂，偷柿子的人爬到了树顶，我看不到他的脸，只能看到他弱小的身子。我挺好奇的，树根下绑满了荆棘和竹刺，他是怎么爬上去的？

我朝着树顶大叫："偷果子的，快给我滚下来！"

树上的人听到我叫喊，像猴子一样从树顶往下滑。不一会儿，我看到他直溜溜地从树上滑下来。走近一看，原来树底下架着一根两三米长的青竹竿，他是顺着竹竿爬上树的。夕阳斜照，树荫幽暗，这根青竹竿的颜色和树荫差不多，我一时没有看到。

这毛孩从树上溜下来，扭头就跑。我早有准备，冲上去一把抓住他的胳膊。偷柿子的人是夏山婆的儿子阿古仔。阿古仔背着一个书包，里面鼓鼓的，看来摘了不少柿子。

我像警察抓到了小偷，学着电视里大喊一声："老实点，给我蹲下！"

我以为这小子会被我威风的声音吓得畏缩手脚地蹲在地上，求我放过他。可是他不仅没有听从我的指令，竟然还反抗起来，像蛇一样扭过头，在我手腕上狠狠地咬了一口，疼得我大叫一声，急忙松手。

阿古仔转身又跑。我怒气冲天，追上去一脚把他踹倒在地上。地上长着青草，阿古仔没有受伤，又一骨碌爬起来逃跑，但被我一把抓住衣服后领，并用一只手掐住他的脖子，防止他咬人。

我将阿古仔抓到柴房里面的石灰房，用一根捆稻草的草绳，将他绑到墙柱上。阿古仔虽然被绑住，嘴里仍恶狠狠地骂我："刘成材，你娘欠的，快放开我！"

阿古仔只有十岁，但在村里的小孩当中，却是最难缠的一个。我和他没有接触过（毕竟不是同龄人，且他家和我家离得较远，很少照面），不过我对阿古仔人小鬼大的事情早有耳闻，听说连学校的老师都拿他没办法。村里人还编了一个顺口溜教育小孩："小时阿古仔，长大刘成材。"

在一帮同龄人中，我声名赫赫，连大人都不敢惹我。他们都说我是个马蜂窝，不捅都危险。谁要是惹了我，我会用弹弓将他家里的瓦片打烂好几块，下雨的时候，他们就会尝到苦头。

此前，我并不相信人们的传言，而且也不喜欢别人将阿古仔和我混在一起说。我怎么可能和一个小毛孩瞎扯在一起呢，他够格吗！现在总算见识到了，阿古仔比我想象中的要难缠，他偷了柿子竟然还敢这么理直气壮，对我又咬又骂，简直是一只疯狗，我恨不得剥了他的皮。

阿古仔的母亲叫夏山婆，她的丈夫和公公几年前赶着牛车上山拉木柴，两人坐在牛车上，到半山腰时不知道为什么牛突然受惊疯跑，一下子蹿入山崖。夏山婆从此成了寡妇。当时阿古仔还小，才三四岁，夏山婆完全可以改嫁。她人长得好看，五官娟秀，一双桃花眼妩媚得很，笑起来像涂了蜂蜜一样，荡漾起甜蜜的光泽，让人恨不得去舔一下。只要她愿意，大把的男人娶她。不过她没有改嫁，家里还有个瘫痪的婆婆，如果她改嫁了，婆婆没人照料，迟早会饿死在床头。夏山婆就这样带着儿子养着婆婆，硬是把一个家庭撑起来。

起初，人们对夏山婆的评价很高，说她气节可敬，还有人说等一年后（她给丈夫守孝期为一年），给她介绍男人上门当继夫。可是被夏山婆拒绝了，她说等婆婆过世后再做打算。两年后婆婆过世，有人上门提亲，还是被夏山婆拒绝了，夏山婆说她已经习惯一个人住。过不久，有谣言传出来，说夏山婆不愿意改嫁，是因为她有了别的男人。谣言是从赌鬼身上传出来的，村里的赌鬼经常熬夜聚赌，有些赌鬼未必真心去赌钱，他们只是赌到半夜，就退场去找夏山婆。村里那十几个赌鬼当中，听说有两三个是夏山婆的相好。夏山婆的名声从此一落千丈，经常被妇女们嚼舌头恶骂。一时间，女人怕自家的男人出轨，都不准他们去赌钱。

说归说，但人们还是经常去找夏山婆帮忙。夏山婆是从深山嫁出来的，手里掌握了一门专治儿科的针刺和刮痧秘方。村里的小孩肚子疼或发烧中暑，都会找夏山婆。我小时候也受过夏山婆的恩惠，有一次从江边游泳回来，肚子疼得厉害，在床上直打滚。我爹请来夏山婆。夏山婆先在我的肚子上揉了揉，缓解了疼痛后，就脱下我的衣服，双手撸我的手臂，撸得我整个手的血管都突起来。夏山婆拿一条松紧带绑住我的手腕，掏出一根银针，往我的指尖扎进去。当她把银针拔出来时，我能看到针孔处渗出一滴黑血，像牛虱一样往指甲上爬去。十根手指被扎过之后，肚子就不疼了。夏山婆把银针收好，叫我以后别空着肚子去游泳，否则肚子容易着凉。

除了针刺，夏山婆的刮痧也很厉害。她能在几秒钟内，把一个小孩的额头和脖子刮成青紫色，看上去像胎记一样。我读小学的时候喜欢逃学，但是逃学又怕老师告到我爹那里去，于是想到一个方法，经常跑到夏山婆家里，让她往我额头刮几下，刮出青紫色来，然后我就可以名正言顺地跑到老师那里请病假。老师看到我的额头上有青紫色，就会批准我的假。每个月，我要往夏山婆家里跑几次。

我回想起那时找夏山婆刮痧的情景。我背着书包，屁颠屁颠地跑到她家里，小嘴甜蜜地说："阿嫂，我头昏昏的，你帮我刮一下。"

夏山婆先是摸一下我的脑壳，然后拿出她的木箱子，箱子里面装着她自己制的青药水，还有银针和刮痧用的玉块。我坐到一个小矮凳上，仰起头。夏山婆弯着腰，拿药水在我的额头眉心处抹湿，用手指按摩片刻，再拿出玉块一刮，额头就变成了青紫色。

夏山婆弯腰给我额头上刮痧的时候，我的头部刚好靠近她的胸脯，能清楚地看到她的乳沟，像小孩子的屁股沟，能闻到一股香味。至今为止，我都不知道怎么形容那股香，我甚至偷偷去闻过我娘的身体，但我娘身上并没有这样的味道，只有一股汗臭味。在有限的人生经历当中，那是我闻过最好的气味了。有时候夏山婆穿得太少，我不敢往夏山婆的胸脯上看，她丰满的乳房能让我的心里像装了一头小兔子，蹦蹦跳跳；也能让我的脸蛋发热，像被太阳晒了很久。我于是把目光向上翻看。这样子我就能看到夏山婆的脸。夏山婆的皮肤很好，水嫩嫩的，像豆腐，找不到一个黑斑点。她刮痧的时候很认真，眼睛不眨一下，长长的睫毛看起来就像莲花里面绽放的丝蕾。

那时候我还小，不怎么懂事，但在幼小的心灵中刻下了女人的轮廓。我想，等我长大之后，一定要娶一个像夏山婆这样漂亮的老婆。

因为刮痧的次数多了，夏山婆也觉得奇怪，我于是告诉她逃学的事情，并让她保密，不要被我爹知道了，否则会赏我耳刮子吃。这么多年来，夏山婆一直守口如瓶，从这点可以看出，夏山婆是个好人。尽管夏山婆的脾气有点急躁，村里人骂她是蛮不讲理的泼妇；又因为勾引男人的事情，名声也不是很好。但在我心中，夏山婆是美好的，并不会因为流言而改变我对她的印象，甚至听到有人讲她的坏话，我会为她感到委屈。

夏山婆这个外号是我爹取的。她今年刚满三十岁，还很年轻，论辈分，她和我一样，完全没有达到“婆”字辈。我们家乡流传的鬼怪神话当中，夏山婆是一种会吃人的妖怪。当初，我爹引进烤烟，将全村的男人都召来开会，传播种烟技术，唯独没有叫夏山婆。夏山婆就质问我爹，为什么没有叫她去开会。我爹说，你一个寡妇带个小孩，把田地种好就行了，哪有能耐种烟。夏山婆很生气，说我爹歧视寡妇，最后还哭起来。我爹没办法，就教她一个赚钱的法子，让她请拖拉机到县城拉煤到村里卖。

烘烤烟叶需要大量的燃料，燃料供热不足，就烤不出好烟叶，卖不到好价钱。刚开始，很多人用稻草、苞谷秆、木柴作为燃料，但是这些东西都不经烧，且火候时大时小，难以平衡温度。烤一炉烟叶需要三四天，白天晚上都得伺候。尤其到了晚上，用木柴烧炉，半个小时就要爬起来续火，把人折腾得要命。所以必须要用煤炭。煤火耐熬，温度稳定，可以四五个小时起来续一次火。

村里人看夏山婆是寡妇，生活不容易，再加上我爹从中间当说客，且夏山婆的人缘在男人中相当不错，于是都来买她的煤。夏山婆因此赚了不少钱。不过她不懂得感恩。有一年冬天，我爹见夏山婆的后院囤了一些旧煤，让她按批发价卖给我家烤火。夏山婆不同意，我爹很生气，和她吵了一架，夏山婆一怒之下拿起放在门口搅煤用的两杈耙，在我爹的腰间捅了一把，把我爹赶了出去。我爹于是给她取了个夏山婆的外号，说她简直就是吃人的妖怪，没有一点人情味。

夏山婆平时又干农活又忙家务，没有时间管教儿子。阿古仔从小就像一头放养的牛，野性十足。夏山婆很宠爱儿子，儿子寄托了她这辈子的希望。平时阿古仔惹事，不管是对是错，夏山婆都惯着他，不舍得打骂。阿古仔因此愈发嚣张，小小年纪就有了痞性，村里的孩子都不敢惹他。村里人都说他长大了肯定跟我一样，是个无赖。

现在，阿古仔惹到我头上来了。本来，看在夏山婆给我小时候刮痧的面上，打算放他一马。可是阿古仔太可恨了，竟然在我手上咬一口，都透出血丝了。我心里恼火，决定惩罚一下阿古仔，只有给他苦头吃，让他知道我的厉害，以后才不敢再来偷柿子。

我将阿古仔书包里的柿子倒出来。数了数，一共有十三个柿子，都是又圆又大的。这小子胆子真够稳，偷柿子都是挑大的摘，看来他并不慌张。

阿古仔被我绑在石灰屋里，兀自骂人。尽管我把石灰间的隔门关上，但还是听到他骂："刘成材，你娘欠的，我是你爹哟，快放开我，否则以后我把你家的房子烧了！"

从来没人敢当着我的面骂娘占便宜的，我怒气冲冲地站起来，跑到石灰房里，要赏他两个耳光。我要狠狠教训他，好让他明白，他在我眼中连坨屎都不是，想在我面前撒野，只会自讨苦吃。但是，我扬起的手掌迟迟没有落在阿古仔的脸上。我想到了一点，如果我打了阿古仔耳光，他的脸上肯定会留下手掌印，被夏山婆看到了那不得了。夏山婆在我心中虽然是一个好人，但并不好惹，连我爹都不敢惹她。村里有女人知道自己男人和夏山婆有染，上门来找她麻烦，但都被夏山婆给制服了。夏山婆一般不跟人对骂，要是把她惹毛了，她就直接对着干，扑过去把人撂倒，直接抓脸，透出一股山里的蛮人野性。俗话说，咬人的狗不叫。夏山婆就是这种狗性子。

我脑子一转，想到一个整人的方法，拿了一个柿子跑到门口，找来一块石头，用石头把柿子捣碎。捣碎的柿子汁液黏稠，像果浆一样。我将果浆捧在手上，踢开石灰房的隔门。阿古仔看到我进来，依然像一头疯狗，朝我骂道："刘成材，你快把我放开，否则我烧死你全家！"

我冷笑道："就你这鸟样还想跟我玩，今天让你见识我的厉害。你不是喜欢吃柿子吗？来，我喂你吃几口。"一边说一边将手中捣碎的柿子捂到他嘴上，硬生生塞入他嘴里。阿古仔呜呜地怪叫起来，不停地扭着头反抗，往外吐果浆。可是他的嘴巴被我捂得紧紧的，怎么吐也吐不出来，反倒吞了不少果浆下肚。

过了一会儿，我听到阿古仔"哇"的一声哭起来。这混蛋，终于哭了。哭了就代表投降。我把手松开，阿古仔一边将嘴里的果浆吐出来一边哇哇地大叫，还不停地骂我。可是他嘴里吐字不清，听不出他讲什么。他的舌头肯定是被柿子的青涩给黏结了，不停地哈气。看到他出丑的样子，我心里舒服了很多，指着他的额头狠狠地说："你再敢骂我一句，我就让你吃柿子吃个够。你娘才欠的，在我面前你算根卵毛，老子在学校打架砍人的时候，你还在穿开裆裤呢！"

阿古仔看到我恶狠狠的样子，才知道遇上一个比他更狠的人了。他怕我了，不敢再骂我，只是呜呜地哭，不停地往外吐口水。我看到他吐出来的口水像鼻涕一样黏稠，粘在嘴角上半天才掉下来。我走出柴房，到柿子园外面的河边洗了手。有几个小孩在河边捉青蛙，我让他们带话给夏山婆，说她儿子偷柿子被我抓住，让她过来领人。

其实，我惩罚完阿古仔，让他尝到苦头就可以放人了，但我担心阿古仔心里记仇，以后会报复我，就像我小时候拿弹弓打烂别人家的瓦片一样。阿古仔和我小时候一个卵样，是个祸害精，别的小孩我不担心，但阿古仔我不得不提防。我想，只有叫夏山婆过来领人，让她把儿子领回去好好教育一番才行。我事先放一个下马威，如果日后阿古仔敢来找我的麻烦，那是他的不对，到时可别怪我不讲客气。

洗了手，我回到柴房，躺到地上。地上有一个稻草铺，是我这几天专门铺来休息的。我躺在稻草铺上跷着二郎腿，枕着胳膊，无所事事地望着屋子的瓦梁，等待着夏山婆的到来。房顶有一张蜘蛛网，秋天的凉风从虚掩的门缝里涌进来，不停地抽打着蜘蛛网，蜘蛛网摇摇晃晃，像要摔到我脸上来。窗户飘进一缕夕阳，被晚风吹得摇摇晃晃，看起来像一支快要熄灭的蜡烛。里间的石灰散发出一种腐蚀的味道，干燥也是一种腐蚀，哪里有湿度，它就入侵。稻草被这样的干燥腐蚀得微微发酵，柿子树的清香伴随着晚风灌入柴房，和稻草的干枯混在一起，闻起来很清爽。

二

我以为夏山婆听到阿古仔被我绑起来，会着急赶过来领人。但等了许久也没有见她来。夜幕开始降临，郊外好像被抽空了一样，静悄悄起来。人们都回家吃饭了，夜鸟和青蛙的啼鸣挟裹着暮色，一阵一阵地传到我耳朵里。我有些沉不住气，打开柴房那盏只有五瓦的灰暗灯泡。昏黄的光线中，我看到阿古仔那耷拉的小脸。我想，便宜这小子，把他放掉算了。

我准备进石灰间放人，这时，外面传来脚步声。我转过身走出来，只见夏山婆推开柴房的木门，风风火火地冲进来。大概是走得有些急，她喘着粗气，胸脯一耸一耸的。

夏山婆狠狠地剜了我一眼，上气不接下气地问："阿古仔呢？"

我指着里间的石灰房，有些得意地说："绑在里面呢！"

夏山婆推开石灰间的隔门，昏暗的光线中，看到儿子被绑在墙柱上，一副可怜兮兮的样子。阿古仔看到母亲来了，立即大哭起来。夏山婆听到哭声，像一头母狼看到自己的狼崽被人打了，顿时野性爆发。她一怒之下来不及去解救阿古仔，直接扭过头朝我扑来："你这天杀的，他还只是个孩子啊！你就这样对他，你比日本鬼还毒啊！"

"啪"的一声，一个响亮的声音从我脸上传出来。这巴掌打得好厉害，我半边脸颊都麻痛起来，眼睛也冒起了金星，耳朵嗡嗡作响。我万万没想到夏山婆反应竟然这么强烈，连说话的时间都不给，上来就下狠手。夏山婆打了一巴掌还不解气，又扬起手掌要再打我。

我被激怒了，做出本能反应。像我这种经常打架的，挨打了之后，怒气冲脑，才不管对方是谁，第一反应就是要反击，先打一架再说！我立即伸手抓住夏山婆打过来的手，另外一只手反击。"啪"的一声，反掴了夏山婆一个耳光。

夏山婆像疯了一样，尖叫道："你欺负我们孤婆寡儿，我跟你拼了！"一边说一边伸出手来抓我的头发，又伸头过来要咬我，完全是泼妇打法。我被她扯着头发，疼得大叫一声，急忙抽出右手护住头发；又见她伸出头来咬我，忙用左手去按住她的头。夏山婆用另外一只手抓我的脖子，她的指甲很尖，都掐到皮肉里去了。我疼得受不了，架起一只腿，用膝盖顶住她的小腹，用力要将她顶开。但夏山婆死死地抓着我的头发，猛地扑我，我一只脚站不稳，摔倒在稻草铺上。

夏山婆顺势压在我身上，跟我贴身搏斗。她扬起手掌，朝我脸上打来。我被她坐在身下，一时挪动不了，只得扭头闪躲，但额头还是吃了一记耳光，被打得两眼冒光。我情急之下一把将她的腰抱住，使出全身力气，猛地腰板打直，翻身过来，反将夏山婆压在稻草铺上。毕竟我是年轻小伙子，夏山婆再怎么厉害，也没有我的力气大。

我坐在夏山婆的小腹上，一只手掐住夏山婆的脖子，一只手扬起来往她脸上打去。“啪”的一声，夏山婆被我抽了一个耳光，我顿时尝到了报仇的快感，热血沸腾，小时候夏山婆为我针刺刮痧的事情，早就被抛到九霄云外。我扬起手掌，又准备再打她耳光。臭娘们，我要狠狠地教训她，让她知道我不是好惹的。这时，夏山婆突然叫喊道：“你骑在我身上干吗，是不是要强奸我？”

我听了这话，顿时像被泼了一盆冷水，全身一阵颤抖，扬起来的手掌僵在了半空。夏山婆趁这一瞬间，右手倏地就伸到了我的裤裆里面，抓住了我的命根子。

我穿的是运动短裤，裤头是用松紧带做的，不用捆皮带，夏山婆轻而易举地就能把手伸到我的裤裆里。夏山婆当然知道男人的弱点在哪里，她抓着我的命根子，我便无力反抗。

夏山婆扬起左手，“啪”地打了我一个耳光，打得很重，疼得我嘴角都歪到一边去了，牙齿发酸，流出清口水。接着，夏山婆又像哄小孩一样，捏着我的脸蛋，得意地说：“你这小子再牛，也逃不出老娘的手掌心。你要是敢反抗，我就把你卵子扯断！”

我吓得大气不敢喘一口，一时间不知道怎么办才好，脑浆瞬间冻住了一样，失去了意识。我虽然是个飞扬跋扈、跩不拉几的小痞子，但毕竟还是个童子身，没有跟任何女人亲密接触过，现在被一个女人揪着命根子，真不知道怎么办才好。我身上那些痞性在这一瞬间，全部都不知道躲到哪里去了。最要命的是，不知道为什么，我的命根子竟然像一条注水的猪大肠，迅速膨胀。

夏山婆愈发地得意，用手捏着我的命根子，好像挤牙膏一样。“哟，还硬起来了。硬了更好，容易掰断。你要是敢乱动，我就让你变成阉鸡！”

我全身发烫，喘气声变得粗重起来，像得了哮喘病一样，呼哧呼哧地，快要断气了。我的心脏长出了四条腿，变成了一只小老鼠，在肚子里上下乱窜，想找个出口跑出去透气，可怎么也找不到出口。小老鼠爬到了嗓子眼，堵住了我的喉咙。我想说什么，却说不出来。空气变得浑浊起来，像布满了石灰，令人呼吸困难，就快要窒息了。

夏山婆突然不生气了，脸上竟然有桃花般的笑容，昏黄幽暗的灯光下，看上去格外地迷人。她朝我眨巴眼睛，长长的睫毛像夜风吹动的花蕾。她的手不再用力抓着我的命根子，而是轻轻地抚摸着，像抚摸玩具一样。

我整个人都受不了了，身子要爆开了，“啊”的一声尖叫，猛地推开夏山婆，像一只挣脱猎夹的野兽，逃命般往外面冲去。

天色已经黑下来，我一头撞入夜色中，看不清前面的路。夜色阻力重重，好像有人在拉着我的衣角，让我回头。我甚至听到有人不停地叫：“快回去吧，快回去吧！”那声音很悠扬，如同山谷回声，余音袅袅。我不敢回头，怕自己一回头就掉到了某个深渊里，掉到某个沼泽中，再也爬不出来。

我不停地向前冲，夜色被我挤出了一条裂缝，裂缝中涌出大片大片的雾气，让我迷失方向。道路两边的树木和灌草打在我身上，像魔鬼的手，要把我抓住，不让我逃跑。“咕啜啜呜……”天空传来猫头鹰的叫声，在黑夜中扩散，听起来凄凉诡异，像巫婆的召唤。我想起家乡的鬼怪故事，夏山婆晚上吃人时，都会派她的黑夜使者猫头鹰飞到村里，猫头鹰发出的怪叫声，能把人的魂给勾走，人就不由自主地送上门给夏山婆吃掉。

猫头鹰的叫声是夏山婆的召唤吗？

我头皮一阵发麻，忍不住回头看。背后什么都没有，只有一片苍茫的夜色。但我总觉得夜色中隐藏着一个身影，虽然我看不见，但我能感觉得到，它正在我的背后，一步步紧追过来。我甚至看到了一双无形的手，要扯住我的衣角。

“扑通”一声，我被一块石头绊倒，摔了一跤。我爬起来，顾不得疼痛，依旧向前冲。

我不知道是怎么跑回家的。只记得一回到家，我直接冲到房间里，倒在床上，摊开四肢，拼命地喘气，像一个刚从牢里逃出来的犯人，逃到了一个暂时安全的地方。

父母正在吃晚饭，见到我风风火火地跑回来，躲到房间里，以为我又闯祸了，都放下碗筷走到房间里看我。他们看到我躺在床上，满头大汗，像从水里捞出来一样，且神色紧张，身上脏兮兮的还沾有稻草，额头还磕破皮，渗出一丝血迹。我爹皱着眉头问：“干什么去了，是不是又闯祸了？”

我坐起来，慌张地摇头，喘着粗气说：“没有闯祸。”

我爹哪肯相信：“你这副样子，像鬼赶的一样，肯定做了坏事。”

我扯谎说：“很久没有跑步了，我想试一下自己能跑多远。”

我爹冷笑道：“鬼才信。”又说，“一天到晚不知道跑到哪里去，吃饭时间也找不到人。”

我说：“我去守柿子园了。现在不是回来吃饭了吗？”一边说一边从床上爬起来去吃饭。

我爹听说我去守柿子园，也就不再追究。只是我走出来的时候，他跟在我身后，狠狠地拍了一下我的背，把我背上沾着的几根稻草打掉了。

我囫囵吞枣地扒了两碗饭。我记得我娘给我夹了两次菜，不知道是什么菜，也不知道是什么味道。我爹和我娘在一边聊天，不知道他们在聊什么，好像在询问我的额头怎么磕破了，脖子怎么有伤痕。但我没有回答他们，只是低头扒饭。整个人像中了邪一样，浑浑噩噩的，魂魄都还没有收回来。

刚吃饱饭，夏山婆带着阿古仔上门来找我麻烦。

我爹看夏山婆上门，脸上浮出一丝古怪的表情，好像是冷笑，又好像是讽刺。我爹说："哟，夏山婆来了，稀客啊！"

我爹对夏山婆存有意见。在村里碰面，从不打招呼。夏山婆上门来找我爹办事，我爹也是用一种冷笑的表情对付，有时候甚至故意为难一下。夏山婆拿着两杈耙把我爹赶出院子，在村里成了一个笑话。我爹好歹也是一个有威望的村干部，从来没有人敢这样子对他呢！

我看到夏山婆的头上还沾着稻草屑，想起在柴房里发生的一幕，全身立即像被一条无形的草绳给缠住，五花大绑，无法挣扎。那种无形的束缚，比真正的捆绑更令人难受。我垂着头，站在我爹后面，不敢看夏山婆和阿古仔。

夏山婆冷笑说："阿材今天把阿古仔绑在石灰房里，还喂阿古仔吃生柿子。你说这生柿子能乱吃吗？这么涩，万一成了哑巴，你们养他啊！"

我爹看了我一眼，问："是真的吗？"

要是以前，我肯定立即站出来狡辩。我从小就学会无理取闹，蛮不讲理，何况阿古仔是来偷柿子的，还咬了我一口，手背上还留着牙印呢，说什么我也是有几分理的。可是这会儿我却没有一点勇气，低着个头，算是默认。

夏山婆很高兴，指着我说："看到没有，你家阿材多坏啊！阿古仔这么小，阿材以大欺小，这像什么话！"

我娘历来也不喜欢夏山婆，忍不住插嘴："阿材为什么要绑阿古仔？"

夏山婆说："阿古仔嘴馋，去你们家柿子园摘了两个柿子吃，用得着这样子对付他吗？就算阿古仔偷柿子不对，你可以来找我，让我赔钱！再怎么说，也不应该打骂小孩子。何况，阿材小时候叫我刮了多少回痧，我都没有找你们要过一分钱，阿古仔吃你们两个柿子，也算犯法吗？”

我娘被戗得一句话也说不出来。我爹突然伸手，一巴掌就落在我脸上，打得我两眼冒金花，向后退了两步。我捂着个脑袋，不敢吭声。我爹骂我：“你这鳖崽子，忘恩负义啊！还不赶快道歉。”

我偷偷地瞥了夏山婆一眼，她正盯着我看，目光像针一样，密密麻麻地刺过来，刺得我浑身发抖。我的心脏好像也被针刺中了，像漏气的气球，全身软绵绵的。我小声地对夏山婆说：“嫂子，对不住。”

我爹从口袋里掏出两块钱塞到阿古仔的手中：“拿去买糖，甜一下嘴巴。”

阿古仔满脸得意。冰棍一毛钱一根，两块钱可以买二十根了。冰棍要比柿子好吃多了！

夏山婆这才息怒，特意瞄了我一眼，用一种挑衅的神情说：“知道错就好，这次我就放你一马，以后别欺负我家阿古仔，否则我饶不了你。”一边说一边牵着阿古仔走了。

我心里暗暗松了一口气，她没有把事情捅破，我的小命总算是保住了。要是我爹知道我和她打架，把她压在下面，不剥了我的皮才怪。我张开因为紧张而握紧的拳头，手心里全是汗水。我往身上抹了抹，发现衣服竟然也是湿的。

我爹看到夏山婆走了，摸着我的脑袋笑了两声：“你小子还敢惹夏山婆，有种哈，不怕她把你吃了啊？”

我听到“吃”这个字眼，不知道为什么，脸发烧起来。夏山婆真是会“吃”人呢，刚才她往我面前一站，我身上的痞气，就被她挑衅的眼光给吞噬了。

我娘却不服气，恨恨地说：“自家的孩子偷柿子，还上门来理论，没有见过这么不要脸的女人。”

我喃喃地说：“是我错了，我不应该打阿古仔。”

我爹和我娘瞪大眼睛看着我，他们从来没想过我会承认错误。从小到大，要我主动承认错误，简直比登天还难。就算我不小心打碎了碗，我都会想方设法赖掉，说碗不应该放在那里，或者说鸡飞狗跳打烂的。可是现在我竟然主动承认错误，不亚于太阳从西边出来。

我看到爹娘都奇怪地打量我，我怕我的反常会引来他们的怀疑，又说：“小时候夏山婆帮我刮了这么多次痧，她儿子来偷几个柿子，我不应该打他的。”

我爹摸着我的脑袋，颇为欣慰地说：“哟，你小子长大了，变这么懂事！”

我娘看我承认错误，也就气消了，说：“要是真懂事，今晚就去洗碗。”

我当然不愿意去洗碗，说：“我要去洗澡了。”转身便往冲凉房跑去。

我娘在身后骂道：“小鳖崽，叫你洗个碗就跑，就知道闯祸，以后不要吃饭了！”

三

平时洗完澡，我都会准时守在电视机边上，要把电视剧看完才肯回房睡觉。可是这个晚上，我一点心思都没有，电视在我面前就像一张白纸，一点也吸引不了我。

回到房间，躺在床上回味和夏山婆发生的事情。经过时间的缓冲，我的情绪也缓冲过来了，终于敢面对这件事情。我悄悄把心门打开，将夏山婆这只怪兽放出来，让她在我的心里再一次兴风作浪。我回想当时的情景，夏山婆是怎么进来的，我俩是怎么打起来的，又是怎么滚到稻草铺里的，然后她是怎么抓住我的命根子的，最后我是怎么逃跑的。

我反复回想每一个细节，就像用VCD播放电影一样。前进、后退、快进、慢放，把整件事情从头到尾，从尾到头，中间开花，两边扩散，反反复复，断断续续，终于把事情摸透了，就像摸着自己身上的肋骨一样，一清二楚。然而，我却怎么也想不通——我当时为什么要逃跑啊？

是啊，我为什么要逃跑呢？我用手拍打着自己的脑袋，脑袋都拍疼了，脑袋都拍扁了，但我依然想不通。按道理，我实在是不应逃跑的。我从十三岁就开始有生理反应，每天晚上一躺床上，喜欢想女人。那是每个男孩子在发育成长期，都会面临的生理与心理问题。女人的影子像夏天吃了阳光的水草，疯狂地生长，挨挨挤挤，一片又一片占领我的脑海，挥之不去。然而，最令我颓废的是，无论我如何想象，都想不出女人的胴体是什么样子的。我只能参照女人们的外观，想象她们乳房的轮廓，像两个又圆又白的馒头。我真想尝尝女人的滋味。这个晚上，我本来有机会的，可是我竟然逃跑了！夏山婆亲自送上门来，我竟然逃跑了，他娘的，我到底是怎么了！

我突然有一种欲哭无泪的感觉，像失去了人生最重要的机会。现在没办法了，时光不能倒退，夏山婆只能在我的脑海中上演，不能在现实中重现。我的脑子不断回想着夏三婆和我翻滚的那一幕。夏三婆的脸蛋在夜色中一下子清晰一下子模糊，不管是清晰还是模糊，那张脸看起来都是那样地楚楚动人，迷离而妩媚。

我斜躺在床边，望着窗户发呆。月光从窗外透进来，一点亮度都没有，像月亮死亡的尸体，碎了一地。外面一片死寂，寂静得让人以为时间停止了。又或者，仿佛这一刻的时间是夜里多出来的，专门留给我去回想夏山婆。可越是往深处想，心里就越难过，越懊悔。

窗外又传来了猫头鹰的叫声，依旧诡异。是不是夏山婆在召唤我啊？我真想从窗口爬出去，跑到夏山婆家里，站在她的面前让她一口吃掉。

这个夜晚，注定是要做春梦的。梦里，我重新回到了柴房，在稻草铺上，我压着夏山婆，抚摸着她的脸蛋。一场春梦的轮回，筛落了大片大片的风景，我听到柴房外面的柿子园，秋风吹过沙沙的响声，像梦中呓语。夏山婆在我身边温柔地躺着，传来了一阵触手可及的笑声。那笑声却是空旷的，无所着落，最后消失在我的枕头底下。

第二天早上醒来，我闻到被窝里弥漫着一股腥味。我把内裤偷偷换掉，洗干净放到阳光中晾晒。秋天的苍穹晴朗如镜，阳光毫无保留地照下来，我看到内裤荡漾着金色的光泽，仿佛昨晚的梦境，在阳光底下散发着诱人的色彩。

我丢了魂，一个早上都不知道要做什么，索然无味地喝了两碗稀饭，坐在门口发呆。我看见朝阳的霞光沿着墙壁缓缓地爬到屋顶，青色的瓦片落满了鳞光。后来，阳光爬到半空，从天井照进来，慢慢地扩大。我莫名地担心起来，害怕屋子因阳光的膨胀而被挤塌。阳光仿佛揉捻了某种欲望，在这个清朗的日子中，透过微凉的空气，正在一点一点地渗透入我体内。有一种东西正在我心里膨胀，它的来势比阳光更猛烈，我的身体像要被挤爆。满天的阳光，让我无处藏身。

我爹把单车推出来，给了我十几块零花钱，让我上街打听柿子的行情。县城有两家专门收购柿子的铺面，这半个月是柿子成熟期，只要价钱高，随时都可以出手。

县城离我们家并不远，踩单车只需四五十分钟。我喜欢去县城玩，尤其是那些游戏厅，里面有我爱打的街霸。可是此刻我一点也提不起兴趣，全身懒洋洋的，只想坐在门口看着天空发呆，看着阳光陷入相思，就这么怔怔地想着夏山婆的模样。我觉得很知足，也很失落。

我爹很奇怪，平时让我去县城办事，我比兔子跑得还快，现在却不愿意动一下。我爹问我是不是病了，还过来摸了一下我的额头。我说我没病，只是想在家里休息。

我爹骂我："休息个毛啊，一天到晚不做事还要休息，你比祖宗还享福呢！"

我一点也不怕我爹，谁叫我是家里的独生子呢！他虽然平时对我又打又骂，但我知道，他还是很疼我的。我说："我今天真的不想去，明天去吧。"

我爹也不逼我，反正柿子随时都可以卖。他说："那就明天去吧！"

我坐在门口发呆，到了晌午，快要吃饭的时候才提起精神，往柿子园走去。这天是周一，孩子们都去上学了，柿子园附近一片静悄悄，风夹混着鸟的叫声吹过来，时近时远，听起来有点恍惚。

柴房的门虚掩着，我站在门口，看着那扇陈旧的木门，心想里面会不会有人在等我呢？我莫名地有些紧张，走过去轻轻推开木门。柴房里静悄悄的，昏暗的灯泡还亮着，但没有一点光泽，弥漫着消失的味道。我有些失落，低头看着地上凌乱的稻草铺，想起昨晚的事情，恍然如梦。

我躺在稻草铺上面，回想当时的情景，那些细节昨晚就被我从头到尾想了一遍又一遍，连在梦里都不曾放过，此时更是历历在目。但越是念念不忘，心里越是难过，就像钓鱼时好不容易抓到一条大鱼，却被它逃走了。我沮丧地抓着一撮稻草，用力往上面扔去，好像要把心里的空虚扔出去。稻草纷纷扬扬地坠落，撒在我的身上。我拿起一根落在脸上的稻草，放到嘴里咬着。不知道为什么，这根稻草里蕴藏着一种味道，好像是夏山婆的味道。她昨晚和我在草铺上打过滚，稻草里沾着她的气息。我嚼在嘴里，像一头牛犊子在深冬时节，嚼到了夏天的味道，十分亲切。

浑浑噩噩地度过了下午。到了傍晚，小学生放学的时候，我又去柿子园巡逻。我在柴房的草垛里躺了一会儿，外面静悄悄的，没人来偷柿子。我走出柴房，看着柿子树，我多么希望能在树上看到一个人影。可树上哪有人影，只有一些麻雀和白头翁在枝头跳动，它们欢快的叫声是对我无情的嘲笑。我盯着树，茂盛的柿子树一棵挨着一棵，密不透风，仿佛和天连成了一片。风吹来时，树叶随风摇摆，好像整片天空都在颤抖，天要塌下来一样。我的天空，因为夏山婆而塌了下来。

我该怎么办啊？我一定要把夏山婆找出来，只有她才能救我。我开始绞尽脑汁想办法。我想，要不要去引诱阿古仔，让他来偷柿子，然后我假装绑他，这样就能勾引夏山婆了，让昨晚那一幕重新发生。

我顿时激动起来。这是一个多么好的想法！我去找阿古仔，就跟他说是玩游戏，让他配合我，事后给他一袋子的柿子作为补偿。他肯定会心动的，再怎么说，他是一个馋嘴的小毛孩，只要有好处给他，他不上当才怪。那么，我和夏山婆就可以再一次滚在稻草铺里……

一股热血涌上了脑袋，我忍不住仰天大吼一声。声音穿透天空，柿子树上面传来鸟儿惊啼声，扑着翅膀惊慌失措地飞走了。我的心也飞走了，飞到了夏山婆的家里。

夏山婆家离我家有点远。我家在村子的东边，她家在西边，从我家走到她家，要十多分钟。夏山婆家在村子的边沿地带，再过去就是田庄了。村里人都说夏山婆家住的位置风水不好，太偏僻了，聚拢不到人气，家族容易败落。又有些妇女嚼舌头说，要不是住得偏，那些臭男人哪敢这么大胆找她！

我走到夏山婆家门口，夕阳正落山，晚霞像一匹浸湿的红布，将天空蒙住了，压得低低的。夏山婆家的大门对面是一个菜园子，菜园子也是夏山婆家的，用红砖头围起来，里面种着青菜，并圈了一个鸡窝。围墙边上斜搭着树枝条，种满了藤条植物，有丝瓜、南瓜、冬瓜和山药，这些密密麻麻的藤条像爬山虎一样，把墙体衬得一片翠绿。

一群放了学的小孩正在围墙边捉蜻蜓，我扯住一个小孩，问他有没有看到阿古仔。那小孩说，阿古仔在学校打架，被老师罚去扫操场了。我有些失落，心想，这小混蛋怎么这么能惹事，要是他来我的柿子园惹事就好了。

我计划落空，整个人都打不起精神，站在夏山婆的房子前发了一下呆，失落地回家。我想，要不要去学校找一下阿古仔。学校的操场很大，阿古仔一个人扫操场，肯定要天黑了才能回来。我以前读小学的时候，也被罚过扫操场，知道一个人扫操场的痛苦。如果我去学校帮阿古仔打扫操场，他肯定对我有好感，那事情就更好办了。

我打起精神，往学校方向走去。刚走不远，迎面走来一人，竟然是夏山婆。她正牵着一头水牛往家里走去。看到她，我身体像突然失去了平衡，双腿发抖，险些站不稳。夏山婆倒是很坦然，露出意味深长的笑容，夕阳涂在她的脸上，她笑起来是有颜色的，直扑到我的身上。她那双桃花眼在往上翘，带着挑衅的味道。我像化石一样僵在那里，脑子一片空白。此刻，双手变得多余了，不知道该放在哪里，我只好抓紧自己的衣角，不停地往下扯，好像衣服太短了，遮不住我的羞愧与惶恐。

夏山婆看出了我的困窘，更得意了，朝我眨了眨眼睛：“怎么，阿古仔又去偷你家的柿子了？”

我“啊”的一声，脸红到了耳根，讷讷地说：“阿古仔没去偷柿子，他在学校打架，被罚扫操场了。”

夏山婆“哟”了一声，好像很惊讶的样子。“你对阿古仔这么关心啊，他被罚扫操场你都知道，我都不知道呢！”

她这么说，更令我感到羞愧难当，像吃了好多生柿子，满嘴苦涩，喉咙被结住了，怎么也说不出话来。我不敢正眼看夏山婆，连偷偷瞥一眼都不敢，夏山婆的身上像长了刺钩，我的眼光碰到都会被钩住。我怕憋不住自己体内那股疯狂的欲望，仿佛心里已经装了一个夏山婆，现在真实的夏山婆就站在我的面前，体内的夏山婆开始作祟，要将我的身体撕裂，灵魂出窍，跑回夏山婆的体内。我的身体开始膨胀起来，夹混着渗透的夕阳，毛孔发出破裂的声响。

夏山婆见我一副难为情的样子，发出两声嘿嘿的冷笑，啐了一声：“小屁孩，你还知道害羞呀！”一边说一边牵着牛走了。

晚霞的光晕就像一块砂纸，将她的背影磨得薄薄的，看上去像透明一样，仿佛随时会融化在夕阳中，让我产生一种无力感。

四

走到村口，晚霞已经收山。村口那条机耕路上长了一排苦楝树，叶子被秋风吹得稀稀疏疏的，晚霞余晖染在树杈上，仿佛树木是被大火烧秃的。机耕路两边是田庄，绿油油的水稻被霞光染得一片通红，风吹过来，秧苗就像一面黄色的旗帜，在大地上飘扬。

我准备往学校走去。远处有两个毛孩子咬着冰棍往村里走来。走近时，我看到其中一个是阿古仔，另外一个叫三鬼头。三鬼头也是村里出名的捣蛋鬼，他曾经也来偷柿子，被我逮住后罚他在柿子底下撒尿，他竟然脱下裤子，在柿子园屙了一泡屎，臭气熏天。

阿古仔被罚扫操场，一个人肯定要扫到天黑。阿古仔就叫三鬼头帮他一起扫。两人很快就扫完了，阿古仔请三鬼头吃冰棍，一起回村。

阿古仔看到我，就像看到仇人一样，一双明亮的大眼睛朝我投来恨恨的目光。我本想找阿古仔打招呼，但看到他那副表情，明显要与我作对。三鬼头和他在一起，我要是找阿古仔打招呼，他不鸟我，我岂不是很没面子？正犹豫间，阿古仔突然脱下裤子，朝我的方向撒尿。

小孩与小孩之间的挑衅，要是瞧不起对方，就朝对方撒尿，示意对方离远一点。我被激怒了，真想跑过去给他一巴掌。可是我不能打他，我要是动他一根寒毛，夏山婆肯定找上门来。何况，我不想给夏山婆留下坏印象。

阿古仔撒完尿，抖了抖卵子，得意地吹着口哨走了。三鬼头知道我是个不好惹的人物，不敢挑衅我，只是看了我一眼，看到我满脸怒火，赶紧低着头，跟着阿古仔的屁股走了。

晚风巡来，我闻到一股尿骚味，像蛇一样钻进我的鼻孔，钻到我的体内。我看着两个毛小子的背影消失在村子深处，心里燃起一股邪火。我原以为通过阿古仔可以接近夏山婆，现在不仅计划失败，还受到了阿古仔的藐视和挑衅。

我坐在一块大石上，对着夕阳发愁。我从小就觉得自己是个聪明人，虽然读书不用功，但鬼点子多，任何事情都难不倒我。可是现在呢，一想到夏山婆，脑子就空荡荡的了，像被水冲洗过一样，一点主意都没有了。

晚霞的余晖融化成暮色，一点点地渗透灰蓝的天空。大地被暮色掩盖，机耕路开始变得模糊不清。两边的稻田发出沙沙细响，那些被秋风惦记的秧苗，在暮色中融化，一下子长到了我的膝盖。我就这么一直坐着，直到夜色和眼前的稻田连成了一片，我才想到一个好办法——我可以从三鬼头身上下手啊！既然阿古仔不甩我，我可以买通三鬼头，让他帮我引诱阿古仔去偷柿子。阿古仔不是要挑衅我吗？我还可以趁机收拾阿古仔一顿，将他绑在柴房里，再喂他吃生柿子。这样子既可以解恨又可以引诱夏山婆，一举两得！

我心里一阵激动，拔腿往家里跑去。回到家里，到房间的木箱里抓了一把零钱，然后往外跑。我爹和我娘正在吃晚饭，我娘叫住我，但我没有理她，风一样跑掉了。

我跑到邻居家，拿了两毛钱给邻居家小孩，让他帮我去找三鬼头出来。邻家小孩高兴得像叼了虫子的小鸡，不一会儿，就把三鬼头叫出来。我把邻家小孩支开，从口袋掏出两块钱塞到三鬼头的手中。三鬼头瞪着眼睛看我，简直是不敢相信。

我说："明天你帮我做件事情，傍晚放学后，带阿古仔去偷柿子。你今天也看到了，阿古仔故意朝我撒尿。我肯定不会放过他的，我要让他知道我的厉害。"

三鬼头将那两块钱紧紧地攥在手里，怕钱会长翅膀跑掉一样。

我心满意足地回家吃饭，然后洗澡，窝到房里躺着。

我爹觉得奇怪，我是一个电视迷，平时看电视从不缺席的，甚至看到半夜了还不肯上床睡觉。这两个晚上咋回事，有些反常啊！我爹走到房间里，看到我四仰八叉地躺在床上，问我怎么了。我说有点累，想早点休息。

我爹瞪着眼睛看我，骂道："累个毛啊，一天到晚不见你做事，还说累！你到底有啥累的？"

我不敢吱声。我确实没有做过什么事，一天到晚游手好闲，连衣服都不洗，更不要说煮饭洗菜刷碗。

“读书不用功，干活不出力，你这辈子就是叫花子的命！”我爹一边说我一边摇头叹气，一副恨铁不成钢的样子。他从口袋摸出一根烟，一边吸着一边训我：“老子一天到晚忙来忙去，脚都走起泡了都没有叫累。你看这几个晚上，我哪有休息过，每天晚上要去统计没交公粮的人数。再过几天又要到月底了，还要去收电费，忙得放屁都没有时间。你这小鳖崽倒好，一天到晚吃饱撑着没事干，还说累，也有脸讲出来啊！和我比起来，你就是个废人！”

我爹身为村委主任和县里委派的农业干部，公务很忙。每年中秋过后，要配合粮食局纳公粮，到村里统计哪些人交公粮了，哪些人没交。如果没有交，我爹要登记，并催促交公粮的日期。不可以逾期交粮，逾期了我爹就要受到县里的批评。交公粮是一件很麻烦的事情，需要拉粮食到县城的粮所排队等待，还要经过鼓风机吹秕谷，再去过磅称，最后将稻谷扛到指定的仓库倒出来，需要折腾一天时间。每年一到交公粮的时间，我爹就要折腾一阵子。必要时，我爹还要联系拖拉机帮人们拉粮。从家乡到县城，要走两三个小时的路，没有拖拉机，光靠牛车和人力车是很困难的。除此之外，每个月的月底，我爹还要挨家挨户去收电费。村里有一百多户人家，走一圈下来都要一天；更不说组织村民开农业大会，考察烤烟收成等琐事。我爹经常和村里人开玩笑，说他这个村委主任比县城计生委办公主任还要忙。

我爹训了我一顿，见我一声不吭，以为我知错了，火气下去了一点。我爹把烟头丢到地上，狠狠地踩了一脚，像踩死一只萤火虫。“年少不吃苦，长大命运苦。像你这种懒人，迟早有一天会饿死的！”

说罢，我爹叹了一口气，回到客厅柜子里拿了账本，拍拍屁股，去村里统计未交公粮的人数。我爹走后，我赶紧把房间的门闩上，不让我娘进来。我娘也是个话痨子，我担心她也会进来看我，一说大半天，教人心烦。

关门之后，我躺在床上，又开始回想夏山婆。就像睡前功课一样，仿佛不想她，夜里就少了点什么。一想到她，整个人就陷入一种迷幻，既美好又忧伤。

第二天起床，我又偷偷地换了内裤，晾在太阳底下晒着。我依旧坐在门口发呆，望着太阳从墙壁爬上屋顶。我爹把单车推出来，又让我去县城问柿子的收购价。但我还是不想去。我爹问我是怎么了，是不是生病了。我说没有，只是想休息一下。

我爹很生气，赏了我一巴掌："休息个毛，昨晚你说累，早早睡觉，今天刚起床吃了饭，太阳还没有晒屁股又要休息。没见你干过一件活，连牛都没有放过，有那么累吗？"

我说："谁说我没做事，我每天都去守柿子呢！"

我爹啪地又给了我一巴掌："柿子都长在树上，又不会跑，你守个毛啊！"

我怕我爹再收拾我，只得推了单车，去县城打听柿子的价格。

县城有两家专门收购柿子的店铺。柿子贩将生柿子收集起来，装到箱子里，喷上催熟剂。运到大城市的途中，柿子就开始脱涩，一到站便可以拿出来卖。

我跑去问柿子的收购价格，两毛二一斤。这个价格已经很高了，我记得去年的收购价是一毛八到两毛之间，今年涨价了。打听完毕，想着反正没事干，就跑到县城的游戏场打拳霸。一直玩到下午三点多钟，我才骑着单车回家。

回到村里，太阳已经偏西。我爹问我柿子的收购价，我撒谎说一毛五一斤。我爹有些不相信："他娘的，去年还卖两毛呢！"

我心虚地说："等过一段时间再看看，说不定会涨价的。"

我爹说："那就再等几天吧。"

我之所以撒谎，是怕我爹一听说柿子的价格高，就去叫柿子贩上门来采柿子。那些柿子贩都是猴子投的胎，爬树比小孩还快。他们开着拖拉机，带着两三个人，半天时间就把柿子采光。要是柿子被采光，我就没有柿子园可守，像竹篮打水一样，所有的美好都会落空。

这个细节是我从县城回来的路上想到的。我感觉自己很幸运，被我爹赶去打听柿子价，要是我爹亲自去，一听说柿子价格高，那柿子园就保不住啦！老天都在照顾我，看来，今晚要有好事发生了。

回到家，水都来不及喝一口，我拿了一根晾衣服的竹竿，往柿子园跑去。我故意将竹竿放在柴房里面，然后像特务一样，钻到柴房的稻草堆里，将自己隐藏起来。

三鬼头果然带着阿古仔来偷柿子。阿古仔很精明，先跑到柴房里查看，看我是不是在里面。我潜伏在稻草堆深处，连大气都不敢喘一口。

阿古仔看到我不在柴房，大胆起来。他看到柴房里放着一根竹竿，就把竹竿拿出来，架在柿子树上，像一只猴子，顺着竹竿往上爬。三鬼头没有爬树，在柿子树下把风。

我悄悄地从稻草里钻出来，从窗户往外看。等了几分钟，估计阿古仔摘了不少柿子了，就从柴房出去，故意咳嗽了一声。

三鬼头看到我，撒腿就跑，一边跑一边大叫道："阿材来了，快跑啊！"

我站在树底下，看到树上的阿古仔，书包鼓鼓的，看来装了不少柿子。我心里那个得意啊，那个喜悦啊，就像一个饿汉看到天上要掉馅饼一样。只要我把阿古仔抓住，绑到柴房里当成诱饵，就能把夏山婆引过来。那天晚上发生的事情，将会重新点燃我的身体！

想到要和夏山婆翻滚到稻草堆，像两条打架的蛇，我全身如同触电般，忍不住发抖，抖得卵子都硬起来了。我高兴得哼起了小曲，做好了抓人的准备。我对树上的阿古仔说："你给我滚下来！"

阿古仔撇了撇嘴，慢吞吞地往下爬。但爬到一半时，他突然停住了，坐在一根大树干上，双腿悬空，像一只猴子。他说："我才不下去呢，有本事你上来抓我呀！"

他娘的，我低估了阿古仔，他竟然敢反过来挑我的衅。我小时候爬树也是一把好手，身手如猴。可是现在长大了，身形粗壮，身手肯定不如阿古仔。柿子树枝干茂盛，阿古仔可以像猴子一样乱窜，说不定他故意引我上树，然后趁机溜下来，把竹竿抽掉，那我就上当啦！

我对阿古仔说："你下来吧，我保证不打你。如果你配合我，我还给你买糖吃。"一边说一边从口袋掏出一把零钱。

阿古仔低下头来看我，嘲笑道："我才不会这么傻呢！"

我一时无计，只得气着说："你不信我就算了，你就在树上等天黑吧。天黑了之后，我把竹竿抽走，让鬼来把你抓走。"

阿古仔倔强地说："我就是让鬼抓走，也不让你抓住！"

看来，阿古仔是要跟我耗上了。我盘腿坐在柿子树底下的草地上，心里想着如何把阿古仔从树上弄下来。要是阿古仔待在树上，跟我耗到天黑，夏山婆来柿子园找阿古仔，我没有把阿古仔绑到柴房的石灰房里，就不能引夏山婆到柴房里，辛辛苦苦布下的计划，将无法实现。

我冥思苦想制敌对策。突然，一注水从天上浇下来，我本能反应，急忙躲避。但已经来不及，那一注水从我头上淋下来，滑过脸上，流到了脖子里。我闻到了一股尿骚味，眼睛也渍得生疼。抬头一看，只见阿古仔站在树干上，正抖着卵子朝我撒尿。

这死鳖崽，竟然敢朝我撒尿！我抹了抹脸上的尿水，满脸骚臭味。一个人要是被人在头上拉尿，就像从人的胯下钻过一样，是人生最大的侮辱，传出去，这辈子的名声就毁了。

阿古仔在树上抖着卵子，得意地说："我的尿香吧，喝起来怎么样？"

怒气像火山爆发，我的身子要裂开了。我指着阿古仔骂道："我要操你娘，还要把你的皮剥了！"

阿古仔朝我做鬼脸，吐着舌头说："有本事你上来抓我啊！"

我怒不可遏地冲到竹竿边上，双手抓住竹竿往上爬。我要把这鳖崽子抓下来绑住，往他嘴里灌尿！

但我的双手因为沾了尿水，有点湿，爬竹竿的时候使不上劲，加上身子笨重，爬到一半就溜下来。阿古仔像看戏一样嘲笑起来："你连竹竿都不会爬，还想抓我，真是丢死人喽！"

我又羞又怒，把竹竿抽走，丢到一边去。竹竿被抽走，柿子树底下绑满了竹刺和荆棘，阿古仔想下也下不来。我指着树上的阿古仔说："你等着瞧，老子一定弄死你。"

我跑到离柿子园有两里地的河边洗脸。我的头发和脸上，还有眉毛嘴唇都沾上了尿水，黏黏的，臭得要命，我恨不得跳到水里游泳。

当我洗干净脸面，返回柿子园，抬头一看，柿子树上的阿古仔竟然不见了。我有点不敢相信，怎么可能呢！树下这么多竹刺和荆棘，他怎么会下得来？

我不死心，觉得这一切都是幻觉，肯定是刚才去洗脸时，眼睛进水了，所以看不清楚。我揉了揉眼睛，恨不得把眼珠子都揉出来。我每一棵柿子树都找了一遍，连树上有几个鸟窝都看清楚了，就是没有看到阿古仔的影子。他像空气一样，消失在我的视线里。

一种绝望的情绪在我心里蔓延。阿古仔是诱饵，他跑掉了，我就没有办法把夏山婆引诱过来了。我气急败坏，大叫一声，撒腿就冲出去。我绝对不能让阿古仔跑掉，我要去把阿古仔追回来，哪怕他跑回村里，我也要把他揪出来，绑到柴房里。

我甩开双腿，像一匹野马，疯狂地奔跑在大地上。我从来没有这么拼命跑过。从小到大，哪怕参加学校的运动会，我都没有这么拼命过。我看到两边的树木像风一样从我眼前掠过。我听到自己的脚步声砸在大地上，大地颤抖起来，眼前的景物也跟着颤动，像地震一样。

我肺都跑疼了，像裂开一样，四处透风。身体每一个毛孔都钻出一股热风，夹着黏黏的汗水，仿佛迎面的秋风穿透了我的身子，把身上的血都带出来了。

我跑到阿古仔的家门口，却没有看到阿古仔的影子。阿古仔的家门紧闭，看来他没有逃回家。阿古仔可能也想到我会追捕他，所以没有朝村里的方向跑，说不定正得意洋洋地躲到某片田庄里埋柿子呢！

我全身像瘫痪一样，坐在夏山婆门口的大石头上，不停地喘着粗气。这样的奔跑，反倒把体内的怒气给消耗了，当怒气被抽空之后，只剩下了失落与痛苦，剩下了绝望与不甘。

我就这样坐在夏山婆的门口，一直坐到夕阳下山。晚霞开始收山，也没有见到阿古仔回来。我不敢再坐下去，怕夏山婆回来了，看到我坐在她家门口，肯定会问我做什么。我没有足够的勇气去面对夏山婆，毕竟还是懵懂少年，没有胆子和脸皮主动接近一个女人，只能用一种刺激的形式，打破面对女人的尴尬。像打架一样，两个人打在一起，用怒火与欲望交缠，才会打破年少不经事的局面，顺理成章地把事情给办了。这是我的勇气存在之处，可是，失去了诱饵，我没有办法和夏山婆发生冲突。阿古仔跑了，带着我所有的期待与梦幻，跑到了我无法抵达的地方。没有了这根导火线，我和夏山婆之间注定不能爆发的。

我垂头丧气地往家里走。我有点恨自己，怎么会这么傻呢，坐在柿子树底下让阿古仔有了撒尿的机会。而且，就算被阿古仔尿了一头，我还接着犯傻跑去洗脸。要是我假装跑去洗头，躲到一边去，等阿古仔下了树，我就去抓住他，把他绑到石灰房里，收拾一顿，然后再去洗头也不迟啊！

我突然很想哭，像一个受了委屈的孩子。可是我哭不出来。小时候我想要东西，若是父母不给我买，我就伤心地哭。父母为了哄我，会想办法满足我的要求。可是现在不一样了，我想要得到夏山婆了，就算我大哭一场，也没有人来满足我的愿望，只会得到巴掌和嘲笑。

我回到家里，暮色像薄雾一样弥漫，一点一点地渗透大地，带着莫名的忧伤，也一点一点地渗透我的身体。我站在房间窗前，往外看去，如果不是让阿古仔跑掉了，这个时间，应该是我和夏山婆滚草垛的时间。这么一想，心里的忧伤更加无法抑止，像洪水般泛滥。

窗外传来一阵猫头鹰的叫声，被秋风吹得时近时远，朝我低低地召唤。夜色因为猫头鹰的叫声而有了重量，凝固起来。我知道，这个晚上注定要失眠了。

五

第二天起床，我眼皮沉重，像涂了一层胶水。

我爹推着单车出门，要去县城开会。看到我一副无精打采的样子，我爹皱起眉头，朝我扬起巴掌，叫我去放牛。他说我一天到晚不做事，越闲越累，要做点事情锻炼一下筋骨，人才有精神。

中秋时节，田地里没活干，人清闲，牛也清闲，要把牛牵出去吃草，趁着秋天野草没有完全发黄，让牛享一下清福，汲取最后一个季节的营养。冬天来了，牛才能挨得过去。

我爹警告我："我开会回来，要是看到你还窝在家里，你就死定了！"

没办法，我只得把牛牵出去。以前放牛大部分是我爹去的，他去田间地头放牛，顺便考察庄稼的情况。身为县里委派的农业干部，他要跟上庄稼的生长节奏。人们在田间地头干活，父亲顺便询问他们庄稼的长势，以及遇到的一些问题，然后回来作报告，到县城开会时才有话题。

我讨厌放牛，跟着牛屁股走，真是无聊透顶。我将牛丢到树林边的野地上，任由它吃草。我躺在松树下的草丛里，跷起二郎腿。阳光顺着风的空隙从松树针里照进来，在我身上跳来跳去。我的念头也在跳来跳去。我嘴里咬着一根狗尾草，心里想着如何再次勾引夏山婆。可是整整一个上午过去，我都没有想到好办法。倒是便宜了牛，趁我思想开小差的时候，偷吃了不少庄稼。

放牛回来，我坐在客厅吃午饭。我爹从县城开会回来，看到我，迎头给我一巴掌，把我的头都打到饭碗里去了，拍得我两眼冒光。我觉得很冤枉，把碗往桌上一丢，一副要对着干的样子，愤怒地说："我去放牛了，你还想怎样！"

我爹冷冷地说："我揍你不是因为放牛。我今天去县城开会，顺便打听柿子的价格。你这鳖崽子，竟然敢骗我。现在柿子的收购价是两毛二，你昨天说一毛五，我说怎可能这么便宜呢！你昨天跑到哪里去玩了，竟然撒谎。”说完，又给我一巴掌，把我嘴里没咽下去的饭都打出来了。

事情败露了，我不敢吱声，捂着脑袋后退几步。我爹说：“我已经和柿子贩说好，明天早上就过来收购柿子，你做好摘柿子的准备。”

我这下急了，要是柿子园没了，我就永远失去接触夏山婆的机会了。我急得大叫起来：“说不定过几天价格更高呢！”

我爹哼了一声：“要是过几天下秋雨，柿子被沤烂，毛都没的吃！”

有一年，我爹也在等柿子涨价，结果下起了绵绵秋雨，下了好多天，柿子被水催熟，在树上烂了很多。那年我爹的脸色就像一个烂柿子一样。

我仍不甘心地说：“天天出太阳，哪来的雨啊！”

我爹奇怪地看了我一眼：“咦，你好像是做天气预报的啊！”随后，我爹又冷笑道，“我知道了，你肯定是想找借口守柿子园，不想去放牛，这是你偷懒的方式吧！哼，我就是要把柿子卖掉，你以后不用守柿子园了，天天跟牛屁股！”

我爹这么一说，我便讲不出话来，将吃剩下的半碗饭泼到门口给鸡吃。丢下饭碗，牵着牛委屈地往外走。我真是恨死我爹了！

可是，我哪有心情放牛啊！柿子园保不住了，我的小命也保不住了。这几天，我无时无刻地想着夏山婆，梦里也跟她缠在一起，她已经与我的精神融为一体，成为我身体的一部分，而那些柿子也注定成了我命里的一部分。把柿子摘了，就是要我的命啊！

我把牛牵到柿子园放养。柿子园长了不少野草，由于肥料都被柿子树吸收了，草的长势不好，只能凑合着让牛吃几口。我才不关心牛有没有吃饱呢，饿死了也不关我的事！我只关心柿子园。可越是关心就越是焦心，柿子明天就要被摘完了，我的心也将被掏空，一切都要完蛋了！

我望着柿子树，柿子好像一只只眼睛，默默地盯着我，与我对视，仿佛它们也知道我的心事，在秋风中不停地晃动，暗暗地为我着急。我搓着双手，恨不得去搬砖头过来，把这个柿子园围起来，把它牢牢地围住，保护它，不让任何人摘上面的柿子。我绕着柿子园走了一圈又一圈，像热锅里的蚂蚁，急得全身发痒。牛跟着我的屁股，一圈又一圈地嚼着稀疏的青草，最后吃得只剩下草根了，它只好晃动着脑袋，无辜看着我。

趁着柿子还没有被摘走，我必须抓住最后的机会，今晚再勾引阿古仔来偷柿子。可是这个机会很渺茫，阿古仔不会这么傻，他昨晚往我头上撒尿，肯定知道我对他恨之入骨，如果被我抓住，他就要倒大霉了。何况，昨晚他偷了不少柿子，足够他吃几天了，今晚肯定不会再冒险偷柿子。所以，我想骗阿古仔来偷柿子几乎不可能。

我没办法从阿古仔身上下手，只能绕开他，直接从夏山婆身上下手了。可是，怎么才能从夏山婆身上下手呢？我见到夏山婆就像做了亏心事一样，脸红得要命，心跳也不正常，话也都说不出来，我连面对她的勇气都没有，怎么从她身上下手呢？

我为自己的胆小感到羞耻与害臊。既然想睡夏山婆，却连面对的勇气都没有，太没出息了。我以前那些打架惹事的血性都跑到哪里去了？为什么一见到夏山婆，整个人就像发瘟一样，一点底气都没有了？我狠狠地打了自己一个耳光，告诉自己，一定要鼓起勇气，才能打破这个局面。

我打了自己一巴掌，突然被打醒了一样，脑子里冒出一个想法。明天柿子就要被卖掉了，我为什么不摘些柿子，今晚去送给夏山婆呢？我假装向她道歉，说那天我把阿古仔绑到石灰屋里，实在是有点过分。既然阿古仔喜欢吃柿子，我送点过来给他吃，算是补偿，这个理由多正当啊！不仅可以接近夏山婆，还可以和夏山婆聊天。夏山婆肯定知道我的心思，她是过来人，我这毛头小子心里想什么，难道她不知道？再说了，我和她发生的事情才隔了三个晚上，风波都还没有平静，我现在去给她送柿子，她肯定一眼就能猜到我是别有用心的，说不定会成全我。

想到这里，我心里激动起来。我回想起那天晚上，夏山婆抚摸我的命根子，昏暗的灯光下，她的脸上泛起桃花般的红晕，眼睛不停地朝我眨了眨，像暗示着什么。天啊，她对我肯定是有意思的，她肯定也想尝尝童男的感觉。说不定，她也在惦记着这件事情，就等着我送上门呢！

一想到这里，我哪里还有心情放牛啊！我把牛绑在树下，到柴房拿出竹竿，架到柿子树上，顺着竹竿爬上去，像做贼一样摘柿子。

我把摘下来的柿子藏在柴房的稻草堆里，准备晚上拿去送给夏山婆。刚摘下来的柿子是生的，涩味难咽，需要放到坛子里闷几天才能吃。送人要送熟柿子，送生柿子太没诚意了。但是，我只想着早点把事情办了，管它柿子是生是熟，只要能让我接近夏山婆就行！

六

天空像要酝酿什么，很快就暗下来了。黑暗有时也能给人带来希望。我洗了澡，特意换上一套新衣服，把头发梳得亮油油的，还打了摩丝。那摩丝香得连在灯泡上打转的飞蛾都朝我身上扑来了。

我爹叼着烟，坐在客厅翻账本，清点未交公粮的人数。我爹一边点人数一边咧嘴骂道：“他娘的，这些人越来越懒了，中秋都过了这么久，还有二十几户没有交公粮，太不自觉了！”

我娘在边上一边看电视一边问：“那怎么办，总不能老让你一个一个去催吧。”

我爹翻了个白眼，吐了一口烟：“那还能怎么样？总不能被上面批评吧。这些家伙都是四方的木头，撬一下动一下，不撬就烂在那里。要是不去催，他们还以为国家不要他们纳粮呢！”

我娘说：“你把名单列出来，明天写个公告贴到村口，让他们早点去粮所交公粮。”

我爹白了娘一眼：“你懂个屁，要是我贴公告，糨糊还没有干就被人撕下来拿去抹屁股了。谁愿意上榜呢，你以为这是好事？”

我拿了一个尼龙袋，趁我爹娘聊天的时候，偷偷地从房间里出来，准备溜出去。可还是被我爹发现了。一股浓浓的香味从我身上弥漫开，我爹像狗一样吸着鼻子，两个鼻孔一扇一扇的。他看到我穿着新衣服，打扮得像去走亲戚一样，就问我要去哪里。我找借口说要去一个同学家里玩。

我爹看了我一眼：“不会是女同学吧！”

我脸一红，说：“才不是呢！”一边说一边低着头，匆匆地走出了房子，往夜色深处跑去。

我跑到柿子园边上的柴房，扯亮昏暗的灯光，从稻草堆里掏出柿子，装到尼龙袋里，悄悄地往夏山婆家里走去。

秋夜凉爽，天空挂着半弯月亮，被花朵般的繁星拥簇着。月光刚好，不亮也不暗，可以让人看得见路，但想看远一点却又看不清。夜色中潜伏着一股看不见却又摸得到的欲望，像风掠过指尖，却不着痕迹。我像做贼一样，往夏山婆家里潜去。提在手上的柿子像是偷来的赃物，令我的双手微微颤抖。

来到夏山婆家门口，月亮已经升上半空。我看了看手腕上的手表，已经九点钟。我走到夏山婆屋子前，却不敢径直走过去敲门，我需要缓一口气，调整一下心情，顺便观察一下四周的情况。至少，要打探清楚夏山婆家里有没有别人。要是村里有人在她家串门，我贸然进去，那就白搭了，说不定会闹出笑话。

我躲在夏山婆家对面菜园子的围墙边上，将自己的身子隐藏到那些藤条瓜架里面，紧紧盯着夏山婆的大门，像侦察兵侦察敌情。夏山婆家是一个碉堡，我不敢贸然进攻，怕不小心踩到了地雷。

大门虚掩着，门缝里透出一缕光，那光很幽暗，落在地上，好像能捡得起来。我斜耳倾听，夏山婆家里很安静，什么声音都没有。看来，没有人来她家里串门。

很少有人到夏山婆家串门，男人不敢来，怕惹出丑闻；女人呢，都讨厌夏山婆，不会去她家里串门。加上夏山婆的房子挨着田庄，属于村子边沿地带，晚上没人敢到这边来闲逛，这一带显得极为安静。

尽管看上去很安全，但我还是不敢过去敲门。不知道为什么，我感觉自己就是一个贼，是见不得光的，而门缝里漏出的那一缕光，像剑一样横在那里，好像我走过去，就会把我刺得千疮百孔。我有点恨自己，好不容易鼓起勇气来到夏山婆家门口，却不敢去敲门，真是个孬种呀！但我很快给自己找了个借口，再等一下吧，不知道阿古仔睡了没有，如果他没睡，我去敲门，说不定是他来开门的，那么事情就没有那么好发展了。即使夏山婆对我有意思，也不可能当着儿子的面和我开玩笑。

就这样，我在藤条瓜架下蹲了大半个钟头，蹲得腿都有点麻了，但心里还是没有一点底气。有一只老鼠从我脚边跑过，我一点都不害怕。就算有蛇从我脚边爬过我也不会害怕，可是，为什么我就这么怕夏山婆呢？难道她比蛇还毒？

借着月光，我又看了手表，已经过九点半钟。这半个小时，边上没有一个人影出现，足以证明是安全的。乡下人喜欢早睡，这个时候不可能有人来串门的。阿古仔明天要上学，应该睡觉了吧。现在去敲夏山婆的门，是时候了。但我还是不敢去敲门，一想起敲门的场景，就像做贼撬门锁一样，心里慌得紧，剧烈的心跳让身体微微地哆嗦起来。我想不明白，自己为什么会这样害怕，不就是去敲一下门吗，又不是去闯鬼门关！我对自己的懦弱感到可耻与失望，但在无法改善的情况下，我只好又给自己找借口——再等等吧，说不定阿古仔还在看电视，没有睡觉呢。这种事情越晚越好办，再等半个小时，十点钟后我再去敲门，这么晚送柿子，夏山婆想都不用想，肯定知道我是别有用心的。对，再等一下，越晚越好办事！

我忍着蠢蠢欲动的心，依旧蹲在围墙的冬瓜架下，一边拍打着发麻的大腿，一边监视夏山婆的门口。

虽然是秋天，但蚊子还很多。我蹲在黑暗的围墙藤条下，胳膊和脖子被蚊子咬得一阵发痒。但更痒的地方是心脏，身上的痒和心痒比起来，真是微不足道。我想，只要能把事情办成，哪怕被蚊子咬成癞皮狗，我也认了。我心里默默地背着一句台词，这句台词是我准备见到夏山婆时说的。台词不多，就那么一句话：嫂子，那天我绑了阿古仔，让他受苦，实在是不好意思，今天特意来道歉，送几斤柿子给他吃。

这句台词被我背得滚瓜烂熟，倒背如流，一个字都没有念错。我知道，只要我把这句话说给夏山婆听，她一定不会拒绝我，请我到屋子里坐坐。到时，一切皆有可能。我心里反复地叨念这句话，念得全身发热，就像对着黑夜许愿一样，仿佛念久了，就会得到上苍的保佑。

过了十多分钟，夏山婆的大门突然打开，灯光像地毯一样从两扇门之间铺出来。我看到夏山婆走出来，顿时全身颤抖。她已经洗过澡，穿着一套短袖睡衣。那套睡衣有些紧身，我能看到她丰满的乳房，将上衣撑得紧紧的。灯光涂在上面，很有轮廓。我伸着脖子，朝屋子里面看，屋里面没有别的人影。看样子，阿古仔已经睡觉了。我精神为之一振，心想，这可是个好机会啊！如果我现在走过去搭讪，肯定就能成功了。

我偷偷地站起来，可是不知道为什么，我的双腿发麻，竟然走不动。不知道是不是因为蹲得太久了，血脉不通。我吸了一口气，抬起腿试着走出一步，发现还是可以走路的，只是走得没有那么自然。但是我只跨出一步，第二步竟然跨不出去了。我终于发现，并不是腿麻的原因，而是我胆怯与懦弱，事到临头了我仍是提不起勇气。我恼恨自己胆小，当初我在学校打架，拿起椅子砸人时，那样义无反顾，那样势不可挡——现在那股力量都跑去哪里了？我怎么就像一个废人，连跨出去的力气都没有！只要我跨出几步，肯定能引起夏山婆的注意，她肯定会问，是谁？我于是就回答她，刚才倒背如流的台词就能用上派场。可是，一切都计划好了，我竟然跨不出第二步！

夏山婆到门口拿了一只水桶，转身回屋。看样子，她要睡觉了，乡下人的屋子里都没有厕所，也没有夜壶之类的东西，为了方便上厕所，晚上都会拿一只平时浇菜用的水桶，放到房间里当夜壶。第二天起床时往桶里加水，便可以挑去浇菜了。

夏山婆把水桶拿到屋里，把大门关上。秋季干燥，木门发出“咯吱”的响声，声音传到我耳朵里，像是一声绝望的回音。我听到上闩的响声，夏山婆正在闩门上锁。我为自己刚才错失机会着急悔恨。刚才的机会多好啊，随便往前一走，便可以发生故事。可是，我为什么就不敢迈出那一步呢？刚才双脚为何会发麻发软呢？

我狠狠地拧了一把不争气的大腿，疼得我龇牙咧嘴。我希望借着大腿的疼痛，能让自己清醒起来，让自己产生一点怒气。怒气可以让人壮胆，就像酒壮㞞人胆一样。我借着大腿的疼痛，做了几个深呼吸，像给自己打气。我默默地说，刘成材，你打架都不怕，敲门算个卵呀！你现在去敲门还来得及，夏山婆只是关门，还没有睡下，现在去敲门正是时候，说不定就能和她一起睡。千万不能再错过机会了，刘成材，加油！

我终于鼓起勇气，让自己胆大起来。我抬起头看了一眼夏山婆的房子，那房子距离我是那样地近，仿佛触手可及；却又是离我这么远，仿佛在天边。不管是天边还是眼前，我硬着头皮走过去，哪怕里面藏着狼虫虎豹，我都认了。事情都到这个地步了，我无论如何都要去尝试一下。

我提着一袋柿子，艰难地向前走去，一路上小心翼翼，怕踩到地雷一样。然而，刚迈出几步，突然听到远处传来一阵细细的脚步声，在寂静的夜里听起来格外入耳。我神经过敏，立即紧张起来，像做贼一样急忙后退，重新隐藏到围墙的藤条瓜架下。围墙的藤条茂盛，阴影很重，人钻到里面去，如同老鼠钻到洞里一样，就算有人从边上过也不会发现。

一个人从夜色深处走来。那人没有打电筒，是摸黑走来的。由于夜光暗淡，我看不出来者何人，但从他高大的身影和走路的声音判断，我知道是个男的。

那人走到了夏山婆的门口，轻轻地敲门，他敲门的声音很有节奏，好像是三长两短，像暗号。过了一会儿，夏山婆把门打开，从门缝里伸出头来："怎么来了？"

那人干咳了一声，一本正经地说："你家的公粮什么时候交啊，不要让我老是来催。"

夏山婆说："家里就我一个女人，哪有时间去交公粮。"

那人问："你什么时候交，给个时间，我做好登记。"一边说一边将夹在腋下的本子掏出来。

夏山婆突然撒娇说："死鬼，登记个毛，屋里没人，快进来。我今天晚上就把公粮交给你！"

门"咯吱"一声，重新合上，两个人影瞬间消失在黑暗中。我听到门把上闩的声音，很响，像要把外面的世界隔绝起来。

我望着那个沉默在黑夜中的大门，惊呆得张大嘴巴，像吃了许多生柿子，苦涩得一个字也说不出来。有一只蚊子飞到我的嘴巴里，嗡嗡地叫着，像在替我说话。我像木头人一样傻傻地站在那里，手中提着的那袋柿子陡然变得沉重起来，我一时抓不住，松开手，柿子就在我脚边滚落一地。我闻到它们散发出青涩的气味，在空气中扩散，夜色越来越浑浊，让我喘不过气来。

发表于《安徽文学》杂志 2019 年 5 期

香 火

狗生事件

狗生回来了，开着一辆比黑牯牛还大的奔驰越野车，野蛮地“怼”进了江边的龙王庙。

狗生从后备厢搬出几箱冲天炮，光天化日之下就放起来了，足足有半个多小时，硬是把寨里人都撵出来了。老话说得好，“早晚烧香拜神，中午放炮埋人”，这都是讲忌讳的啊！三伏天的午时三刻，那是杀人烂尸的时辰，谁他娘的那么不懂事，跑到龙王庙来撒野，莫不是喝水冲破胆子了？一看是狗生，狗日的，都二十年没有消息了，寨里人都以为他死了呢！再说了，寨里人是希望他死的，甚至认为他活不过二十年前的那个夏天。那个夏天的夜晚一来，寨里的男女老少们都开始诅咒他，各种恶毒的死法，将他判定为短命鬼。没想到二十年后，骂过狗生的人没有一百个也有五十个被阎王点了名，狗生竟然像重新投胎一样，开了辆“黑牯牛”

回来，老天不长眼哪！

狗生放完炮，踩着一堆花花绿绿的纸屑，像走红地毯一样。幸好天气炎热，烟雾散得快，没有给他增加鬼魅的气息。人们看清楚是狗生之后，心里也有数了。狗生从口袋掏出烟来，挨个挨个地散，不分男女老少。起初，大家都犹豫着要不要接，接了他的烟就代表着原谅他了，这是规矩。后来有人接了，接烟的人是老寨长泰叔。既然泰叔带头，大家也就跟着上阵了。嘿，这狗日散的烟也上档次呢，竟然是电线杆。

乡下人把中华烟都称为电线杆，因为烟盒子的图案是一根柱子。乡下人不知道那叫什么玩意，看啥像啥，就叫它电线杆。抽人的嘴短，每人的嘴里叼着一根电线杆，就像通了电一样，人精神了，气氛也好了很多。泰叔眯着眼睛叫了一声狗生，声音和蔼可亲，像看到失散多年的儿子那样。狗生满脸堆笑地站在泰叔面前，以为要夸奖他几句，没想到泰叔说，你还敢活着回来，不错哩！狗生也不生气，从夹在腋下的皮包里掏出一本日记簿说，我都记着账哩！泰叔看着那发黄的日记簿，哼了一声，早就混账了。不过这么多年你没有忘，良心还算没有被狗吃掉。狗生嘿嘿笑道，就算被狗吃了也没关系，谁叫我是狗生呢！大伙都笑了起来，一笑泯恩仇，仿佛二十年前的事情也就那么回事了。

说起来，狗生犯的也不是什么十恶不赦的罪。那是一九九六年的夏天，狗生卷走了寨里的电费，使寨子陷入长达三个多月的黑暗。到了夜晚，寨里就像回到了旧社会，点蜡烛，烧油灯，拿着电筒瞎照，整个夜生活都乱套了。那可是双抢的农忙季节，农村人的生活都是从晚上才开始的，白天哪里有时间顾生活，累死累活的，像奴隶一样，把命都喂给了庄稼，只等着吃罢晚饭后把骨头吐出来放松一下。这个时候，最要紧的事情就是放松，若是能躺在藤椅上，吹着风扇看着电视，慢慢地褪去一身疲惫，那才叫享受，那才叫惬意。县城的电视台也很人性化，知道农民们晚上要放松，每到农忙季节，就不放电视剧了，放电影，每天一部，从八点钟开始，中间连广告都不打，九点半放完，正好去睡觉，一觉睡醒精神就来了。狗生把美好的夜生活给偷走了，没有了电视的招待，没有了风扇的服侍，夜色是那样地漫长，黑暗是那样地难熬，坐在门口把蚊子都喂饱了，老天爷也放不出几个响屁来打点风。到了睡觉时间，谁也不想挨床，农村的瓦房像蒸笼，能把鸡蛋闷出崽子来，那种热渗入体内，使人更感疲惫。人都累透了，拿着蒲扇摇摇晃晃，打出来的风奄奄一息，连蚊子都赶不走，一个晚上不知道都要热醒几次。有些到半夜都热得睡不着的人，想着第二天还要下大力，脾气上来了，怨气翻天，真想操狗生的爹娘。但狗生的爹娘埋在地下有好几年了，就算挖出来也找不到地方操了。

狗生能当上寨里的收电费员，倒不是他有什么威望之处，他是个晃荡鬼，就算站在路中间撒一泡尿，也只能撒给自己看，没人会看他的路数。狗生命不好，读初中的时候，爹娘相继病逝，那会儿他才十五岁，在寨里人的帮助下，操守两亩薄田，早早当了家。没了爹娘管教，人也就野起来，四处打混，后来被泰叔盯上，让他帮寨里收电费。那时国家还没有统一改造农村电网，每个村寨都要自行安排人员收缴电费，统一交到供电局。永安寨的电费由寨长泰叔负责，每月十五号前将上月的电费送到县城供电局，逾期不交，供电局就派人来断电。寨里有两百多户人家，挨家挨户地收钱倒也不算辛苦，但要扛梯子抄电表，又要做统算，还要自己备零钱收费，却是个费精力的活儿。何况，国家又不给工资，寨里也没有补贴，纯属为人民服务罢了。泰叔三番几次要把活儿抛出去，但这样一个吃力不讨好的活儿，没有哪个傻货愿意接手。泰叔最终把目光落在了狗生身上，他说寨里人帮你这么多，你得为寨里做点事才行。狗生虽然一万个不愿意，但话都扯到台面上了，就像猪被架到屠板上，要杀要剐还不是他们说了算。

狗生从十七岁开始接活儿，到二十三岁的时候，连供电局的收费员都表扬他，说永安寨那个后生仔做账是一流的，不用计算机，眼珠子像算盘一样，转一圈就出结果，从没出过错，只可惜他初中都没毕业，否则招到供电局来上班，绝对是端得住饭碗的。寨里人也都夸奖，说狗生虽然晃荡，却也是一个心里装了棋谱的人，不会走错步子。然而没想到，狗生要么不犯错，一犯错就是致命的，在最重要的农忙季节，他卷走了寨里两千六百多块钱的电费，不知所终。

供电局把寨里的电给断掉了。黑夜袭击，人们像被渔网罩住一样，一个个翻起了死鱼眼，变得恐慌起来。人类是向往光明的动物，谁愿意两眼抹黑啊！为了这件事情，寨里不知道开了多少个大会，每次开会前都是先来一片骂声，像打仗宣誓一样，然后才慢慢地进入主题。狗生不知所终，就算集体叫骂也骂不出什么名堂来，如果骂声可以发电，寨里的电灯泡估计要烧掉几箩筐了。可是骂声不能发电，只能发泄，但发泄之后依然是两眼抹黑，必须想个办法去弥补。在泰叔的主持下，大部分人都赞成重缴电费，一个月的电费也不算多，就当少抽两包红塔山吧，反正烟味也是留不下来的。但是却遇到了一个问题，因为抄电表和计电费的统算都是狗生完成，狗生走后连账本都带走了，谁都没有留底，不知道自己上个月是多少度电——当然，即使人们心里清楚上个月缴了多少电费，但不免虚报数目，能吃一块肉就多吃一块。原本两千六百多块钱的电费，大家各自汇报，统计出来却只有一千多块钱。泰叔气得跺起脚来，这帮欠死鬼，连牙缝里都想塞上肉丝，一个个比狐狸还精哩！没办法了，只有用厉害的一招，把费用分摊，每户人家分摊十几块钱。有些人却不愿意了，我一个月才用几块钱的电费，让我多垫两斤猪肉上去，给条卵你要不要？再说我本来就缴了电费，这烂事我可不扛！寨里两百多户人家，混了几个姓呢，可不是那么团结的。何况，也有人想搞泰叔的名堂，要拉他下马，说收电费的事情是他私自交给狗生的，他要负这个责。这话把泰叔惹毛了，做事的时候谁都不站出来，出了事情就想踩人，泰叔一脚把椅子踹倒，拍屁股走人：你娘的爱缴不缴，没有电未必会死人。

又熬了一个多月，很多人扛不住了。那时候看电视已经成为最常态的娱乐，也是最主要的休闲方式，人们从电视上看到各种新闻，大到国际小到本县，成为饭后茶余的谈资，现在一切都没有了，世界失去了色彩，只剩下黑漆漆的夜，像巨兽的嘴巴，深不见底，令人恐慌。小孩更是闹翻天了，在娱乐匮乏的年代，电视机就像魔术师的百宝箱，他们的眼睛恨不得时时刻刻盯着呢！当然，年轻人也憋不住了，夜里没电视看，又找不到娱乐的事情，只好跑到江边乘凉。但江对岸的寨子灯火通明，而自己寨里却是黑麻麻一片，心里无比嫉恨。寨与寨之间都喜欢对比，隔壁几寨的人都在看笑话呢，都在幸灾乐祸呢！

人们除了骂狗生之外，也会七嘴八舌议论，狗生拿钱干吗去了。大部分的传闻是去广东打工了，也有一些小道消息，说狗生赌钱欠一屁股赌债，跑路了；还有人说他找鸡婆得了花柳病，去治病去了；也有人说拐了个女人私奔了……什么谣言都有，但这些谣传毫无用处，再怎么精彩也没有电视精彩，这事情一天不解决，寨里就一片死气沉沉。有人为此去报警，说狗生携款潜逃，要求通缉狗生。但狗生不是国家单位人员，在寨里也没有担任正规职务，收电费是寨里自行安排的，即使出了事情也属于民事纠纷，立不了案。再说了，凡事都要讲究证据，狗生收钱时就往小本子里一记，啥票据都没有留下，你说狗生携款潜逃，证据呢？这一问，愣是把人问住了。警察管不了这案子，只有靠寨里的力量了，长痛不如短痛，于是有人再三提出来分摊费用，大部分人是同意的，但仍有小部分人不同意。这大部分人决定凑钱出来，先把电费交了，而那些不同意分摊电费的人，就断他们家的电，直到他们掏份子钱为止。但小部分人都是些硬头驴，站出来叉腰叫骂，凭什么不让我用电，我又不是没有缴电费，你们试试看！本来，农村人为田间地头的鸡毛蒜皮常有争吵，加上几个姓混杂一起，这么一搅，很多人就拉深了仇恨。后来，有人说狗生家里不是有几亩田地吗，将他的田地拿出来出租，租期二十年，租金一次性付清，用来缴电费。但寨里人都不缺田地种，两千六百多块钱埋到田里面，又不会长黄金，傻货才去干呢！最后有人提议，把狗生家的房子连同宅基地一起卖掉。但谁会买他那破瓦房？谣言早就传出来了，狗生的房子风水不好，爹娘都病逝了，又生出狗生这样的野货，能住人吗？甚至有人说，狗生爹娘当初建房子，挖出一个坟坑来，白森森的骨头，是个鬼窝，除非钟馗转世才敢住进去。

这么一拖，眼看又要到秋收的季节了。因为分摊费用的事情伤了和气，很多人都有破罐子破摔的思想了，就犟着吧，天大地大，你家的破罐子能摔，难道我家的就不能，谁怕谁呀！当然，最受苦的就是小孩了，他们在学校跟不上潮流，那些动画片啦，电视剧啦，电影啦，都只能听别的小朋友讲，听得一脸的羡慕，回去免不了要闹，说没有电，夜里看书写作业不方便，成绩下降啦！寨里的小伙子们也都不爽了，寨里已经成为了地方上的笑柄，镇上赶圩耍妹子，有些妹子就会问，听说你们寨现在穷得连电费都缴不起了——真他娘的伤自尊啊！还有那些办红白喜事的人家，没有电，那是苦不堪言的。

就在人们僵着的时候，事情出现了转机，狗生隔壁的邻居老牛愿意出一千块钱买狗生的房子，要求全寨人做公证。但是一千块钱也太少了，很多人骂老牛趁火打劫，竹杠敲得比牛皮鼓还响。虽然狗生那间破瓦房值不了几个钱，但宅基地连同院子一起，有三分地呢！于是，泰叔去找老牛谈判，按电费两千六百块为基数。扯来扯去，最终扯到了两千块，老牛死活不愿意涨了。于是由泰叔出头，写了公证，盖了公章，全寨人签字按手印，把狗生那破房子卖给了老牛。有两千块钱就好办了，只剩下六百多块钱，分摊到两百多户人家，一家只要掏两三块钱，也就没有这么多怨气了。骂骂咧咧的，总算通上了电，埋在黑夜下面的快乐与忧伤，终于像死鱼一样从水底浮出了水面，都带着腐臭味了。

说到底，老牛买狗生的房子，最大的功劳不是泰叔，而是马黄。马黄本名叫马胜军，因为喜欢讲荤事，得此绰号。还有一个原因，马黄与蚂蝗谐音，蚂蝗是吸血鬼，马黄也差不多，为人精明，小算盘打得比牛鼾还响。

马黄在寨口建了两个门面，一个做小卖部兼台球室，是寨里的休闲基地；另外一个则开修理店，主要修自行车和农用双轮车。他还买了电焊和切割机，揽些活儿做，焊一些铁架子、窗户、犁耙刀锄啥的。寨里停电，损失最大的就是马黄，小卖部冰箱用不了，没有电灯，台球也打不了——这还只是皮外伤，最要命的是电焊和切割机动不了，没法接活儿，那才是伤筋动骨。马黄气得捶胸顿足，说狗生就是小偷，每天都来偷他的钱。因为电费分摊的事情，寨里人闹得热火朝天却又束手无策，后来，还是马黄提出要卖狗生的房子。人们觉得这个想法不切实际，谁会去买那破房子呢！但是马黄却看准了，狗生的房子潜在客户就是老牛，别人不会跑去买狗生的房子，一来听说那风水不好，二来挨不着自己的家，买来没什么用，但老牛不一样，他是狗生的邻居，以后想扩建房子，直接就合并了。

马黄于是私下怂恿老牛，说你有两个仔，只有一块宅基地，以后分家肯定要闹翻的，现在正是大好时机，把狗生的房子买过来，以后两个仔成家，那就不闹事了。老牛也想到这个问题，寨里有先例证明，因为宅基地不够用，几个仔分家时大闹，把爹娘赶到猪圈住的都有。但老牛也说出了自己的疑虑，一来是因为狗生的房子风水不好，二来又担心买过来，狗生过几年回来，到时又闹起来。但马黄打消了老牛的念头，什么风水不好，那都是造谣的，人家就是不想让你捡这个便宜。马黄又说，你先把房子买过来，要是狗生回来了，你让他把房子赎回去，要个四五千块钱，赚个差价，翻倍呢，这可是暗门生意。老牛动了心，就这样，泰叔在明处谈判，马黄在私下怂恿，双管齐下，才总算卖了两千块钱。狗日的，真是不容易啊！

寨里通电之后，泰叔借着这事情发飙了，他不再安排人员收电费，要求每户人家自己抄电表算钱，自备零钱，月初到他家里缴费。八十年代中，寨里刚通电，泰叔也曾要求寨里人自行缴费，省得他一家一家跑。但寨里有不少文盲，毕竟是从旧社会过来的，说看不懂电表，于是就赖皮起来，不愿自己动手。那时泰叔刚当寨长不久，新官上任嘛，不烧一下屁股也闻不到肉味，只好先把苦活儿揽过来再说。干了两年，他觉得这事情太辛苦了，又提出来。但人们都习惯有人上门服务了，都不同意，不得已，泰叔又硬着脑皮子撑了几年，后来才把这事情强加给狗生，没想到惹出这么大个乱子。现在好了，借事说事，我管你识不识字，你爱缴不缴，不缴就去剪电线，看你牛。泰叔也把事情搞得正规起来，每收一户人家，就开一张缴费单：你们保存也好，用来抹屁股也罢，反正公事公办，要是我卷走了寨里的电费，你们也有证据去告我。

泰叔倒是蛮感谢狗生的，捅出了这样一个娄子，让他撒尿的威风都抖得远一点。这帮人哪，真是四方木头，撬一下动一下，多滚几步会死啊！

马黄摸底

狗生的大名叫刘富生，二十年过去了，尽管他开着大奔回来，嘴里天天戳着电线杆，但人们仍是喊他狗生。狗生并不介意，说你们喊我狗生，我倍感亲切哩。在深圳，所有人都叫我刘总或刘董。我在深圳可忙哩，算哪门子的刘总，刘忙还差不多。

大家都笑起来，有些人笑得眼眶都泛红了，生巴巴地说，狗生，你变了很多，会讲笑话了，以前你像条硬卵一样，哪里能喷出这么多唾沫来。狗生笑道，我现在也是条硬卵呢！有人问狗生在深圳做什么生意，狗生摇头说小本买卖啦，客户都是上帝，我们都是跑腿的小鸡，啄几口小米罢了。他越是这么说，人家越觉得神秘，很多人都想踩一踩他的水深水浅，但狗生却又岔开了话题，说我离开寨子二十年，你们都有意见吧。我这次回来是要还清当年债务的，当然，我还的不是一个人的债，而是整个寨子的债。我准备给寨里捐十万块钱，以后用来修路也好，修桥也罢，我不过问。我不是要抹去当年的丑事，我是要告诉大家，我狗生没有忘恩负义。

后来，狗生果然拿了十万块现金给泰叔。泰叔已经退下来了，但狗生还是把钱给泰叔，说在他心中，泰叔永远是寨长。这句话把泰叔捧到了天上去，咧开嘴巴笑，假牙都掉到地上了。但狗生也有要求，公事公办，他让泰叔把钱存到寨里的公账上，到时把存根公示出来。泰叔照办了，公示那天，寨里人都激动得像买彩票中奖一样，有些人恨不得把二十年前的咒骂收回来，说真是委屈狗生了。狗日的。

当然，越是这样，人们对狗生越充满好奇感，恨不得将他这二十年来的经历一一摸清。人们见缝插针问他，当年你是怎么出道的，怎么赚钱的，现在成家了吧？还有，时隔二十年，人们都把你忘了，你突然杀个回马枪，一定是有什么事情吧？狗生却不说，故作神秘，嘴巴比国家情报人员还紧，仿佛站在枪口下，也不会透露半个字。一旦有人扯到这方面的话题，他就故意岔开。就这样，狗生成了一个神秘的人物，人们恨不得扒下他的裤子，莫不成他长了两条卵子！

当然，人们并不死心，再硬的石头，只要舍得下锤子，一定能砸出裂缝来，只是看拿锤子的人是谁。人们把希望寄托在马黄身上，希望马黄能把狗生嘴巴的门牙敲掉几个。

马黄是谁？那可不是一般的人物，他擦过屁股的报纸比寨里女人用过的卫生巾还多。这可不是吹牛，马黄从九十年代初就开始订阅报纸，一直到现在都没有间断过，大至阿富汗战争，小至农村芝麻纠纷；上至卫星太空探索，下至核潜艇下海防卫，什么都懂，不出门也能胸怀天下事。他看完报纸后，就会用剪刀将报纸剪成片，穿上绳子挂到屋后的茅坑里。他从来不把报纸借给别人看，人们想听新闻，就得问他，他喜欢被人包围在中间的感觉。当初寨里停电的时候，人们就是靠马黄从报纸上的新闻和外界取得联系的。当然，光看报纸并不能显示马黄的厉害，他最厉害的地方，则是通过老婆袜子上的一根头发，确定老婆偷汉子了。马黄和老婆离婚后，老婆带着二仔跑路了，活不见人死不见尸；大仔跟着马黄，高中毕业跑去浙江打工，几年才回一次家。马黄每个月要给他寄钱，那死仔不打算回寨里安生了，在浙江那边买房供着呢。当然，也有人说马黄的闲话，说他这个人太精了。人精了不好，有鬼气。老话都说了，人精成鬼，树精成妖，马黄命不好，不能怪别人，只能怨他自己。

马黄的铺面，历来是寨里男人的聚集之地，一到晚上，闲汉们就拥过去。这个习惯从九十年代就开始形成了，那时人很多，一去二三十人，黑麻麻地堆满了铺面，像避难的防空洞，闷不透气。不像现在，年轻人都出去打工了，只有一些中老年人和小孩守着寨，每天晚上，几个老头稀稀拉拉地来找他玩，要死不活的，不再像当年那样生机勃勃了。那时候的人们到马黄店铺里，除了听马黄吹牛说新闻，主要是看神片。马黄是寨里第一个买影碟机的人，他不知道从哪里弄来了十几部神片，把寨里男人的魂都勾出来了。但他是个有原则的人，每天只放一部，放完后交流心得，然后听他讲新闻。就这么循环播放，竟然放了二十年，现在这些神片还在，只是片中的人物大部分都花脸了，卡卡停停的，很多地方自动打马赛克，声音和画面都对不上了，大多时候只听到销魂的声音，就是看不到人出现，搞得房间像闹鬼一样。老头儿们让马黄再去买些新片来，老看这古董片，不把人吓死也得把人憋死。马黄说现在哪里还有这些东西卖，都是用电脑下载的，我们不会用那玩意，只能看看老片。

二十年前，狗生也喜欢钻到马黄的铺里鬼混，看完神片后，整个人都变得神经兮兮的，有时看到一棵树，也觉得是个女人，恨不得抱住捅几下。有一天夜里，实在憋不住了，钻到小树林里抱住一棵苦楝树，不停地厮磨着裤子，把裤衩都磨开了，那苦楝树也被蹭得摇晃起来，天地颤抖，月亮晃悠悠地要砸下来。高潮快来的时候，树上掉下一条蛇来，砸在脖子上，把他吓得半死。幸好那是一条红肚蛇，没有毒的，在他脖子绕一圈后跑了。事后他蛮后悔的，没有把蛇捉住，说不定是条蛇精，能变成女人让他睡。电视上的白蛇和青蛇都能变成女人，不见得红肚蛇比她们差。随后，他又想到自己二十三岁了，一个无依无靠又穷得响叮当的孤儿，谁愿意嫁给他，说不定打一辈子的光棍呢！于是，他萌发了打工的念想。但他没有本钱，只能靠山打柴，把电费当路费了。

二十年后，狗生回到寨里，当他再次钻进马黄的店铺，仍能看到二十年前的神片，虽然看不到画面，但那声音听起来依旧是那样熟悉，不由得感慨万分。不过，狗生不能表现自己的感慨，他装出不屑的样子，从口袋掏出一包电线杆，散给马黄和边上闲坐的老头儿，一边吞云吐雾一边说，都二十几年了，你们还看这破影碟机，真是要吊死在一棵树上啊！我给你们一样东西看，保证让你们有烟花三月下扬州的快感。马黄听了狗生的话，不由得赞叹狗生变化巨大，说话这么有文化，连唐诗都背上了。狗生从他的大奔里拿出一个 iPad，打开播放器，随便点击一个视频，立马涌现出销魂的画面。马黄和几个老头儿眼珠子差点就从眼眶里跳出来了，像饥饿的狮子看到猎物一样，浑身的毛都竖了起来。那高清无码的画面，近在眼前的美女，咄咄逼人的器官，娇滴滴的呻吟，要从屏幕里呼之欲出，像火一样点亮了他们昏暗的双眼。但狗生却只让他们看了一小段，就把 iPad 关了。狗生对马黄说，你去买个像我这样的 iPad 回来，我把这玩意拷给你，保证让你看得怀疑人生。

马黄二话不说，就踩着他的破单车，吭哧吭哧地跑去县城专卖店看 iPad 的价格，硬是把他的卵子给吓软了，和狗生同款的产品，竟要六千多。再看别的产品，最便宜也要三千多。马黄心想，要是舍得这几千大洋，不如去发廊找小妹按按摩，未必只能看画面。马黄不舍得掏这个钱，虽然他在寨里开店铺，但现在寨里就这些老头儿小孩，能有啥生意，一个月赚个百把块钱，饿不死罢了。而他的修理店，根本就是下岗职业，寨里没人种田地，连自行车都淘汰了，能有啥东西可修的。那死仔每个月都打电话来让家里寄钱给他供房，吃的都是老本，恨不得去卖血卖肾了。

马黄虽然没有买 iPad，但他对这个东西念念不忘。狗生回来那一阵子，每天都要在马黄的店铺坐上几个小时，塞给马黄几根电线杆。马黄想让狗生把 iPad 借给他看看，但不知怎么地，他开不了这个口，觉得自己开口，就把身份降低了。又怕狗生不借，丢了面子。好歹，他是寨里的领头羊，虽然没有什么官衔，但人们喜欢找他商量事情，找他评理。寨里人都说，马黄的店铺是寨里的“大使馆”，你要了解寨里什么事情，往他的店里一坐，一般都能知道七七八八。马黄自然就是“大使馆”的“外交官”了，地位高得很，你狗生虽然荣归故里，也不过是个戴罪之身，不见得我要在气势上输了你。

这天，下起雨来了。六月的老天爷脾气有点大，像老婆被人偷了一样，一大早就虎着脸，雷声吼吼，闪电像鞭子一样抽打大地，大地一阵颤抖，接着大雨噼里啪啦地落下来。除了小孩上学，反正没卵事干，人们也就不怨天怨地了，你爱下就下，下个三天五夜也无妨，反正田地里长的都是杂草，淹死了也不心疼。

马黄捧着一碗稀饭，就着几片酸萝卜，坐在门口一边看雨一边嚅着稀饭。这场雨从早上七点，一直下到十点多，才稀稀疏疏变小，空气清新起来了。马黄端着那碗稀饭，整整吃了两个小时，跟着雨水的节奏，吃得神清气爽。

放下碗，马黄仍是坐在门口，抽着两块钱的椰树。狗生的大奔就是这个时候“怼”进来的，车门打开，狗生夹着个皮包，从车上跳下来，虽然他的身材有些偏胖，但跑起来手脚敏捷，几步就跨进店里了，气都不喘一口。狗生梳着个光溜溜的大背头，戴着一副墨镜，像电影里的赌王。马黄心想，这小崽子年轻时一副穷酸人的嘴脸，二十年不见，像到娘胎回炉一样，变成老板模样了，深圳那地方，莫不是真有胎造之功，早知道就不让自己的仔去浙江了，去深圳也许能搞出半个狗生的模样来。

马黄把身边的木椅扯过来，狗生的大屁股就落在了上面。像平时一样，狗生从口袋掏出一根电线杆递给马黄。马黄将手中那半截椰树丢到地上，仿佛有仇一样踩了一脚。他接过电线杆，狗生倒是很识相，哐啷一声，一个纯铜的防风打火机盖子甩开，火苗子像变魔术一样蹦出来。马黄把嘴伸过去，烟头像生出感情一样燃烧起来，点亮了他那暗淡的双眼。

风扇发出沉闷的声音，吹着两个人的背脊，凉飕飕的。天空虽然雨停了，但仍堆着厚厚的阴云，天地间一片晦暗。房间里没有开灯，昨晚的夜色仿佛还未散去，暮霭一般笼罩在店铺里，两个烟头在黑暗中忽明忽暗，像两只迷路的萤火虫。

马黄突然说，你每天都抽这么好的烟，要不送我一条。

作为寨里的“外交官”，马黄今天主动放下了架子，为一条烟而折腰，这是罕见的。但狗生没有立即回话，只是把墨镜摘下来，看着屋檐下的雨滴，看着它们像断线的珠子一样落下来。隔了好一会儿，他才缓缓地说，好久没有听过雨落瓦片的声音了。

马黄知道狗生要岔开话题，他心里冷笑，你就算天天背唐诗，也莫想甩掉我，我马黄的外号不是白叫的，吸在你脚上，没吸几滴血出来怎么能罢休。他说，老话说得好，蚊子咬你一口，你都恨不得打死它。当年停电，你让我吃了那么大的亏，比蚊子要可恨呢！三个多月啊，亏去的钱可以买一辆嘉陵摩托了。你现在回来了，送我一条电线杆也不算过分吧。

狗生哼了一声，幽幽地说，我欠的人情太多，不止你一个啊！时间都过去这么久了，就像面条放久了一样，都结成一团了，不能一根一根地分出来。所以，我才直接给寨里捐十万块钱，就是要一次性付清。如果你觉得我亏欠了你，你就去找寨长要吧，从那十万里面抠些出来，我是没有意见的。

马黄表面虽然不动声色，心里倒是吸了一口冷气。果然是高手啊，一棍子就把能人打死，连挣扎的机会都不给。但马黄还是借势用力，抽着烟说，你说得也有些理，不过有件事情我想不通，你二十年不回家了，寨里人都把你忘了，你还跑回来装孙子，又捐钱又散烟的，这是唱哪门子的戏。你不要笑话我，我是一个农民，去过最远的地方也只有县城，没见过大蛇拉屎。要是我，事情都废掉了，还回来扯这些瓜瓜藤藤，不怕弄脏手啊！

狗生抽了一口烟，眯着眼睛说，你哪里是个农民，天天看报纸，什么大蛇没有见过。我外出打工，也养成天天看报纸的习惯，那是跟你学的。看报纸是看财富呢！

马黄听他这么说，有些沾沾自喜，心想，你狗生成功，只不过是运气好，要是我像他这么年轻，以我的能力外出闯世界，未必比他差！这么一想，一种优越感就出来了，但也有一股惆怅感。他说，你莫笑话我。

狗生闷着嗓子说，跟你讲实话，过了四十岁之后，我经常梦到我的爹娘，他们老是怪我，说我二十年不回来扫墓，坟头都快被水冲平了，连一根香火都没见着，这是要把他们饿死在下面啊！梦做多了，心里就烧煳了，所以回来尽尽孝，给爹娘扫墓，顺便看看能不能把房子收回来，把爹娘的灵牌放进去，留点香火。

马黄心里一凛，知道事情说到重点了。狗生已经知道，他的破瓦房连同宅基地，当年一起卖给老牛用来抵缴电费了。老牛的两个仔已经长大分家，大仔黑头要了自家的宅基地，二仔憨仔要了狗生家的宅基地。去年，憨仔把狗生家的破瓦房推平了，建了一栋两层高的水泥房。现在，狗生想要收回他的房子，也就是要收回憨仔的新房，这可有戏唱啊！马黄心里激动起来，却又有一股无法控制的嫉妒，当初自己没有眼光啊，要是把狗生的破瓦房买过来，放到现在，就算房子塌了也埋着黄金哩！真是聪明一世，最后还是瞎了狗眼，当初还是自己怂恿老牛收买狗生的破房的呢！

这时，天空传来一声闷雷，雨又哗哗地下起来，打在瓦片上像筛沙一样。狗日的，这破雨也懂得杀回马枪，诡异得很。马黄耸了耸肩膀，把腰背坐直了，他漫不经心地问，你把房子收回来，要回来养老吗？你都这么有钱了，在城里当神仙呢，还在乎乡下的房子。

狗生说，养老还早呢，没到那一步。我只想把房子收回来，把爹娘的灵位摆进去，每年清明回来祭祖，也算是尽孝心。好歹这是我的老家，我总要有个祭祖的地方吧。

马黄噢了一声，我晓得了，你是要认根，以后孩子长大了，你也能领他们回来看看，不至于野种那样，连自己从哪里来的都不知道。现在很多人都在寻根，报纸上常有这样的新闻。

马黄虽然说得粗俗，却说到了点子上了。狗生哼了一声，没有说话。马黄接着问，你有几个仔，有没有想过放一个回老家发展？

狗生狠狠地吸了一口烟，这一口烟吸得老长，像要把外面的乌云吸进来一样，吸得马黄心里没底。接着，狗生又吐出一口长烟，云里雾里的，让马黄心里更是没有着落。他以为狗生会岔开话题，毕竟这是私人私事，人家爱说不说，不说你也只能赔笑。没有想到，狗生却回答了，我只有一个仔，在美国读书，老婆也跟着去照顾了，我才有时间回来打转。

马黄感动了，简直不敢相信狗生竟然把家事都说出来了，这可不是一般人能打听得到的。马黄心里惊喜不已，却假装叹气，你要是多生两个仔就好了，当初我是有两个仔的，和老婆离婚后，老婆把二仔带走，大仔跟着我，赖在浙江打工，硬要在那里买房，每个月都割我的肉，真是欠死鬼呀！要是两个仔都在身边，那就不一样了。唉，都怪我一时冲动，硬要离婚，其实女人犯点错也可以原谅的，现在报纸上天天都有这样的新闻。说到这里，抽了一口烟，随后又说，你这么有钱，怎么只生一个仔。最少要生两个嘛，一个放美国，一个放老家，天下都是你的了。

狗生听马黄这样掏心掏肺地说，情绪也被他感染了，他叹了一口气说，我也想生两个仔，但当时的政策只能生一胎嘛，我不能跟国家对着干。

马黄说，现在开放二胎了，你才四十来岁，怎么生都可以。

好像说到狗生的痛处一样，他摇头说，我也想生，可老婆比我大十岁，生不了啦！

这句话的信息量好大啊！马黄听到这里，突然诡异一笑。因为房子黑，马黄那诡异的表情狗生并没有看到。马黄突然说，我知道你回来要干什么了。

狗生一愣，把头转过去看着马黄。马黄说，你老婆和仔都去了美国，你回老家要把房子收回来，然后养个小三，给你生个黑仔，放在老家养着，这就有根了。

狗生眼珠子一转，突然笑起来，你这蚂蝗精，什么都瞒不过你。随后又低声说，有什么好姑娘，给我介绍介绍。

马黄故意板着脸说，我自己都是条单身卵，这种事情，还是去问来婶吧，她是乡邻八寨最好的媒婆了。

通过这次谈话，马黄掌握了两个重要的信息。一是狗生回来的目的，是要收回房子，在老家养小老婆，继承刘家香火，要把根留住；二是狗生在深圳打工，能有今天的地位，不是光靠打拼得来的，他的老婆比他大十岁，这多大的信息量啊！谁愿意娶一个比自己大十岁的女人呢？一定是攀上了高枝，倒插一把，才有今天的财富。马黄说，从这里可以看出来，狗生的儿子说不定是跟女方姓的，狗生所以才动了回老家养小老婆的念头，要生一个姓刘的黑仔，这样才对得起自己的祖宗。

消息放出去，寨里人都吃了一惊。狗生这块硬石头，果然是经不起马黄几锤子，就裂开这么大的缝隙了。当然，人们吃惊的不仅只是关于狗生的消息，更重要的是马黄，这家伙究竟是用什么样的手段，竟然能把狗生这么隐私的信息都摸到了，太厉害了，这样的人才不去当国际刑警真是太可惜了。当然，也有人反驳，说马黄的消息不可靠，现在狗生这么有钱，没必要为了生孩子，大动干戈，搞得沸沸扬扬的，全寨皆知。外面姑娘更好找，只要有钱，想生几个小孩都没问题，未必要往农村跑。马黄不屑地说，你这是普通人的思想，怎么能成大器，狗生是从哪里来的，他的爹娘在哪里，就埋在我们寨里的地下呢！现在，狗生的仔跟别人姓了，又去了美国读书，那是他的仔吗？即使是他的种子，种在别人的田里，也轮不到他做主。所以，狗生要在老家搞一个堂堂正正的刘家后代，把祖宗的脸撑起来。香一定是插在自己的神台上才叫香火，插到别人家里，只能叫上香，不能叫续火。

人们都赞成马黄的说法。马黄是谁，他擦过屁股的报纸，比全寨女人用过的卫生巾还多，他能从自己老婆袜子上的一根头发，判断出老婆偷汉子了——他的话就是真理。

老牛不憨

一个寨里面，总有人被当成偶像，总有人被当成笑话，就像一片树林，有些是参天大树，有些是矮小火棍。永安寨被人笑得最多的是牛树旺。牛树旺的小名叫旺仔，但是长大后，人们发现这孩子有点憨。农村人说的“憨”不是憨厚的意思，而是傻乎乎的，脑子搭不着筋，有点蠢，反应也比人家慢，于是人们改口叫他憨仔。后来看《西游记》，孙悟空叫猪八戒呆子，于是人们也跟着时尚一回，大老远见到憨仔，就大声地叫，呆子，快过来。

憨仔十五岁那年的中秋节，他的堂哥娶媳妇，当晚闹洞房。农村人的习俗，先是由一帮小孩去闹洞房，找新娘要零食吃。洞房里有一帮小孩叽叽喳喳地包围着，充满喜气，有人丁兴旺的意思。小孩子闹过洞房后，才轮到年轻人上场折腾。憨仔十五岁了，人高马大的，按道理是不能混到小孩的行列中，但他的智商比较低，又是自家堂哥娶媳妇，就没头没脑地跟着小孩子去闹洞房，找新娘要糖果吃。那新娘看他这么大了，傻乎乎的，当然不会给。小孩闹洞房是图个好兆头呢，谁愿意给这个傻货吃糖，万一自己以后生个孩子也傻乎乎的，那成什么样子！憨仔没有讨到吃的，很伤心，看着小孩们吃得津津有味，他嘴巴撇得紧紧的，一张嘴就要哭出来。不知道是谁唆使他，说新娘没有给他吃的，是因为他表现不好。电视上有过这样的画面，女的生气了，男的亲一下脸就好了。于是有人暗中怂恿他，让他把新娘扑倒在床上，亲一下她的脸，新娘一高兴，就有糖吃了。

一帮后生仔抓住新郎，正商议着怎么玩弄，是绑住一个苹果让两人啃呢，还是往啤酒瓶里塞一根筷子让两人吸出来。新娘害羞地坐在床边，用红色的帐帘半遮半掩，有点犹抱琵琶半遮脸的味道了。这时，憨仔突然从人群中杀出来，一把扑向新娘，将她压倒在床上，去亲她的脸。新娘子发出杀猪般的尖叫声，撕裂了洞房的喜庆。从那之后，寨里有人娶媳妇，第一件事情就是叮嘱老牛要管好憨仔，莫要再搞出名堂来。后来，憨仔的哥哥黑头也结婚了，闹洞房前夕，黑头丢了一条绳子给老牛，底气十足地说，去把那呆子给我捆住了。

憨仔虽然智商比别人低，但他的身骨并不比别人差，长得人高马大，一顿能吃五碗饭，干起活来任劳任怨。男人有力气就不会饿死，寨里人带他去隔壁县的大理石厂做搬运工，每个月能赚两三千块钱。攒了几年后，就在狗生的宅基地上建了一栋两层水泥楼。当然，这都是老牛一手策划的，憨仔不过是一个卒子，被老子捏着鼻子走，每一步都不能回头。房子装修完毕，憨仔就出事了，搬运大理石柱子时，不小心砸伤了脚背骨，在医院里躺了半个多月才能下地，按照医生的要求，要休养半年才能干力气活。厂里付清医院的费用，赔了憨仔三个月工资，打发他回家休养了。憨仔回到家里，寨里人不免嚼舌头，说狗生那块宅基地风水不好，刚建了房子，房主就出事了。老牛于是请来仙婆和赊佛佬，又是吹仙水又是跳大神的，折腾了大半天，烧起来的香火硬是把客厅雪白的墙壁给熏黑了，像妖怪一样现出了原形。

因为憨仔要休养半年，趁这机会，老牛请来媒婆给他物色对象。虽然憨仔没有正常人那么聪明灵敏，但毕竟身强体壮，不缺胳膊不缺腿，总会有女人看得上的。而且随着年纪渐长，憨仔也懂事许多，虽然反应慢了半拍，却没有儿时那样傻里傻气了。现在房子建好了，只要肯给媒婆钱，再丑的猪公也会有人拉去配种的。

隔壁寨有个媒婆叫来婶，乡邻八寨的老蜜蜂，最懂得花香了，老牛的大仔媳妇就是来婶介绍的，特别般配。二仔的大事，也就缠在她身上吧，只有她才能把这团毛线给扯直了。

老牛带了礼品上门拜访。来婶说，现在做媒就像冬天打大雁一样，毛都找不到，要等过年了，打工的人潮回来了，才好去张罗这事情。来婶又说，不过丑话说在前面，你大仔的媒是我做的，那是轻松活儿，但二仔是个憨货，十里八乡都知道，一般的姑娘也不好介绍，只能看看其他姑娘有没有意思了。所谓的“其他姑娘”，自然是缺一些正常东西的。老牛叹了一口气，心想这辈子也没做过啥亏心事，咋生了个命苦的仔哩！

然而没想到，狗生回来了，憨仔的命运像扎脱网兜的鱼儿，有了起死回生的改变。马黄放出消息后的第二天，狗生开着他的大奔，直接“怼”到了憨仔的门口。

这天，老牛和憨仔在门口的院子铺沙子。这片宅基地有三分多地，建房只用了一百多平方，还有一百多平方用来做小院，父子俩正在填沙，要将院子铺成水泥地，以后就算种田也有现成的晒谷场。憨仔的脚背骨虽然还没痊愈，但干点小活也不碍事，老牛铲沙子，憨仔拿木刮子抚平。憨仔做事的时候不说话，神情专注，从外表看根本瞄不出他是个憨货，只有他咧嘴笑的时候，人们才知道这家伙的脑子少搭了一根筋。

狗生夹着皮包，从车上跳下来。他戴着墨镜，镜片上反射出两个太阳的缩影，仿佛暗藏在镜片后面的眼睛。院子边上有一棵枇杷树，狗生走的时候还是一棵小树苗，现在长成了参天大树，成了鸟儿的天堂。狗生望着那树，直愣愣地发呆，昨天的一场雨把枇杷树滋润得生机盎然，绿油油的树叶流溢着阳光，像一把镀了金的大伞。狗生的头埋在树荫下，一动不动地盯着树，仿佛这棵树是他多年不见的爹娘。

昨天晚上，马黄放出消息后，特意上门找老牛。马黄很激动，一把抓着老牛的手，声音都颤抖起来了，老牛啊，你要发达了，喝水不忘挖井人，当初是谁让你买狗生的房子的？是我啊！要不是我在你背后推一把，你能上得了山？人家推你都是往河里推呢，只有我是真心对你好。我比算命先生还看得准，预见狗生一定会回来收回房子的。他娘的，你不能忘恩负义，人家狗生都没有忘恩负义呢！

马黄是谁？连马黄都失控了，这事情还能假？老牛也激动地握住马黄的手，信誓旦旦地说，马老弟啊，你放心，我们牛马本是一家人，我怎么会忘了你呢！

现在，狗生来了。看到狗生盯着枇杷树发呆，老牛就知道有好戏出场了。当初建房时，老牛说把枇杷树砍了，免得碍事，但一位师傅说不要砍，这么一棵大树，他们中午休息时正好乘凉，等房子建好之后再砍。后来，这棵枇杷树把房子衬托得富有生机了，老牛也就不舍得砍了。老牛心想，幸好当初没有砍，要是砍了，这戏就没有好开头了，你看狗生，他盯着枇杷树足足有一根烟的时间了，好像树上有个没穿衣服的女人一样，看得口水都要流出来了。一棵树他都有这么深的感情，这地方可是他的宅基地呢，难道他不会心动？马黄的消息果然可靠啊！

老牛放下了手中铲沙子的铁锹，干咳了一声，朝憨仔使了个眼色。憨仔愣了一下，见父亲往外走，他丢下木刮子，就跟在父亲屁股后面。

狗生把目光从枇杷树收回来，看着一前一后走过来的牛家父子，把墨镜摘下来，脸上堆出了笑容，牛哥，好久不见。你没变哩，还像以前那样。

老牛满脸殷勤地朝狗生笑，狗生兄弟啊，这枇杷树以前是你家的，还记得吧？

老牛这句话一语双关呢，“以前是你家的”，言下之意“现在是我家的”。狗生哼了一声，当然记得，这可是我亲手种的。

老牛听了这话，心里咯噔一紧，时隔二十年，他怎么能想到这树是狗生亲手种的，幸好当初没有砍掉，要是砍掉了那真是亏大了，那真是天打雷劈啊！

狗生问，枇杷树这么茂盛，每年都长不少枇杷吧？

老牛堆着笑脸说，长得太吓人了，全寨人都吃不完，要摘到县城卖。每年清明节一过，憨仔就喊着要吃枇杷了，嘴馋得很。

老牛说的是违心话，这棵枇杷从来都没有结过果。农村人在自家院子种果树，都是随机性的，春耕时在外面看到有桃子、枇杷等果苗，就挖回来种。这些野生苗不一定能长果子，有经验的农民都知道，要进行嫁接。不嫁接的野生苗很容易长成“公货”，比如说“公枇杷”“公柿子”“公梅子”。狗生当初种这棵枇杷树，哪里懂得嫁接，任其野生野长，虽然现在长成了大树，却是中看不中用。老牛为了拍马屁，硬是把公的说成母的。他煞有介事地说，那枇杷可真好吃，不酸牙，不像别家的枇杷，吃多了几个，牙都要掉了。

狗生哈哈大笑，明年清明节时，我回来祭祖，到时尝尝枇杷的味道。

老牛听了这话，一点也不着急，也不慌张。离明年的清明节还早得很，我今年就把房子卖给你，明年枇杷树长不长果，关我卵事，反正这棵树也是你下的种，长成啥样怨不得我。但老牛怕自己的憨仔把真相说出来了，就将他从身后面扯过来，还不快点叫叔！

憨仔有点怯生，看了一眼狗生，把头低下来叫了一声叔。

老牛对狗生说，这憨货没见过大蛇拉屎，一条蚯蚓都能把他吓住。

狗生说，人憨孝，牛憨勤。老牛，这可是你的福气啊！

老牛脸满崇敬地说，大老板说话就是不一样，中听呢！

狗生从口袋掏出一包电线杆，抽出两根，一根递给老牛，一根递给憨仔。老牛接了，憨仔却没有接，他不会抽烟，只是看着烟憨笑。老牛就呵斥他，狗生叔的烟，那是天大的面子，你不会抽也要接过来啊！

憨仔被父亲的训声吓了一跳，他急忙把烟接过来，拿在手上，却又不知道怎么办。老牛从憨仔手上把烟拿过来，夹在自己的耳朵上，对狗生说，太阳晒得很，到屋里坐坐。

狗生跟着父子俩走进新房。老牛让憨仔去烧水泡茶，他像售楼的业务员一样，让狗生参观房子，给点意见啥的。狗生也不推托，跟在屁股后面打转。这房子虽然外墙没有装修，但室内都已经装修完毕，地板贴了瓷砖，墙面刮了腻子，也装了线槽和灯条。这都是农村流行的简装，花不了几个钱。房子家具很少，除了一楼有些老家当，二楼基本上没有什么东西，空荡荡的，放个屁都有回音。狗生上了二楼，站在客厅，对着正墙发了一下呆，不知道他在想什么，老牛心想，他在想着怎么开价吧。

果然，下楼喝茶时，狗生开门见山，问老牛房子总共花了多少钱。老牛假装扳着指头算了算，说从建房到装修，花了二十多万。这数字水分不大，因为寨里每年都有人建房，大家都互相交流经验，一栋一百多平米的两层水泥楼，用多少匹砖，多少钢筋水泥，多少地板瓷砖，需要多少人工，人们心里都有数。每建好一栋房子，人们也都喜欢猜数，猜得七七八八了，就去找主人家对数，看猜得准不准。昨天晚上，马黄给老牛带来好消息，也给老牛做了一番密谈。马黄问老牛，如果狗生问建房子的成本价，他打算报多少。老牛原本想掺点水分进去，要报三十万，但他的想法一下子被马黄戳死了。马黄说，人家狗生能在深圳当大老板，你当人家脑子是猪大肠做的？他精明得很，肯定会去寨里打听，到时你给他留下不诚实的印象，还谈个毛的生意。生意人都不喜欢狡猾的狐狸，你必须要说实话，就报个二十万。老牛听了这话，觉得有理，对马黄佩服得五体投地。

狗生听完老牛的报价，中肯地点了点头，二十万能把房子建得这样，也算不错了，在深圳市区，连个洗手间都买不了。

老牛唬了一下，深圳的房子都是用黄金盖的吧！

狗生哈哈一笑，我这次回来，原本想在宅基地上建房子，给自己留个老家，以后带孩子回来祭祖也有个地方。听说当年寨里做了公证，把房子卖给你了，我也不怪谁，要怪就怪自己，当年做了对不起寨里人的事。现在我想把这房子收购回来，你花二十万建的，我出价三十万，你赚十万，怎么样?

老牛心里一下子就激动起来，当然，他所激动的并不是狗生给出的这个价格，这个价格远远不能打动老牛，老牛的激动来自于马黄。昨晚，马黄自告奋勇提起来，要当老牛的售楼顾问，马黄说，没有我，你的房子最多只能卖三十万，不信你看，狗生肯定只丢三十万出来。如果我来做你的顾问，可以让你的楼卖到五十万以上，甚至一百万。

老牛对马黄的话是百分百相信的，马黄是谁，所有人都猜不透狗生的水深水浅，马黄一下子能把他的船给掀翻了，除了他，还有谁能跟狗生对抗。但是，马黄不是白帮忙的，他要从中收提成。马黄说，我保证把你的房子卖到五十万以上，五十万以下我不收提成，五十万以上我要抽百分之十的提成，房子卖得越高，你就赚得越多，我的提成也就越高，大家都是一条线上的蚂蚱。老牛听了，心里犹豫起来，提成太高了，五十万就是五万,一个烧鸡就去了一条腿。马黄见老牛犹豫，就冷笑说，一看你就是当农民的料，如果没有我，你的房子卖三十万有个卵用。多了我，你的房子要多卖几十万，牛毛出在狗身上，又不是要你掏钱，你这点都想不通?难怪你生出个憨仔呢!算了，当我瞎了眼。马黄站起身子要走，走了两步又接着说，当初你买狗生的房子，若是我不帮你，你卵子能硬得起来?你就忘恩负义吧，我站在一边看笑话多好!要是我打一杠，你的房子未必能卖得出去。这话可是有威胁性了，老牛一把扯住马黄，带着求饶的味道说，马老弟，你别走，你是我的救命恩人呢!

现在，狗生一口丢出三十万的数，和马黄昨晚说的一个样。马黄真是厉害啊，像下棋一样，一下子就能摸透对手要走的路子。有马黄当顾问，老牛心里充满了信心，只需按照他的想法进行，这房子就能卖出高价。

老牛声音低沉地说，狗生啊，我和你做了这么多年的邻居，当初你爹娘过世，都是我主持后事的。远亲不如近邻，我对你的情义，你忘与不忘，都像河里的石头，冲不走的。当初你拿着寨里的电费跑路，寨里人都不愿意出钱，闹了三四个月，有人都要去刨你爹娘的坟了，我为了保住你家的阴德，才买下了你的房子。寨里人都说，你家的房子风水不好，谁要谁倒霉，白送人都没人敢住呢！我掏了两千块钱，并没有想过占你的便宜，完全是为你着想，你发达回来了，还我两千块钱，我把房子还给你。但是整整过了二十年，你都没有回来，我只好占为己有了，这可不能怪我。现在，你一口价三十万，你能对得起我吗？我把房子让给了你，我自己还要去买块地给憨仔盖房子，现在的地值钱呢，十万块未必买得到，再加上盖房子二十万，折腾来折腾去，人都操掉半条命，又花一年多时间，你说我是赚了还是亏了？你这么大一个老板，算数肯定比我聪明。老话说得好，多是人情，少是道理，你就自己想吧。

狗生听了这番话，一下子愣住了。让他吃惊的并不是老牛对建房子的成本计算，而是老牛怎么突然间变得这么会讲话了，说得条条是道，说得用心良苦。狗生从小就和老牛做邻居，他当然知道老牛的性格与为人，尽管二十年不见，但江山易改，本性难移。以前的老牛，有着农村人惯有的小农意识，没有什么心机与眼光，就是喜欢贪点小便宜，也不怎么会讲话。没想到二十年不见，人竟然变了，这一番冠冕堂皇的话，于情于理，都是非常高大上的，不由得让狗生刮目相看。狗生笑了笑，牛哥，你的恩情我是记得的，也从来没有忘过。你别看我人模狗样的，其实我并没有赚多少钱，不过是拿萝卜充大头菜罢了。我也想出个高价买下你的房子，补贴你的情义，但是一时也拿不出这么多钱。

老牛按照马黄给他的战斗思路，将了狗生一军，既然拿不出那么多钱，那你也就不要谈收回房子的事情了。说实话，如果你给我三十万，我肯定不会卖房子的。你知道我的二仔，他是个憨货，我老婆前几年过世，临死前拉着憨仔，硬是不肯撒手，怕他以后受苦哩！我老了，活不了几年，最担心的事情就是憨仔，这房子挨着我的大仔，以后好坏有个照应。若是卖了房子，憨仔重新去别处建房，住远了，谁照看他？

狗生嗯嗯地点头，好像很认可老牛的话。他不动声色，掏出一包电线杆，递给老牛一根说，牛哥，就当聊天，这房子，你觉得多少钱卖比较适合？

老牛接过烟来，却没有抽，煞有介事地说，这样，我给你算一笔账，你出三十万买了我的房子，我还要花十万去买地，再花二十万去建房，过程要一年多，建房那是一件苦事呢，比女人生仔还苦，这样算下来，你至少要给我四十万才算回本。但是，谁做生意只讲回本呢，那都是吃苦不讨好的事情。如果你出到五十万，那么我算是赚了一点钱，但是我赚这么一点钱去折腾来折腾去的，有什么意思呢？所以，我必须开价到七十万，这样我赚三十万才觉得适合。我并不是要坑你，你也知道我的二仔是个憨货，我老了，憨货以后怎么办呢？我得要想着为他存点钱，给他娶个老婆。我不是贪，也不是想坐地起价，我是为了自己的仔着想。

狗生听了这话，不动声色，抽了一口长长的烟。老牛看到狗生抽烟时，嘴巴抿得紧紧的，嘴唇陷到一个窟窿里面去，脸都变形了。那口烟吸进去了，半天没有吐出来。老牛的心好像也陷到一个窟窿里了，没有一点儿底。他把狗生给他的烟往嘴里塞去，拿起打火机点烟。他的手有点抖，打了好几下才把烟点着了。

狗生沉闷地吐出一口烟，烟从他嘴里吐出来时，都有点变味道了，带着一股肺气的腥味，好像把肺清洗了一遍一样。他不动声色地说，你说得有道理，但是价钱实在是太高了，我回去考虑考虑。

秀妹上门

秀妹长得还算有点姿色，主要是她的脸蛋长得好，标准的瓜子脸，虽然眼睛小了一点，鼻子扁一点，嘴巴大了一点，却因为脸形的优势而扭转了不良。就像一道普通的青菜装在一个好看的盘子里，也就显得大气了；她的身材不高，但是该满的地方都满了，屁股很翘，胸脯也鼓起来，若是她怀里抱着一个孩子，人们肯定会认为她是个少妇。

这是憨仔第一次相亲，就在自家的老木沙发上，和秀妹面对面坐着。憨仔憋得满脸通红，就像一个拉肚子的人正在排队上厕所，死命地憋着屁股眼，害怕一不小心就泄气了。他虽然脑子有点憨，但毕竟二十五岁了，又在大理石厂当了几年搬运工，与人交往，增长了社会经验，对男欢女爱的事情也知道是怎么一回事。秀妹倒是落落大方地看着憨仔，也主动找憨仔搭话，问一些简单又无聊的话，比如说你在哪里打工，工资怎么样，工厂吃得好吗。憨仔像一个犯错误的小孩，如实回答。后来，来婶就让憨仔带秀妹去二楼房间转转，看看房子情况。憨仔像一个不懂事的仆人，笨手笨脚地领着秀妹上楼了。

打发了两人，来婶就对老牛说，秀妹是我的侄女，一直在广东打工，去年谈了个男朋友，都谈婚论嫁了，不知道怎么回事，上个月两人分手了。秀妹一伤心，跑回来了要死要活的，说这辈子再也不相信男人了。我说狡猾的男人不能信，憨实的男人可以信，就跟她说起你家憨仔的事情。秀妹说，只要重情义，憨人她也要。

老牛抽着烟，眯着眼睛笑，不动声色。这一点他是向狗生学习的，狗生那天来他家里，眯着眼睛抽烟，不动声色的样子，让老牛特别入迷，觉得这才像做大事的人。何况，这几天在马黄的教导下，他也知道什么叫“稳坐江山，以守为攻”了。现在，老牛正在用这一招对付来婶，他对来婶的话持有怀疑，却不说出来。媒婆嘛，只要是个姑娘，都说是自己的侄女，八杆子未必打得着。再说了，秀妹那样子，一点也不像失恋的，倒像失身的，一个姑娘家，咋穿得这么少呢，就算天气再热，你也不能穿一件豁口领呀，不弯腰也能露出两个馒头沟来；还穿这么短的裙子，腿一叉，红底内裤就要掉出来了，这不是要引饿汉两眼发绿光吗？但老牛不动声色，他是瞎子吃糍粑，心里有数，秀妹那样子，未必看得上自己家的憨仔，只不过是诱饵罢了。这些人是冲着什么来的？哼，你当我老牛不知道吗！

老牛终于吐出一口烟了，烟在肺里闷了很久，也沾了一股肺气的腥味了。他说，我们寨里那个马黄，你认识吧，他给你取了个外号叫“金媒一号线”，说你办事像高铁一样快。果然是这样，没到半个月，就带了这么好的姑娘来给憨仔相亲了。

来婶哎呀一声，嗲声地说，那个死马黄，每次见我都要让我给他介绍个老婆，又不舍得出钱，连冰棍也不舍得给我吸一口，人精鬼气的，我有好对象也未必介绍给他。哪像你老牛哥，人品可靠，我是放在心上的。

老牛说，只怕是你侄女看不上我家憨仔呢！

来婶哎呀呀地拉起了前奏，像歌手要唱高音一样，先把声调拉起来。老话说得好，媒婆是到哪个山头唱哪种歌，这样的高音，显然要强调事情的重要性。果然，她为了压低声音的音量，把声调变得尖锐起来，七仙女还看上董永呢，憨仔难道不如董永？董永睡的是破窑洞，你家憨仔有一套好房子呢！我那侄女虽然比不上七仙女，但她心中受过伤，想找个诚实可靠的男人，这就是天意。

老牛听来婶主动提到了房子，还拿董永的破窑洞来做比较，已经相当地明显了。老牛也不傻，心里清楚，这房子代表着憨仔的婚事。顿时，老牛的心里惆怅起来。那天，狗生听到他报价七十万后，就一直没有现身，连个影子都不见了，难道他被吓得跑回深圳了？

老牛和狗生谈价的事情，自然要告诉马黄。马黄第一时间就四处放消息，说老牛的房子要卖七十万。马黄得意地对老牛说，这叫市场炒作战术，狗生是谁？他抽过的电线杆比我们县城的真电线杆还多，会在乎你这七十万？他要的是面子，你把消息放出去，让所有人都知道，狗生脸上有光了，他下不了台了，不会为了十万八万来压你的价。在马黄的策划下，消息就像一个漂亮的女人光着身子在市场上跑了一圈，立马把乡邻八寨搞得沸沸扬扬。坏事传千里，好事也能传千里，就连老牛那个在东莞打工的大仔黑头也打电话来探问虚实。黑头和老婆在一个鞋厂打工，孩子也接过去读幼儿园了，只有到过年时才回来，平时很少来电话的。黑头说，如果事情是真的，我要请假回来帮忙把关，卖房子可是大事呢！狗日的，老牛当时就生气了，冲着电话骂，要你操个卵心，老爹还没死呢！你好好打工赚钱，以后憨仔还指望你照顾呢，他就算卖了房子，你怕他会跑？

消息越是轰动，老牛的心里就越没底。他想，当初就不应该听马黄的话，把价格报这么虚高。老牛最初的想法是，最高报五十万，如果狗生出价四十万，他咬咬牙也能卖。寨里的宅基地并没有那么贵，三五万就能买一块，自己亲劳亲为，花个十几万建个小二层，赚个二十万给憨仔娶老婆，比什么都稳当。都怪自己太贪心了，被马黄的话抹黑了眼睛，也抹黑了印堂，好运变成了霉气。也不想想，县城的房价才三千块一平方，七十万可以买豪宅了，人家狗生未必是瞎了狗眼的。狗生消失后，老牛气急败坏地去找马黄，怪马黄用计失败。马黄反倒怪老牛沉不住气，说谈生意就像打仗一样，玩的就是心理战术，你心理素质不过关，怎么能做大事！马黄拍着胸膛说，放长线钓大鱼，你放心，狗生是跑不掉的。马黄还特意交代老牛，一定不能主动去找狗生，一旦主动了，就失去掌控权了。老牛心里虽然没有底，但已经上了贼船，只能咬着牙听从马黄的话，一条道走到黑吧。

让老牛意想不到的是，七十万的消息像一朵盛开的花，能把来婶这只老蜜蜂给吸引过来了，还带着一只花蝴蝶。现在，来婶主动提到房子，这一牵扯，就把老牛的心病又勾起来了。老牛心想，来婶带秀妹上门来，未必真是给憨仔做媒，说不定是工兵摸地雷，看着走。要真是有心做媒，她会带这样一个有姿色的姑娘来？老话说得好，牛头不对马嘴，猪公爬不上驴背，这样一个花蝴蝶，要配也是配富家子弟，你明知我家的是个憨货，莫不是拿人当猴耍？当然，老牛也没有怪来婶，不管怎么样，这一桩媒不成，总会有下一桩，一桩一桩打下去，不信硬不起来。当然，桩子能不能打得牢，还得看房子的事情能不能落地。

憨仔和秀妹从楼上下来了，二楼没有什么东西可看，房间空荡荡的，秀妹的高跟鞋踩在瓷砖上，发出当当的声音，让憨仔惊心动魄。憨仔低头往下看，看到秀妹那尖细的鞋跟像凿子一样戳在地上，他很担心地板砖被她戳出个洞来。憨仔带秀妹转了一圈，就闷头闷脑地下来了。要是稍有脑子的年轻人，肯定巴不得在楼上多待一会儿，能说会儿悄悄话，但憨仔不可能往这方面想，他怕秀妹的高跟鞋把新装的地板砖戳坏了，还是带她到楼下坐着吧，别在屋里走来走去，怪吓人的。他想，要是以后娶她做老婆，一定不能让她穿这样的鞋子，或者在她的鞋跟绑一块棉布，这样更安全了。

下楼的时候，秀妹走在前面，憨仔走在后面。憨仔人高马大，又是居高临下，能清楚看到秀妹胸前那对小白兔，秀妹的身子随着楼梯台阶晃动，小白兔像要跳出胸脯一样，憨仔看得热血沸腾，不停地咽口水，恨不得捉住那对小白兔狠狠地咬上一口。憨仔看过不少男欢女爱的视频，现在用的都是智能手机，憨仔也有一部，尽管有很多功能他不会用，但是在工友们的教导下，他学会玩微信了。在大理石厂打工，宿舍住着一帮男人，经常分享男欢女爱的小视频，憨仔的手机里面也有几个，他每看一次就灵魂出窍一次，恨不得变成一条虫子钻到手机里。秀妹的相貌与身材，就像小视频里面那些销魂的女子，让他顿时着迷。

见两人下来，来婶就问，秀妹，房子满意吧。

秀妹说，蛮好，只有两层，太阳一晒，有些热哩。

来婶说，乡下的房子都是这样啦，以后有钱了，装个空调啥的，比住鸳鸯洞还要舒服。牛哥，你说对吧？

老牛嗯了嗯，冷笑了一声说，鸳鸯洞我没有住过，不过房子装空调没问题。我也没住过空调房，从小都这么过来的，不觉有多热。

来婶多么聪明的一个人，哪里会听不出来，就笑起来，老牛哥，你是老一代人，怎么跟新时代的人比。好了，时间不早了，趁这会儿太阳还没有发脾气，我们先回去了。若是有什么名堂，回头我打电话给你。

老牛假装说，吃罢午饭再走吧。

来婶看了看客厅挂着的电子钟说，才十点多钟，早饭还没消化哩！一边说一边站起来，拍着屁股又说，都这么熟了，也不讲老客套。朋友串个门，未必要蹭饭，若是要蹭，往后日子可长呢。老话说得好，媒婆能当半个娘，憨仔要是心中有数，你也别怕我把他吃穷了。

老牛也站了起来说，你们做媒的儿子多得是，也不见把谁吃穷了，只怕是把你的肚子撑破了。又说，你放心，若是真的成了憨仔的半个娘，猪头上的牙齿肯定不会少一颗的。憨仔的事情，你捡着看，哪个瓜生哪个瓜熟，你是能看得出来的。

来婶哎哟了一声，老牛哥，你这嘴才，不去当媒公倒是损失了。放心吧，买只母鸡都希望它能下蛋，何况我们做媒的人，哪个心中没有数。

一边说一边出了门。来婶是开着一辆女式摩托车过来的，停在院子那棵枇杷树下，出门看时，电动摩托车被一辆黑色的大奔给挡住了，一个人倚在奔驰车身上，正抽着烟，仰头望着枇杷树发呆。阳光从枇杷树叶间漏下来，洒在奔驰闪亮的黑漆上，散发出幽幽的光芒。那个倚在车身上的人，看起来格外出众。

老牛看到狗生，心一下子就悬挂起来了，就像渔夫看到了一条大鱼，正想尽一切办法捕捞，结果鱼不见了，以为大鱼跑掉了，没想到鱼还在江里。狗日的，马黄的话说得真准，只要线够长，哪怕鱼游到天边也跑不掉的。

一行人走到枇杷树下。狗生把昂着的头颅低下来，看着这四人，狗生主动搭讪老牛，牛哥，家里来客呀？

老牛顿时满脸的志气，满肚的底气，老天爷开眼，安排得正是时候，让媒婆看到了事情的真相——狗生把大奔都开到门口来了，那七十万还会是假吗？给媒婆吃个定心丸，憨仔的事情也就不用多说了，总会找到合适的姑娘的。

老牛故意挨过去，和狗生并排倚靠在奔驰车的车身上说，这可是贵客，来帮憨仔做媒的。

狗生哦了一声，似乎很感兴趣，他掏出一根电线杆递给老牛说，媒婆一字值千金，你不留人家吃饭？把她肚子填饱了，才好让她把肚子里的话吐出来。说到这里，又看了看来婶边上的秀妹，不知道是不是因为阳光有点刺眼，他眯起了眼睛，脸上笑容和蔼可亲，声音也像软化一样，显得格外地柔和——何况，人家带了这么漂亮的妹子上门，莫不是你家的油放了黄金，不舍得下锅炒菜。

老牛一只手搭在狗生的肩膀笑起来，狗生老弟啊，你和我做了这么多年的邻居，也在我家里吃过饭，几时见我家的油里有黄金了。就是嫌我的油里没放黄金，人家媒婆不赏脸，我没办法哩！

做媒婆的消息比谁都灵通，来婶看着狗生，心里也有数，跟着笑起来，我们吃百家饭的人，哪有那么多讲究哩，莫说黄金油，就是黄豆油有的吃，我也就念菩萨了。说到这里，也蹭着老牛的面子说，我和老牛哥也是认识多年了，他家的饭我还吃得少吗？他的大仔黑头也是我帮他做的媒，猪头我都啃了，还怕我变心啊！都说女大十八变，我们老太婆再变就成了妖精了。当妖精倒也好，长生不老呢，但只怕玉皇大帝不让，天上已经有一个月老了，还要我这个老妖婆做什么。

狗生被这话逗得笑了起来，不由得夸赞，哎呀，你们媒婆的嘴巴真是三把火，不把人烧熟不罢休哩！就你这口才，若是早年去深圳，当个业务员，不成妖精，也变成精英了。

来婶哎哟哟地说，混口饭吃罢了，厨师就是厨师，只能守着灶头，上不了大堂的。

三人就这么说笑着。狗生和老牛都倚在奔驰车上，来婶站在狗生的对面，秀妹毕竟是姑娘家，来相亲的，不好说话，为了避免尴尬，就站在来婶的身后，把来婶当成了挡箭牌。憨仔愣头愣脑的，喜欢上了秀妹，于是就站在秀妹的身后。这么一来，就像玩老鹰抓小鸡的游戏一样，站成了一条线。

狗生看着来婶，目光却落在她身后的秀妹脸上。秀妹也不怕羞，也看着狗生。狗生眯着眼睛，又把目光越过秀妹，看着她身后那个人高马大的憨仔。憨仔正垂着头，乜斜着眼偷看秀妹胸口的小白兔，狗生觉得好玩，就笑了起来。他笑起来就像领导视察工作那样，并不显得突兀，好像一副很满意的样子。

老牛见狗生不说话，怕气氛落下去，就干咳了一声，语气隆重地介绍，来婶，这位是我们寨里有名的……老板，从深圳回来，我们都叫他狗生。他的大名叫……说到这里，老牛竟然说不下去了，心里痛骂自己，没事出什么牌呀，这年头，先出牌的不一定能先跑掉。狗生的大名叫什么，自己竟然不知，只知道姓刘，这下出了个大丑，真是拉屎不看茅坑，摔下去活该！

狗生立马把话接过来，他笑道，什么大名小名，都是乡亲们，叫我狗生好了。在公司里面，上上下下都叫我刘总，听得我头都痛了，还是听小名比较亲切。

来婶便说，哎哟，刘总真是平易近人。我们都是隔壁乡亲了，你大富大贵的事情也早就听说了。唉，可惜我们都上了年纪，要是年轻点，我一定跟你去深圳，进你的公司上班，有你这样好的老板，想不赚钱都难呢！

狗生哈哈一笑，看你说的，你在家里当活神仙，未必看上我们的小庙。一边说一边从皮包里掏出一张名片，递给来婶，这是我的名片，有时公司也需要招人，你要是有好的人选，像你这么好口才的，可以推荐给我。

来婶说，哇，真是做生意的大老板，见人就留名片，名片是财神爷的手。一边说一边接过名片看，名片很简单，除了刘富生的名字，只印了个公司的名称，还有地址和电话，另外边上印了一个董事长的头衔。

秀妹挨着来婶，也低下头来看来婶手中的名片，但是名片上的字太小了，她当然看不清。她抬起头来看了狗生一眼，却发现狗生正眯着眼睛看着她。

拜神仪式

狗生来找老牛，并不是谈买卖房子的事情，甚至，狗生从头到尾都没有提过房子的事情，仿佛这件事情不曾发生一样。狗生找老牛，是要给他爹娘的坟墓立碑。当年，狗生双亲相继病逝，因为家里穷，只能因陋就简，草草下葬，用几块红砖砌成坟头。二十年过去了，因为一直没有人扫墓，早就成了乱坟。狗生荣归故里，光宗耀祖必从修坟立碑开始，这是头等大事。

老话说得好，穷不改门，富不迁坟。修坟在农村人眼中是一件大事，万万不能草率，必须请先生拿罗盘量山向，看龙运，算日子，然后再请雕刻师父做墓碑。这一系列的活儿，县城的十字街专门有人做，不用人穿针引线，狗生自行完成了。双亲的坟墓埋在离寨子有七八里地的荒地上，因为农村人都不种田地了，没人去荒处打转，狗生请先生修坟的事情，人们并不知晓。直到立碑的日子快到了，狗生才去找老牛，让他组织几个泥水工，到时帮忙运墓碑、砖头、水泥，还有立碑、砌墙、挖土堆坟等。狗生要找十个人，每人给五百块钱。这可是个大价钱，老牛激动得很，第一时间就把他和憨仔的名字报上去了，然后又去找来马黄，另外叫上寨里七八个常做泥水工的人，一下就凑足了数。

老牛和马黄说这件事情的时候，马黄心里格外不爽。寨里的大事小事，人们都喜欢叫他出主意，让他来当主持，没想到狗生竟然叫老牛。老牛是谁？一个没有见过大蛇拉屎的人，他有能力主持这件事情？他连报纸都没有看过，他知道什么叫资源整合吗，什么叫现场调度吗？这狗生，也太不懂事了。

马黄板着个脸，不说话。老牛感觉气氛有点不对劲，以为马黄像他一样，正在担忧房子的事情。老牛小声地说，狗生从头到尾都没有提起买房的事情，我要不要主动找他说一说，降点价算了？

马黄冷笑，降什么降，他叫你当主持，没有叫我，这不是很明显着他要讨好你吗？是在玩心理战术呢，你慌什么。

老牛一听就明白过来了，对啊，马黄是寨里的军师，红白喜事哪个不是他在操劳，狗生回来那几天，也一直在马黄的店铺里打转。现在狗生要给双亲修坟立碑，这么大的事情，却不找马黄当主持，确实有些不符合情理。但是，老牛还是不放心，他说，狗生不会立了碑，就跑回深圳吧？

马黄不屑地说，放心吧，他越是立碑，买房子的事情越是要着急。立了碑，就要立神台了，没有神台，他的爹娘在地下也不过是孤魂野鬼。他想立神台，必须要有房子才行。

老牛顿时醒过神来了，不得不佩服马黄，竟然能从这样一点小事上看到了事情的转机。立神台是农村人的一件大事，人们对神灵祖德一向是很崇尚的，自古传下风俗习惯，每户人家都要供一座神台。神台贴着红纸，竖中写上“天地君亲师之神位”八个大字，左边配上小字“某氏合门历代考妣”，右边是“祭祀某某庙或祠堂”，两边还要配对联，一般写“宝鼎呈祥香结彩，银台报喜烛生花”，横匾大多是写“光前裕后”或“祖德流芳”。狗生若是给他爹娘立了碑，就必须要设个神台，好让他的爹娘魂魄有去处。什么叫继承香火，是指后辈烧香点烛火祭祖宗，代表着后继有人。狗生给爹娘的坟头立了碑，必须要有神台烧香兆应，如果没有神台，他的爹娘的坟修得再好，魂魄没有去处，只能当孤魂野鬼。

马黄对老牛说，你帮狗生把立碑的事情做好，狗生肯定会感谢你，到时就会和你套客气，接着谈房子的事情。你放心，跑不掉的。

老牛很激动，一把握住马黄的手，马老弟，你一定要暗中帮我，你是我的救命恩人哪！

狗生双亲立碑那天，在老牛的带领下，帮手们都很卖力，做得非常顺利。人多力量大，原计划一天的事情，只用了半天时间就搞定了。完事之后，狗生给每个人发了五百块钱的红包，外加一包电线杆，喜得大家眉开眼笑。

中午，狗生和干活的人们一起到老牛家吃饭。肉菜是现成的，因为立碑要祭天拜神，鸡鸭鱼肉必然少不了。狗生给老牛一千块钱，让他帮忙办理祭品，一千块钱的祭品得用箩筐挑了，完事之后，这些祭品就用来聚餐。狗生从大奔里面抱了两箱茅台下来，狗生说一瓶茅台一千多块钱呢，每个人只许喝半斤，喝多了吐出来那就太浪费了。这帮工人都是寨里的中老年人，没出去打工，在家里帮带孩子，半天时间赚五百块钱和一包电线杆，都高兴得要飞起来了，这时听说有茅台喝，那是一辈子都没有享受过的待遇，都尖叫起来，说要当一回活神仙。大伙手脚都放勤快起来，七手八脚地将老牛家里的两张四方桌拼在一起，又拿出碟子碗筷，将大鱼大肉端上来。反正天热，菜冷也无妨了，十几个人围坐着吃喝起来。

这顿饭吃得尽兴，尽管狗生说让大家收着点喝，莫浪费好酒了，但是这些下苦力的人一旦喝开，又是这么好的酒，就像扒了漂亮女人的裤子一样，哪里还能收得住，不精尽人亡是不会罢休的。两箱茅台很快就喝完一箱了，余下的一箱，开始猜拳玩酒。

狗生喝得半醉，就搂着同样半醉的老牛，坐到了一边去。狗生用感慨的语气说，牛哥啊，感谢你今天尽心尽力，帮我做了好事。远亲不如近邻，你的情义我一辈子放在心上。

老牛心里兴奋，不是因为酒兴作怪，而是马黄说得对，做好了事情，狗生就会套近乎跟他谈话的，果然如此！老牛说，狗生老弟，我们要感谢你呢，给了我们赚钱的机会。

狗生假装板着脸说，莫说钱，那是利市，不是工钱。

老牛急忙点头说，说得对，利市利市，大吉大利！

狗生说，前几天，我跟你说过要买你家的房子，想在房里立个神台，把我爹娘的灵牌供上去。但是你说那一番话，也让我感到为难。不是钱的问题，七十万一点也不贵，我像掏卵子一样，分分钟都能掏出来。但你说的那些话让我不好意思，这房子是给憨仔的，不是为了钱，我怎么能抢憨仔的房子呢！后来，我也想到了一个问题，就算我买了房子，立了神台，把我爹娘的灵牌供上去，但没人烧香点火，那又有什么用呢。说到后面，狗生的语气竟然伤感起来。

房间里一帮人正在猜拳，声音很吵，老牛不敢插话，心里忐忑不安，死死盯着狗生，像情报人员偷听情报一样，怕漏掉了一个字。狗生又说，我想到了一个办法，让你家的憨仔认我爹娘做干爹干娘，你看这怎么样？

老牛一下子就僵住了，他隐约知道是什么意思了，却不敢确认，幸好这些天跟马黄学到了一些毛皮，知道钓大鱼要沉住气。他没说话，只是看着狗生，咽着口水，听他继续讲。狗生接着说，这样一来，我和憨仔就是兄弟了，而我的爹娘也就是憨仔的干爹干娘，我不在老家，憨仔可以替我祭拜他们，这香火就算继上了。

老牛终于憋不住气了，像一个潜在水底很久的人，再不换气就要被淹死了，他哑着嗓子说，可是，你的爹娘都死了二十几年了，这……怎么好认呢？没听说过认……死人做爹娘的。

狗生打了个哈哈，规矩都是人定的，谁规定只能认活人做爹娘呢？你放心，憨仔认了我的爹娘，和我就是兄弟了，难道我会亏待他？我打算每年给他五万块钱的生活费，哪怕他不出去打工，也会过得好好的。你不是说，你最放心不下的就是憨仔吗，若是憨仔有我这样一个老哥罩着，你还怕他吃苦？

老牛听到这里，浑身血沸，要是狗生给憨仔每年五万块钱，十年就是五十万了，这长期收入比一锤子买卖要好到哪里去了！何况，若是憨仔和狗生真成了兄弟，狗和老虎做了朋友，从此谁敢动他一根寒毛？

老牛顿时拍案而起，一把握住狗生的手，激动地大声说，狗生兄弟……狗生侄子，就这么说定了！

正在猜码的人们听到老牛突然这么激动，像鬼上身一样，都被吓了一大跳，一发扭过头来看他。马黄看见狗生和老牛在聊天，原本想去偷听一下，但想着人家在谈事，自己去边上偷听毕竟不好。他也是个爱喝酒的人，茅台这么好的酒，他哪里舍得放过，于是和众人一起猜拳玩码。他心想，管他娘聊什么呢，反正老牛迟早会告诉他的。这时，突然见老牛这么激动，马黄也跟着激动起来，莫不是狗生真要花七十万买憨仔的房子了？要真是这样，自己就有七万块钱的提成了。看到老牛那副样子，马黄心里那种感觉越来越强烈，是了，一定是这样的，老牛不可能平白无故这么激动的，你看他那样子，像发羊癫疯一样，就差口吐白沫了——马黄有点看不起老牛，越是这样越不应该激动啊！

老牛请大家安静一下，说狗生有重要的事情向大家说。

狗生要讲话，大家还有什么好说的，拿人家的钱，抽人家的烟，喝人家的酒，活菩萨呢，都恨不得给他磕头了。大家于是鼓起掌来，像欢迎领导致辞一样。

狗生毕竟是大老板，有大将风范，清了清嗓子，就事说事，简单明了地将自己的想法说了出来。大家明白狗生的想法后，一个个的目瞪口呆，都明白过来了，狗日的，憨仔这呆子要走大运了，要中状元了。

大家都正准备恭喜老牛和憨仔，突然有人大叫，不行，绝对不行！

众人惊愕地看着马黄，他正拍着桌子站起来，像投反对票一样，神情激动，比刚才老牛还要激动，两眼瞪得大大的，眼眶都红肿起来了。当然，也有人认为他喝多了，要耍酒疯。马黄愤怒地说，怎么可以认死人做爹娘呢！憨仔的爹还没有死呢，这多忌讳！

老牛知道马黄的心思，但他已经顾不上旧日的联盟之情了，狗日的，想砸我的场子，门都没有。他怒道，这有什么忌讳，我家的憨仔生来就跟别人不一样，要认个神灵做爹娘，好保佑他。憨人有福气，你马黄就知道吸血，懂个屁啊！

要是以前，马黄说任何一句话，都可能会成为真理，人们会站在他这边。马黄是谁？他看过的报纸比市长读过的文件还多，他能从一句话中分析出狗生的家庭情况——但是现在，人们都不站在他这边了，都站在狗生的这边了。狗生是谁？能让人们抽电线杆，喝茅台，半天时间还有五张票子拿，你马黄读报纸有什么用，能读出茅台来？再说了，你马黄喝着人家的酒抽着人家的烟拿着人家的钱，还不知好歹，像喂饱的狗一样，反过来咬主人一口，不是找死吗？说句不好听的，人家在自家的茅坑拉屎放屁，有你一个局外人什么事？看吧，这下出丑了。

狗生盯着马黄，眼光一凶，冷笑道，你是什么意思？嫌我没敬你酒？来，我敬你一杯！狗生一边说一边端着酒杯，走到马黄面前，居高临下地和马黄碰了杯，仰头一口干了，喝得面不改色。狗生哼道，这么好的茅台，你一辈子也就喝那么一次吧。多喝酒，少说话！

马黄被狗生的气势慑住了，像丢了魂一样，手都哆嗦起来，洒了几滴酒出来，然后仰头喝酒，嘴角里还流出一条线，看上去像喝毒药一样。旁观的人心想，可惜了，茅台酒呢，国家领导人专用，你以为是鼻涕啊，想流就流，太不懂事了。再说了，从嘴角流出来的酒，你用手抹什么抹，不会用舌头舔一下啊！狗吃了骨头都知道舔一下鼻子，你倒好，连狗都不如！

老牛看了一眼面如土色的马黄，然后看了一眼意气风发的狗生，突然大叫一声，好！然后鼓掌。众人也莫名其妙地跟着鼓掌，掌声像放鞭炮一样，传到空荡荡的二楼，嗡嗡作响。

憨仔蹲在客厅角落啃着一只鸡腿，并不知道发生什么事情，他只是觉得好玩，咧着嘴巴笑，拼命地鼓着掌，把手掌都拍红了。

憨仔认狗生的爹娘做父母的事情，几乎是水到渠成，没有一点风波。能有什么风波呢，狗生是谁？人家天天嘴里叼着电线杆，不管是哪路神鬼，他用烟头一戳就能弄死。当然，人们虽然嫉妒憨仔走了大运，但也有真心祝福他的，憨仔能和狗生成为兄弟，狗生哪怕去了美国，也和寨里扯着关系。毕竟寨里多一个有钱人，能长寨里的志气，把别的寨子压下去。何况狗生那么大方，有什么好事他肯定能想到寨里人，让寨里人也沾点光，这多好！

认亲的事情也没有什么重要的程序走，憨仔就去狗生爹娘的坟前，磕头烧香，祭告天地。接下来，狗生去定做神台，还有爹娘的灵牌，并请先生选好日子，在憨仔的新房里面立了神台，举行叩拜仪式。

叩拜那天，在赊佛佬的指引下，憨仔抱着两块灵牌从狗生爹娘的坟墓处走回来，狗生跟在后面，一路撒纸钱。寨里人都一窝蜂跑出来围观，看到狗生撒钱，那红色的冥钞看上去和人间用的差不多，有些人忍不住捡起来看看，谁知道狗生撒的是不是真钱。但捡了一路，也没有发现一张真钞，有个暗骂狗生，这么有钱，也不撒几张真钞让大家捡。

回到憨仔家，点起火盆，憨仔和狗生跨过去。神台就立在一楼客厅的正墙上。憨仔将灵牌放到神台上，烧香叩拜。拜完，狗生也跟着跪拜。然后，狗生拿了两个红包给憨仔，说一个是干爹给的，一个是干娘给的。

憨仔认死人为亲的事情，一下子轰动了乡邻八寨。事情的本身并没有多大的爆破力，主要是狗生给的两个红包，引起了人们的眼红，一共六万块钱呢！人们都说，没想到拜个死人这么值钱，比拜活人、拜菩萨值钱多了。更重要的是，憨仔和狗生成了兄弟，有狗生这样的大老板罩着，哪怕他是一只蚂蚁，也可以像螃蟹一样横着走路了。当然，也有人说闲话，其中说得最多的是马黄。马黄捶胸顿足，一副痛心疾首的样子，说自古以来，就没有听说拜死人做干爹干娘的，太伤风败俗了。狗生的爹娘都死了二三十年了，骨头都化成泥巴了，还认什么亲！有人就刺激他，说有钱能使鬼推磨，你给我六万块钱，让我认一堆猪骨头做干爹干娘，我也认了。马黄又骂老牛忘恩负义，说如果没有他，就凭老牛和憨仔那两把破刷子能印出钞票来？都是我给他们家带来的好命，老牛也不给我封个红包。人们听了就笑，说老牛的红包早就准备好了，等你上门去领呢！

狗生处理好爹娘的事情后，人们以为他要回深圳了，但是他仍住在县城最好的酒店，每天一大早就开着奔驰车过来，到憨仔的家里神台前烧香。乡下人烧香，都是把香往香炉里一插，然后双手合十，弯下腰，随便摆三下算是拜过了。憨仔第一次烧香拜神，也是这么做的，但是被狗生骂了，说像狗花子讨饭一样，没有出息。狗生做了一个标准的烧香示范，他点燃香，站在离神台三步的地方，双手捏着香，举过头顶，闭上眼睛，像许愿一样，脸色严肃地停留了一会儿，然后顶着香，朝神台连做三个九十度的鞠躬。把香插入炉中之后，还要再向后退三步，双手合十，做三个鞠躬。憨仔刚开始觉得好笑，但他不敢笑，憋着脸，跟着狗生做烧香拜神的动作。刚开始，憨仔动作生疏，肢体僵硬，但是一连几天后，憨仔就进入一个境界，觉得这样子烧香，才是真正地烧，就像以前在学校升国旗一样。憨仔读书蠢，在学校自然是没有资格当旗手，但是他看到那些旗手用标准的步伐走向旗杆，徐徐地升起红旗，膜拜不已，他最想做的事情就是当一回旗手，但他知道自己一辈子也当不上旗手。现在，从烧香拜神的仪式上，他感觉这样的姿势和当旗手一样，充满了神圣，满足了他一生不可能实现的愿望，顿时令他入迷。

神台是要早晚上香，但是狗生只是早上过来上香，晚上就交代给憨仔。憨仔按照狗生教的姿势，每天都虔诚地烧香，每一次完成上香仪式，憨仔心里就有一种特别满足的感觉，他喜欢那种感觉。老牛在一边看到了，都觉得自己的仔变得越来越有范了，他想，整个县城，再也找不出像憨仔这样的拜香人。老牛心想，果然是跟着狗混吃屎，跟着狼混吃肉，憨仔并不憨，是缺少高人指点啊！

香火长存

狗生到底要在老家待多久，没人知道。有人问他要待多久，他也只是笑笑，不说。他又恢复了以往的神秘了，人们说，这样才像一个大老板，该放的时候放，该收的时候收。当然，人们希望狗生多待一段时间，最好不要回深圳了，他每天开着大奔在寨里转一圈，就给寨里长一次脸，哪个寨子每天有大奔来巡逻的？有时候他也会来马黄的店铺坐坐，掏出一包电线杆，每人甩一根，人们喜欢那种通电的感觉，那感觉真好。

最得意的就数老牛了，每天早上狗生上门烧香拜神，就在憨仔家里吃早餐。早餐是狗生从县城打包回来的，是酒店定做的，每天花样不同。吃完早餐，狗生丢下一根电线杆，然后回县城。老牛就叼着那根电线杆，却不点着，在寨里瞎晃悠着，看到寨里人，就打着饱嗝大声地说，狗生侄子刚和我吃过早饭。

这天刚吃过早餐，狗生前腿刚走，来婶后腿就跟上来了。来婶对老牛说，秀妹这段时间也去相了几回亲，选来选去，还是憨仔最可靠，问老牛是否同意这门亲事。要是以前，老牛肯定会受宠若惊，不敢相信这样一只花蝴蝶会落在憨仔这个草包上面。但是，现在不一样了，即使县长的女儿要嫁给憨仔，老牛也不会觉得意外。憨仔是谁，他是狗生的兄弟呢！狗生是谁？他抽电线杆的钱如果省下来，足够寨里缴一年的电费了。

老牛不想让憨仔娶秀妹，活了这么一大把年纪，就算长不出二郎神的天眼，也能长出黄鼠狼的贼眼来了，哪只鸡肥哪只鸡瘦，听叫声就听出来了。他敷衍地说，要是以前，我马上可以做主了，让憨仔娶秀妹。但现在不行了，我要和憨仔商量商量。憨仔不比以往呢，现在有头有脸，他是狗生的兄弟，我都要看他的脸色办事。这么大的事情，得让他自己做主。

来婶是谁？做成的媒没有一百也有八十了，哪个姑娘的心里痒，哪个后生仔的裤裆骚，她会看不出来？何况是憨仔这样的货色，不用照妖镜，眯着眼睛就能把他打出原形来。来婶心想，这事情成不成，还不是你这老鬼说了算。哼，打什么神仙腔，即使憨仔和市长结拜成兄弟，他就能脱胎换骨？扯什么卵子，狗就是狗，就算进了大户人家看门天天吃肉，看到臭屎也一样会摇尾巴的。但来婶不能说出，只是笑了笑说，既然憨仔是狗生的兄弟，我觉得这事情主要和狗生商量，他是大老板，做大事的人有大主见。再说了，要是憨仔结婚，狗生这么大的老板，给的红包钱只怕牛哥家里要放个保险柜呢！

找到七寸要害，再毒的蛇也不过是条草绳。老牛脑子一下子开窍了，来婶说得对，真他娘的说到点子上了，要是憨仔结婚，以狗生这种大方的人，甩手只怕都是几万的了。

在来婶的意料中，老牛并没有和憨仔商量。商量个屁啊，自家的仔就像自家养的狗，看到什么人叫，看到什么人会咬，老牛心里难道不清楚？自从那次相亲之后，憨仔就来问过老牛几次，什么时候娶秀妹。这呆子，你以为秀妹是养的马啊，想骑就骑，你能压得住她？自古农村人放牛，城里人骑马，你就是种田的命，想骑马上大路，不把你摔死也得把你摔残了。还是老老实实地牵着牛，找个普通女人耕田下地，不要被风吹掉了草帽都不知道怎么回事。但是，憨仔哪里肯听，就是缠着老牛，口口声声说要娶秀妹，要睡秀妹。这憨货，连睡都用上了，老牛替他感到羞耻。憨仔已经入魔了，每天晚上打开手机微信，找出那些男欢女爱的小视频，一遍一遍地看，一遍一遍地幻想着秀妹的身体，尤其是那对勾魂的小白兔，即使在黑夜中，也能在他的眼前晃动，扑到他的梦里咬他一口，鲜血淋淋，不死不罢休。

当狗生再来拜神的时候，老牛就和他商量。狗生沉思了一下，便说，憨仔年纪也不小了，是该娶老婆了。

老牛咕嘟一声，娶别的女人可以，但秀妹我是不同意的，那花里花哨的姑娘，憨仔是压不住的。

狗生就笑起来，现在不一样呢，他是我弟弟，我罩着他，他难道连个女人都压不住？再说了，我的兄弟就应该娶漂亮的女人做老婆，难道你希望他娶一个歪脖子豁嘴巴的，给你生一个龅牙的孙子？嗐，你这想法是要让憨仔跳火坑呢！憨仔现在有这个命，命中有这个数，你用不着担心。所以，必须要娶，要证明给别人看，憨仔不是只配睡丑女人的！

老牛听到狗生这一番话，一时怔住了。狗生又说，结婚是人生大事，不能犹豫，如果再拖一两年，憨仔年纪就更大了，到时你更操心。你放心，只要憨仔把钱保管好，不要让女人掌财，女人就不敢乱来了。再说了，憨仔这么粗壮的一个男人，难道喂不饱一个女人，还怕她到别家偷吃？

老牛一听这话，就笑起来，狗生就是狗生，看事情看得那么准，憨仔是谁？可以扛三百斤的东西上楼，气都不喘一口，把一个女人压在床上，能把她肚子撑破哩！老牛拍案而起，大声说，好，就这么办了！

狗生很满意，他从皮包里掏出一万块钱丢在桌面上，大方地说，去给憨仔布置新房。又说，告诉媒婆，只要秀妹愿意嫁，马上娶她进门。我过几天要去美国看老婆孩子，也不知什么时候回来，如果憨仔娶秀妹，我就多留两天再去美国，毕竟是我的兄弟结婚，我要喝杯喜酒再走。何况，我还要给他封红包呢！

老牛感动得一把握住狗生的手，激动地说，狗生侄子，你真是憨仔命中的菩萨啊！

狗生脸色严肃地说，牛叔，我不是什么菩萨，我是憨仔的兄弟。我爹娘的灵牌神位，以后还靠憨仔每天上香呢！

老牛承诺地说，你放心，你爹娘的香火就是憨仔的香火，怎么可能断呢！天打雷劈，我都不会让香火断的！

憨仔的婚事从确认到办酒，就短短一周的时间，用老家的话说，就是猫发春猪配种的事儿，该怎么干就怎么干。要是别人，肯定会成为笑话，说三道四倒还好，最怕的是惹出什么谣言来。但是憨仔的婚礼却没人敢说一句闲话，有狗生撑腰呢！狗生是谁？他的大奔车牌上面那三条八，据说在深圳值好几百万呢！多少人活一辈子都活不到一块铁牌的价格，你敢说狗生兄弟的闲话，他随便到车牌上撬一个八下来，就能砸死一片。

狗生对乡亲们说，是我让憨仔加快进度结婚的，我要去美国住一段时间，不知道什么时候能回来。赶在去美国之前，我让憨仔把喜酒办了。憨仔是我的兄弟，我怎么能不喝他的喜酒呢！

人们都纷纷赞叹，说狗生这个做哥哥的太够意思了，去美国前还不忘给弟弟办酒。人们又纷纷议论，上次憨仔认狗生的爹娘做父母，给了六万块，这次憨仔结婚，听说已经给了一万块钱布置新房，不知道结婚当天，还会封多少钱红包；当然，也有人十分期待这次办酒的规格，桌上摆的很有可能是电线杆和茅台，打破整个县城的历史纪录。

因为时间紧张，婚礼也就去繁就简，省去许多礼节，直接进入办酒程序。憨仔的亲哥哥黑头带着老婆孩子从东莞赶回来，见到狗生的第一时间，也叫狗生做大哥。狗生准备了一个三千元的红包，给了黑头的儿子，黑头高兴得很，这可是他一个月的工资了。

结婚当天，狗生又当司仪又当司机，开着大奔把新娘接过来，并主持整个婚礼。人们颇有些失望，夜宴喝的酒不是茅台，不过是几十块钱的皖酒王；烟也不是电线杆，变成了十块钱的好日子，连芙蓉王都不上。太失望了，十个好日子抵不过一根电线杆啊！不过，人们并没有说狗生变了，因为酒席是老牛办的，人们心里猜想，狗生说不定给了老牛办酒的钱，只不过老牛从中贪出来了。以狗生那么大方的性子，自己兄弟结婚，肯定不会这么寒酸办事的。

狗生主持完婚礼仪式后，还陪着新郎和新娘一起挨桌挨桌地敬酒。狗生喝的是红酒，憨仔和秀妹喝的是饮料，人们说大喜日子，让憨仔和秀妹也要喝酒。但被狗生拦住了，说今天是他们百年好合之日，晚上还要进洞房造人，给牛家制造香火，一定要禁酒。又说，人家憨仔等了二十几年，终于等来这么个大好日子，怎么能让他喝醉了。狗生豪气地说，新郎和新娘的酒，就交给我这个大哥代喝了。

人们都竖起大拇指，都说狗生做事细心，想得也周到，真不愧是做大老板的料。敬酒的时候，细心的人看到了一点，仿佛狗生才是新郎，憨仔不过是陪衬的一样，只知道咧着嘴傻笑。你看那狗生，指点江山，谈笑风生，千杯不倒，每敬一桌酒，都能引来掌声阵阵。就连新娘子看着他，也都是一脸的崇拜，一脸的迷恋，一脸的幸福。虽然新娘的手挽在新郎的手臂上，却时不时地挨到狗生的身上。当然，人们一点也不见怪，憨仔这种傻货，从来就不可能是主角，要不是狗生，他连老婆都娶不上。虽然人们都说了憨仔有福气，娶了漂亮老婆，但谁都知道，那全是狗生罩着，没有狗生的光环，憨仔屁都不是，就算他在人群中间撒尿，也没人看他的卵子。所以，秀妹真正要嫁的人不是憨仔，而是狗生，听说狗生每年给憨仔五万块钱的香火费呢！这憨仔，认了死人做父母，没想到竟然翻了身，真是命中有大运，狗也变狮子呀！

马黄喝多了，反复地说，要不是我，憨仔能有今天？老牛有这样的风头，他们第一个感谢的人就是我呢！老牛太小气了，连包烟都没有给我买过，早知道二十年前，就不让他买狗生的房子了。自从憨仔和狗生成为兄弟后，马黄反反复复地说这件事情，像嚼甘蔗一样，吐出来时谁愿意去看一眼？老牛怕马黄喝了酒耍酒疯，于是暗中派人轮流去敬马黄酒。很快，马黄就醉得不省人事了。

酒席结束后，到了新娘敬茶的环节，敬完茶就要送进洞房了。敬茶从老牛开始，接着是憨仔的亲哥和嫂子，然后是狗生。高潮是在狗生那里起来的，狗生给了六万块钱的红包，打破乡邻八寨的纪录。狗生拍着憨仔的肩膀，带着酒意说，老弟，好好干，床上的活比你当搬运工轻松多了。

众人都笑起来。狗生又对秀妹说，弟妹，我的老弟有些小孩脾气，你要让着他，他若是要扯你的裤子，你不要打他。

众人又是一阵哄笑。秀妹脸色红扑扑的，看了狗生一眼，小声地说，憨仔这么高大，我怎么打得过他。

狗生很满意地笑，大声地说，那就好，那就好，祝你们早生贵子！

办完酒，第二天狗生就回深圳了。临走的时候，狗生做了一件让人出乎意料的事情，他把 iPad 送给了马黄，并教他怎么看视频。他对马黄说，你那破影碟机，早就可以丢收废站了。

马黄感动得老泪滚滚，像吃了千年辣椒一样，都快说不出话来了，半天才憋出一句，狗生，你真是我命中的菩萨啊！

寨里人听到消息，纷纷跑来找马黄，要一起看神片。但马黄不给，说要收费十块钱一次。马黄怪委屈地说，我现在没收入了，儿子每个月找我割肉供房，我只能靠这个赚钱。想看片可以，看一次十块钱。

人们都愤怒地看着马黄，指责马黄为人不义。马黄昂起头来，理直气壮地说，当年狗生拿着电费逃跑，三个多月没有电，我损失大了，狗生把这东西送给我，是要补偿我呢！狗日的，你们真以为是用来玩的啊！

人们却不买账，一个个咧嘴骂着走了。当天夜里，马黄看神片看到了凌晨三点钟，在床上搓了两回，终于心满意足地睡觉了。一觉睡到太阳晒屁股，起床时发现放在床头的 iPad 不见了，不知道是被谁偷了。

这个艳阳高照的早上，永安寨听到马黄那绝望而咆哮的嘶叫声：哪个天杀的偷了我的女人！哪个天杀的偷了我的女人啊……

寨里人听到这话，都摇头说，马黄疯了吗，他老婆跑了十几年了，他不知道吗?

时间过得真快，转眼就到了第二年的三月底，秀妹生了个儿子。有人说憨仔厉害呢，一炮而红，从结婚到生儿子，一切都水到渠成，真是有神仙相助啊！不过有细心的妇女屈指一算，秀妹从结婚到生小孩，也就八个多月，莫不是早产了。但没人敢说闲话，秀妹嫁过来之后，一直都是规规矩矩的，并没有出什么洋相，唯一能引起人们议论的，也就是秀妹喜欢凶憨仔。当然，人们也不见怪，老话说得好，憨牛要穿鼻，憨货要扒皮，不把憨货的皮扒掉一层，他怎么脱胎换骨呢？用秀妹自己的话说，自家男人没脑子，恨铁不成钢哩！

老牛一直担心憨仔压不住秀妹，不管白天黑夜，他都多留一个心眼，怕惹出什么蛇鬼神事。秀妹脾气比她的胸还大，动不动骂憨仔猪脑浆不如豆腐浆，烂泥扶不上红瓦墙。老牛听到了心里当然有意见，但他又不好说什么，只得安慰自己，说不定骂多了憨货会开窍。后来，老牛看到秀妹的肚子一天比一天大，对她的意见也就一点一点少。尤其是秀妹生下儿子之后，老牛彻底放心了，就算以后憨仔和秀妹日子过不下去了，只要憨仔守住自己的香火，又有狗生这个兄弟罩着，这辈子不会差到哪里去。

儿子出生后，秀妹拍了照片，又录了小视频发给狗生看，让狗生打个红包过来。憨仔看她发微信给狗生，心里有些奇怪，秀妹怎么会有狗生的微信呢，他自己都没有呢。但憨仔不敢问，他怕问了之后会遭到秀妹耻笑，骂他是个呆子。秀妹对他很凶，憨仔很怕她，像老鼠怕猫一样，心里有事也不敢出声。

狗生收到照片后，发了八百块钱红包过来。这个红包让秀妹失望至极，她哼了一声，脸色像臭猪肝一样，直接用语音说，你什么意思，这么大一个老板，八百块钱你是要塞谁的牙缝啊！过了一会儿，狗生回了信息：等清明节我回来祭祖再说。

秀妹就跟憨仔说，狗生清明节要回来祭祖，肯定要给我们大红包的。憨仔很高兴，像小孩子盼望过年一样。憨仔非常想见到狗生，他在狗生的光环下活得人模人样，享受到了从来没有的人生乐趣。在憨仔的心中，狗生就是他生命的神。

到了清明节，狗生并没有回来。一直到了谷雨，也不见个人影。秀妹生气地发微信质问他，但狗生没有回信息。秀妹不死心，打他的电话，电话竟然关机了。秀妹很生气，一连串发微信语音给狗生，骂他是个骗子。

狗生清明不回来祭祖，他爹娘的坟墓也不用他操心，作为干儿子，憨仔认真地扫墓挂纸，放炮烧香，并往坟上添了泥土。人们都说憨仔虽然憨，却是个重情义的人。秀妹听到这个事情，心里很生气，她事先已经交代过憨仔，如果狗生不回来，不许给他的父母扫墓，但没想到憨仔竟然不听话，阳奉阴违。秀妹骂了几句憨仔，又开始骂狗生是个骗子，说好每年给憨仔五万块钱的香火费，现在一毛都没有见到，这种无情无义的人，把他爹娘的坟墓刨了还差不多。憨仔只是嘿嘿笑，不敢说话，他怕秀妹骂他。

谷雨天，起云烟。一连几天的阴雨天气，空气潮湿得能拧出水来，日子过得呆滞，像被什么东西罩住了一样。这天早上，憨仔把线香拿到厨房的灶头上烤了一下，去了湿气，才去神台上香。这是老牛教他的，为了防止香火半路熄灭，先烤热了再点火。老牛对憨仔上香的事情，也一直关注着，人要懂得感恩，尤其是在狗生的父母灵位之前，必须要保持虔诚与敬畏。憨仔的命运彻底改变，一切都归功于狗生，狗生交代的事情，老牛是放在了心上的。

憨仔像往常一样点燃香火，站在离神台三步远的地方，双手捏着香，举过头顶，闭上眼睛，满脸肃穆地停留了一会儿，一连做三个九十度的鞠躬。拜毕，睁开眼睛走向前，把香插到香炉里，然后再后退三步，双手合十，又做三个九十度的鞠躬，拜神仪式才算结束。

憨仔拜完神，像和尚念完早经一样，整个人都神清气爽了。不知何时，秀妹抱着孩子从楼上下来了，像影子一样盯在憨仔的身后，突然冷笑说，看你那鬼样子，好像神台真的有神一样。要真有这么好，你去买个老婆饼就能吃出老婆来，还娶我做什么。

憨仔因为拜神投入，冷不防吓了一跳，转过身来看着秀妹，不知道说什么，只是咧开嘴巴憨笑。秀妹不喜欢看到他那个样子，皱起眉头说，以后不要烧香拜神了，狗生这个骗子，没良心的货，他不给我们香火钱，还帮他烧什么香，你以为买香不要钱啊！

憨仔一下子就急了，如果是别的事情，他当然不敢顶撞老婆，但是这件事情却不一样，憨仔把每天烧香拜神当成重要的修行，就像和尚每天早晚念经一样，不仅是一种习惯，更多的是一种精神寄托。如果不让他烧香，就破坏了他生命的规律了。何况，这是狗生要他这么做的，狗生是谁？是憨仔心中的神呢！在憨仔心中，这香不是烧给神台上那些灵牌的，而是烧给狗生的。憨仔辩护着说，狗生哥已经给了我很多钱呢，有十三万了。

秀妹不屑地说，就那十几万，就把你一生给买断了？看你那脓包的样，人家就是利用你这憨货，帮他死心地做事。哼，我刚发信息给他了，让他必须按约定给我们打五万块香火费，否则我就把他爹娘的灵牌丢到灶里烧了。他不是要香火吗，我烧给他看看。

憨仔惊恐地叫起来，不行，他爹娘就是我爹娘了，不能扔的！

秀妹冷笑，你爹还没死呢，你真是认鬼作父。你爹也好不到哪里去，那老不死的，怕我给你戴绿帽子呢，像鬼一样盯着我，别以为我不知道！

憨仔张大眼睛，瞪着秀妹，不知道要说什么。秀妹看着怀里的儿子，自顾自地说，要是到了五一，狗生还没打钱过来，我就带着仔去深圳找他。哼，想躲我，没那么容易。

憨仔急着说，不要去，你不知道他在哪里。秀妹冷笑一声，把儿子塞到了憨仔的怀里，她拿起神台上的一块灵牌——那是狗生父亲的灵牌，下面竟然压着一张名片。秀妹拿起名片，得意地晃了晃说，上面有他的地址呢！

憨仔觉得很奇怪，他怎么也想不通，傻里傻气地问，我经常给灵牌抹灰尘，怎么没有看见下面有名片，你从哪里找出来的？秀妹冷笑一声，不屑地说，你这呆子知道什么。她将名片塞到口袋里，接着说，我还记得他的奔驰车牌号呢，三条八，他发我不发，没天理的事！他要是敢不见我，我就去报警，说他的车撞了我逃走了，看他怎么逃出我的手掌心。

这时，外面突然打起了雷，天空像落下沙子一样，大雨如注。风也刮起来了，把神台上的三炷香吹得左右摇摆，香灰乱飞。憨仔抱在怀里的儿子突然哭了起来，不知道是不是有香灰落在了婴儿的眼里，还是被雷声给吓唬了。

秀妹看到儿子哭，又惹来了脾气，一巴掌打在憨仔的脖子上，骂他是个呆子，抱个孩子都不会抱，嫁给他真没意思。一边说一边把孩子抢过来，踱着脚步晃悠悠地往楼上走去。婴儿的哭声在空旷的二楼盘旋，混入大雨哗哗的嘈杂声，还有天空时不时发出的雷声，让人感到心烦意乱。

憨仔站在神台前，呆呆地望着神台上那三炷被风扯得忽明忽暗的香，像要熄灭一样。不知道为什么，他感到莫名的心慌。

发表于《芙蓉》杂志 2018 年 2 期

图书在版编目（CIP）数据

赊佛 / 莫华杰著. -- 北京：作家出版社，2020. 8（2023.1重印）
（21世纪文学之星丛书·2019年卷）
ISBN 978-7-5212-0933-4

Ⅰ. ①赊… Ⅱ. ①莫… Ⅲ. ①中篇小说-小说集-中国-当代 ②短篇小说-小说集-中国-当代 Ⅳ. ①I247.7

中国版本图书馆CIP数据核字（2020）第069022号

赊　佛

作　　者：莫华杰
责任编辑：史佳丽　李亚梓
特约编辑：赵　蓉　王锦方
装帧设计：守义盛创
封面绘画：金　燊
出版发行：作家出版社有限公司
社　　址：北京农展馆南里10号　　　**邮　　编：**100125
电话传真：86-10-65067186（发行中心及邮购部）
86-10-65004079（总编室）
E-mail:zuojia@zuojia.net.cn
http://www.zuojiachubanshe.com
印　　刷：中煤（北京）印务有限公司
成品尺寸：142×210
字　　数：193千
印　　张：8.125
版　　次：2020年8月第1版
印　　次：2023年1月第2次印刷
ISBN　978-7-5212-0933-4
定　　价：42.00元